流氷への旅

渡辺淳一

集英社文庫

目次

流氷への旅

流　氷《りゅうひょう》

一

一月のオホーツクの空は、低く灰色に垂れ込めていた。雪がくるのか、空と海が接する際に、明けそめる空のような白い一線があった。寒気は厳しかったが、風はなかった。灰色の空と、鉛色の海と、純白の氷原が、風のない空間に止っていた。

竹内美砂《たけうちみさご》はその白く静まり返った海を見渡す丘で小さく息をついた。

今朝午前九時半に札幌《さっぽろ》を発《た》って、このオホーツク海に面した紋別《もんべつ》の街に着いたのは、午後三時少し前だった。いったん予約してあった駅前の旅館に入り、熱いお茶を飲んでから、タクシーを呼んでもらって、海岸と並行して走る道を南へ走ってきた。

市とはいっても人口四万に満たぬ小さな街で、車で五分も走るともう家はまばらになり、家の間から、氷の張りつめた海と、裸木のある雪の原野が見渡せた。街から離れるにつれ、道は海岸に近づき、左手に小高い丘が見えてくる。車はその丘へ向けて国道を左へ曲った。それからいったん窪地《くぼち》になり、さらに坂を登ったところに、こぢんまりとした灰色の建物が見えた。

途中の木造の家を見慣れた美砂には、その二階建てのコンクリートの建物がいかにもどっしりと落ち着いて見えたが、吹きさらしの丘の上に一つぽつんとあるのが、少し淋《さび》しげでもあった。

表通りから、その建物までは二百メートルほどの距離がある。車が坂を登りきり、海の見える位置まできたところで美砂は車を停《と》めた。

「あそこが流氷研究所ですね」

「そうです、前まで行ってあげますよ」

「いえ、いいの、少し歩いてみたいの」

美砂はお金を払うと、兎《うさぎ》の毛皮の襟元を寄せて降りた。

丘の先は断崖《だんがい》になっているらしく、その先に白一色の氷原が拡《ひろ》がっている。表通りから研究所への道は、幅五メートルほどに雪が除《の》けられ、轍《わだち》が鈍く光っていた。

美砂は札幌で買った滑り止めのきいたロングブーツを慎重に運びながら、雪道を灰色の建物へ向った。

入口の正面には蝦夷松《えぞまつ》が雪のなかから顔を出し、その左手に、コンクリートの門があった。雪は門の半ばまで埋め、その上半分の御影石《みかげいし》に、「北海道大学低温科学研究所附属流氷研究所」と、刻まれている。

美砂はしばらくそれを眺めてから、正面玄関のガラスのドアを押した。

研究所のなかはスチームがきいているらしく暖かい。玄関の左手には受付らしい小窓があるが、カーテンが引かれたまま閉じられている。正面は五坪ほどの踊り場になり、右手の奥に階段が見えたが、そこにも人影はなかった。玄関の左手の靴脱ぎ場にはスリッパが二足、互い違いに脱ぎ捨てられ、その横の靴箱の上に、大きな防寒靴が一足のっていた。

「ご免ください」

美砂はあたりを見廻《みまわ》してから声をかけたが、返事はない。

みな出かけているのだろうか。それにしても、これだけの建物に一人もいないということはないだろう。美砂は今度は少し大きな声で呼んでみた。

だが、声は静まり返った玄関に響くだけで、やはり返事はない。

いくら研究所といってもこれでは暢気《のんき》すぎる。泥棒でも入ってきたらどうするのだろう。あきれて美砂が、上り口に片足をかけた瞬間、背中から冷たい風が吹きつけてドアが開いた。

慌てて美砂が振り向くと、眼《め》の前に男が立っている。

男は百八十センチ近くはあろうか、がっしりした上体をアザラシの毛皮のついた紺のヤッケに包み、顔は背中から続きのフードをすっぽりかぶり、茶色の作業ズボンに厚い防寒靴をはいている。どこかでの作業の帰りなのか、右肩にポータブルレコーダーのような黒い器具を下げ、左手に白い羽のようなものをぶら下げている。

「うわっ……」

思わず美砂は声をあげ、顔をそむけた。男の持っているのは白鳥で、胸元は血で赤く染まっている。

美砂の悲鳴で、男は初めて、自分の持っているものに気がついたらしく、そっと鳥をうしろへ廻した。

「あのう……」

「はあ?」

血の滴る白鳥を持っているにしては、男の声はひどく暢《の》んびりしていた。

「わたくし、竹内美砂といいます」

美砂は慌ててお辞儀をした。

「北大の低温科学研究所の明峯《あけみね》先生から紹介状をいただいてきたのですが、こちらに紙《かみ》谷誠吾《やせいご》さんて方、いらっしゃるでしょうか」

「僕ですが……」

「紙谷さんですか」

美砂は鳥のほうをうかがってから眼の前の男を見上げた。

「突然ですが、三十分ほど前に紋別に着きまして、まっすぐこちらへうかがったのです」

紙谷はうなずくと、死んだ鳥を靴箱の横の床に置き、スリッパをはいた。

「どうぞ」

紙谷と名乗った男は、靴脱ぎ場に互い違いになっていたスリッパを揃《そろ》えて、美砂の前に差し出した。

「すみません」

美砂のはくのを待って、紙谷が歩きはじめた。

「あのう、鳥は……」

「いいんです」

紙谷は肩からぶら下げた器具だけを持って階段を昇った。

研究所は小さいが雪国の建物らしく、がっしりしている。美砂は紙谷のあとについて、二階の左手の「第一研究室」という札がぶら下っている部屋に入った。

研究室は入口に簡単な応接セットがあり、奥に机が二つ並び、その上の壁に北極圏らしい地図が貼《は》ってある。向い側の壁には棚が並び、その端に、アザラシに似た毛皮がぶら下っている。

紙谷は肩に担いでいた器具を、机の上におくと、ヤッケのフードをはずしてから、改めて名前を名乗った。

「紙谷です」

それに合せて美砂も、もう一度、自分の名前をいってから、ハンドバッグから、名刺をとり出した。

「これをいただいてきたのです」

名刺は札幌を発つ時、北大低温科学研究所の明峯教授からもらったもので、裏に次のように書かれている。

〈私の友人のお嬢さんの竹内美砂さんです。東京にいるのですが、流氷を見たいといってやってきました。忙しいところ恐縮ですが、流氷や研究所など、案内してやって下さい〉

美砂はここへ来る前、父の友人である明峯教授から紙谷誠吾が北大の理学部を出てから、流氷の研究一筋にすすんできた青年だときいていた。

初めて玄関で不意に会った時は、ヤッケのフードをすっぽりかぶり、死んだ白鳥をぶら下げて、なにか怖《おそ》ろしい感じだったが、こうして向いあってみると、精悍《せいかん》な顔のなかの眼差《まなざ》しは意外に優しく澄んでいる。

紙谷はしばらく、美砂の渡した名刺を見ていたが、やがてポケットへつっこむと、かわりにハイライトをとり出して火をつけた。

「で、やはりご覧になるのですか」

「はあ？」

やはり、というのは、どういう意味なのか、流氷を見に来た、と名刺に書いてあるはずである。

「お忙しいのでしょうか」

「いや、忙しくはありませんが」

紙谷は煙草《たばこ》を右手に持って、腕時計を見た。

「もう遅いのでしょうか」

「まだ大丈夫です」

じゃあどうだというのか。なにか虫のいどころでも悪くて案内をしたくないというのであろうか。美砂は不安になってきいてみた。

「ご迷惑だったでしょうか」

「まあ、迷惑といえば、迷惑です」

紙谷は涼しい顔で煙草をふかしている。

美砂は眼の前の男がわからなくなった。忙しくもないし、時間がないというわけでもない。それなのに案内は迷惑だというのはどういうわけなのか。紙谷にとっては、たとえ正規の仕事でないにしても、東京からわざわざ来たのである。それも紙谷の上司である明峯教授の依頼状を持ってきたのである。

「じゃあ、お願いできないのでしょうか」

美砂は少し、むっとしてきいた。

「あなたは、どういうわけで、氷を見たいのですか」

「どういうわけって……」

美砂は詰った。そう改めてきかれては、言葉がでない。

「氷が美しくて、きれいだときいたものですから、観光のために……」

「なるほど」

紙谷は骨太の指を拡げて、ピアノでもひくようにテーブルの端を叩《たた》いた。

「観光のために、氷を見に来てはいけないのですか」

「いかんということはありません。ただ、僕は、そういうのを、あまり好かんのです」

「じゃあ、どうすればいいのでしょう」

「まあ、とにかく案内しましょう」

紙谷は立ち上ると、机の上の手袋をとった。

「夕暮まで、一時間ありますから、先に氷原のほうに行ってみましょう」

「ご迷惑だったらよろしいのです。一人で見てきますから」

「一人では氷の先まで行くのは危険です」

「でも……」

札幌で美砂は明峯教授に、オホーツク海につき出した氷原の先まで行ってみるようにとすすめられてきた。

岸からだけでなく、実際に氷の上を歩いてみなければ、氷原の本当のよさはわからない。さらに紙谷誠吾に氷の結晶などの話をききながら、氷原の夕焼を見れば感動するだろうともいわれた。

それを見たくて、わざわざここまで来たのだが、肝腎《かんじん》の案内人がいささか無愛想で心もとない。

いつもの美砂なら、これくらい冷たくされたらあきらめるのだが、ここまで来て帰るのはいかにも残念である。せっかく、氷の上を歩くため、札幌でゴム底のロングブーツまで買ってきたのに。

「わたし、ぜひ見たいのです」

「じゃ行きましょうか」

紙谷が手袋をはめた瞬間、ドアをノックして、若い男性が顔を出した。暖かそうな毛糸のセーターに、ニット帽をかぶっているが、まだ二十二、三らしい。

青年は美砂に気付いて、ちょっと戸惑ったようだが、すぐ紙谷のほうを見て、

「あの玄関の白鳥はどうしたんですか」

「トムラウシの先で拾ってきたんだ」

「散弾ですね」

「そうらしい」

「今晩、食べてしまいましょうか」

「そうだな」

「じゃあ、鍋《なべ》にします」

青年は笑うと、美砂に軽く頭を下げて去っていった。

先程の白鳥を、この人達は食べるらしい。美砂はあきれて紙谷を見たが、彼は平然とヤッケのフードを眼深《まぶか》にかぶって、

「行きましょう。そんな恰好《かっこう》で寒くはありませんか」

「いいえ」

美砂は対抗するように首を振った。

階段を降り、玄関に行くと、先程の白鳥はすでになかった。青年が料理をするために、持っていったのかもしれない。

野蛮な男達だ。

美砂は前を行く紙谷の大きな背を睨《にら》みながら、彼に続いて外へ出た。

二

研究所を出て右へ、雪のなかの小道を行くと、正面に氷に閉ざされたオホーツクが見えた。

寄せてきた氷のために、港はもちろん、外海まで雪に閉ざされ、鉛色の海ははるか彼方《かなた》に押しやられている。港の船はすべて岸にあげられ、港は白一色に氷結していた。

案内役の紙谷は、雪の道を黙々と振り返りもせず歩いていく。美砂があとから従《つ》いてくるのは当然だといわんばかりの態度である。

無愛想な男である。美砂はまた腹立たしくなったが、いまは黙って従いていくより仕方がない。

研究所へ来る時、雪が降りそうに見えた地平の一線は、いまも白く、一定の幅を持ったまま変りそうもない。その静まりかえった空へ向けて、港の一角からカラスの群れが飛び立った。

オホーツクの空は、いつも雪の来そうな予兆を抱いたまま、止っているのかもしれない。

やがて雪道は軽い坂になり、そこを降りきったところが、陸地と海の境い目のようだった。紙谷はそこではじめて立ち止り、美砂を振り返った。

「下は氷ですから、気をつけて下さい」

気をつけろといわれても、どうすればいいのか、美砂は氷原に左足をのせ、それからたしかめるように右足を移した。流氷のうえに浅く雪が積り、見た眼には雪原と変らないが、下は底固く、滑る。

美砂が氷原にのったのを見届けると、紙谷はまた先に歩きはじめた。ゆっくりと、一歩ずつ踏みしめて行くような歩き方である。

氷の上を行くには、そうすべきなのか、美砂はその歩き方を真似《まね》ながら、紙谷のあとに従った。

港の一角から飛び立ったカラスの群れは、大きく右へ旋回して街の方へ消えてゆき、あとには晴れているのか、曇っているのか、どちらとも決めがたい灰色の空と、白い氷原だけが拡がっている。

それにしても、よく凍ったものである。強く踏みしめても、揺らぐ気配はまったくない。氷の上を歩いているといった不安はない。

紙谷は相変らず無言で、黙々と同じ調子で歩いていく。うつむくわけでも、胸を張っているわけでもなく、ただ淡々と歩いていく。

あたりに人影はなく、広い氷原で歩いているのは紙谷と美砂の二人だけだった。街の騒音も、ここまでは届いてこない。

「こんなに凍るのは、いつごろからですか」

「いろいろです」

紙谷は前を見たまま答えた。

「いろいろと仰言《おつしや》っても、大体の見当はあるのでしょう」

「今年は一月の七日でしたが、去年は一月の二十二日でした。一昨年は十二月の十九日でした」

なるほど、ずいぶんバラツキがあるものである。だからいろいろだと答えたのか。それにしても、十二月から一月とでも答えればよさそうなものを、そうした曖昧《あいまい》な答え方は、この男には不向きなのだろうか。

美砂はもっといろいろきいて、この男に喋《しやべ》らせたい衝動にかられた。大体、案内人なのだから、見学者に話すのは当然である。

「で、氷があるのはいつまでですか」

「あるというのは、どういう意味でしょう」

「そのう、ここに……」

「あるというのは、こういう状態ですか、それとも割れた状態か、流れ出した状態か」

「こういう状態で……」

「去年は流氷が、りがんしたのが、三月二十八日でした」

「りがん?」

「岸を離れるということです」

「じゃあ、それまではこうして、氷の上を歩けるのですね」

「歩ける場合も、歩けない場合もあります」

「と、仰言いますと?」

「表面は同じに見えても、ところどころ、薄くなったり、亀裂《きれつ》が生じていることもあります。そういうところを知らずに歩いたら海に落ちます」

それはそうに違いない。美砂は可笑《おか》しくなった。

「落ちたら冷たいでしょうね」

「………」

「死んでしまうのでしょうか」

紙谷は答えない。愚問で答える気も起きないというのか。美砂は相手の表情を探ろうとしたが、紙谷の顔はフードにさえぎられて、わからない。

二人は無言のまま歩き続ける。岸からはすでに四、五百メートルは来ているはずである。港の先にあげられた色とりどりの漁船が、ひとかたまりに小さく見えた。

美砂は次第に体が汗ばんできた。

初めは、ずいぶんゆっくりした足取りだと思ったが、同じテンポで歩き続けると、結構な運動である。それに氷の上を歩くのは初めてなので神経が疲れる。

「どこまで行くのですか」

「海の近くまで行ったほうが、いいでしょう」

もちろん行ってみたい。美砂はまた氷を踏みしめた。

「さっき、氷が流れる、と仰言ったけど、あれは……」

「氷が解けて、氷塊になって漂っている状態です」

「青い海に氷が浮いているのですか」

「そうです」

「それは、いつごろですか」

「去年は……」

またきた、と美砂は小さく舌を出した。

「去年氷塊が最後に消えたのは、四月七日でした」

「じゃあ、その少し前にくれば、氷が海に浮いているのが見られたのですね」

「それはわかりません。海風の時には、岸の近くに浮いていますが、陸からの風の時には、沖のほうに行ってしまいます」

「そんなに激しく動くのですか」

「日によって、氷の位置は変ります」

「じゃあ、朝、東京から電話して流氷が近い、ときいたら、飛行機ですぐ飛んで来るといいわね」

「…………」

「それじゃ、いけませんか」

「あなたの自由です」

つき放すように紙谷がいう。また機嫌を損じたのか、ずいぶん気難しい案内人である。明峯教授はどうして、こんな偏屈な男を紹介してくれたのか、美砂は少し哀《かな》しくなった。

港から、すでに一キロ近くきている。氷原は岸に近いあたりからみると、起伏が増し、ところどころに小山のように盛り上った氷の塊がある。紙谷はその氷塊の間を巧みにぬって行く。彼のあとに従いていくぶんには、まず、間違いはないらしい。

海鳥《ごめ》が、小山ほどある氷塊の陰から海の方角へ飛び去っていく。音もなく白い羽だけが、灰色の空に吸われていくようである。

左手に氷海を割るように防波堤が延び、その先端に灯台が見える。流氷でうずめられた海は、通る船もなく、灯台も氷のなかに眠っている。

行手の鉛色の海は次第に近づき、その色を深めてくる。それは一見、雪原のなかの蒼《あお》い湖のように見える。

「このあたりで休みましょうか」

海へ百メートルほどまでの地点で、紙谷は立ち止ると、小さく盛り上った氷の上に腰を降ろした。

美砂は立ったまま、一つ、大きく息を吸った。

見事に澄みきった空気である。

振り返ると、氷原の先に、港をつつみこむように紋別の街が見え、その先に、雪の山並みが続いている。天も地も、物音ひとつしない。見渡すかぎり、灰色の空と、白い氷原と、亀裂から顔を出した海だけである。

美砂は音のない世界というものを、いまはじめて知ったような気がした。この世界は静けさをとおりこして、無気味でさえある。

「少し休んだらいかがですか。そう冷たくありませんよ」

紙谷は自分の坐《すわ》っている横の雪を手で除けてくれた。

「すみません」

美砂は紙谷と並んで坐りながら、この男性は、口ほど意地悪ではないのかもしれない、と思った。

紙谷がヤッケのポケットから煙草をとり出して、火をつける。一服喫《す》い、ゆっくりと吐く、澄みきった空気のなかで、煙草の香りが沁《し》みてくる。

「もうじき、暮れてきます」

左手に淡く続く、雪山の先の空が、赤味を帯びている。左が西で、正面の海の方角は北に違いない。

「このあたりまで、よくいらっしゃるのですか」

「……………」

紙谷は答えず氷原を見ていた。音のない世界に来てみると、無口な紙谷はよく似合った。

「こんなところで、一生、暮せたらいいでしょうね」

美砂は自分の棲《す》んでいる東京を思い返した。東京の人いきれと、騒音からみれば、ここはまさに別天地である。

「来てよかったわ」

はるばるきて、無愛想な男に会ったが、遠くから来た甲斐《かい》はあった。

「真冬のオホーツクが、こんなに静かだとは知りませんでした」

「静かなだけではありません」

紙谷が、低いがはっきりした口調でいった。

「それはそうでしょうけど、でもこんな景色を見たら、東京の人達は、みんな感激すると思います」

「迷惑なことです」

「いけませんか」

「いいかどうかわからないが、こんなのを見ただけで、流氷もオホーックも知ったつもりになられては困る」

「わたしは別にそんな……」

「あなた達は、どうせ観光客だから」

美砂は紙谷を振り返った。フードのなかの紙谷の眼は相変らずまっすぐ氷原の先のオホーツクに向けられている。

「遊びがてらに来る人に、氷の美しさなどわからない。僕はそういう人の案内は、あまり好きではないので」

美砂は、紙谷が無愛想であった理由が、わかったような気がした。

東京から来た美砂には、憧《あこが》れであり美しい風景である流氷が、紙谷には一生をかけた仕事の対象であり生活だと、いいたいのかもしれない。

「ご免なさい、行けば簡単に案内していただけると思ったものですから」

「僕はなんでもはっきりいってしまう性質《たち》なので、気にしないでください」

「気になんかしていません」

西の空が次第に赤味を増し、それを受けて氷原が茜色《あかねいろ》に染まりはじめている。氷に坐っている二人の影が、浅い雪のうえに尾を引いている。

「ここにいらして、何年になるのですか」

「七年かな」

「大学にはお戻りにならないいんですか。明峯先生が、あなたのことを紋別に行ったまま戻ってこない変った奴《やつ》だ、と仰言ってました」

「そうですか」

紙谷は別に気にした様子もない。最後の一服を喫うと彼はそのまま、喫殻《すいがら》を足元に落した。火はすぐ浅い雪のなかにうずもれた。

「札幌にお帰りになりたいとは、思わないいんですか」

「思わないわけでもありません」

「じゃあ、どうしてここに……」

「オホーツクのほうが、合っているからです」

たしかに、この男は都会より田舎《いなか》に住むほうが似つかわしいかもしれない。それも風《ふう》光明媚《こうめいび》な湖や、田園というより、荒々しい、オホーツクの海が最も相応《ふさわ》しいかもしれない。

「氷がよほど、お好きなのですね」

「それしか知らんのです」

美砂はまた覗《のぞ》き込むようにして彼を見たが、その横顔にはなにか、暗い翳《かげ》が潜んでいるように見える。

「もう少し先まで行ってみましょうか」

捨てた喫殻を踏み消して、紙谷が立ち上った。上背のあるがっしりした体が雪の上に長い影を落して行く。

「そんなに先まで行って、大丈夫ですか」

「多分……」

紙谷はかまわずにどんどん行く。

多分とは心もとない。もし氷でも割れて落ち込んだらどうするのか。

こんな冷たい、オホーツクの海で死ぬのでは淋しすぎる。でも行けるものなら、氷の跡切《とぎ》れるところまで行ってみたい。そこまで行けば、真冬のオホーツクの海を眼下に見下ろせるのだ。

不安と怖いもの見たさが交りあう。どちらにしても、氷が割れたら、先に落ち込むのは紙谷のほうである。彼のあとに従いてゆくかぎり、自分は大丈夫である。

美砂は身勝手な計算をして、紙谷のあとに従う。

氷原の先端まで来たというのに、風はほとんどない。

コートはミモレ丈だが、膝《ひざ》の近くまでロングブーツがおおい、頭はフードをかぶっているので、寒さは、ほとんど感じない。紙谷は相変らず、同じテンポで歩いていく。白一色のなかに、蒼く帯のように走る亀裂が、左右で次第に幅を増してくる。気のせいか、足元がぐらつくような気がする。

「まだ行くのですか」

「もう少し」

「怖いわ……」

いいかけて、美砂は口をつぐんだ。この男には弱味を見せたくない。いま弱音を吐いては、ますます馬鹿《ばか》にされそうである。

さらに五十メートルほど行ったところで、紙谷は立ち止った。蒼い亀裂は目前にくっきりと見える。

「こっちへ行きましょう」

紙谷は氷の固さをたしかめるように、二、三度あたりを踏んでから、右のほうへ寄った。

二十メートルほど横へそれてから、再び亀裂へ向う。美砂は浅い雪の上についた紙谷の足跡を忠実にたどっていく。彼との距離は四、五メートルある。

もし、この人が落ちたら……。

ずるずると、紙谷の大きな体が氷の下に落ち込んでいったら、どうすればいいのか。とんでいって、この人の体を引きずりあげることができるだろうか。いや、なまじっか手をさしのべたりしたら、自分のほうも一緒に沈むかもしれない。

実際、そんな場面にぶつかったら、悲鳴をあげたまま、ただ呆然《ぼうぜん》と見守っているかもしれない。

突然、紙谷が立ち止った。

「このあたりで、やめておきましょうか」

顔をあげると、海が数メートル先に迫っている。

美砂はおそるおそる、足場をたしかめてから、海面を覗き込んだ。亀裂の端は淡い蒼色をなし、中央部は眼にしみるような藍色《あいいろ》で、青い洞《ほら》を見るようだ。

周囲を氷でとり囲まれているせいか、海は静まりかえり、氷との境い目だけが小さく揺れている。

「深いんでしょうね」

美砂は両手でコートの襟元を寄せたままでいた。

「海岸から一キロ半は来ていますから、水深は二百メートルくらいかもしれません」

「冷たそう」

「まわりが寒いから、冷たく感じますが海の温度はそう変るものではありません。少なくとも、凍っていないのですから、海水の氷点のマイナス二度以下ということはないはずです」

　理屈ではそうかもしれないが、氷につつまれた海は、いかにも冷たそうである。

「こんなに静かな海を見たのは、はじめてです」

「表面は静かでも、海の底は、いつでも動いているのです」

「この氷の下も、動いているのですか」

「もちろんです」

　美砂は無気味になって、足元の氷を見た。だがどう踏みつけたところで氷は大地のように微動だにしない。いまここから見渡すかぎり、動いているものはなにもない。

「わあ、きれい」

　左手の海岸線が赤く焼けている。落日は斜めに氷原を染め、その先の外海を、暗い翳に落し込んでいた。遠くなった紋別の街が雪のはてに、豆粒のようにみえ、その先に暮れかけた雪山が、静まりかえっている。

「素敵だわ」

　天と地のなかで、立っているのは、美砂と紙谷しかいない。空も海も、氷原も、いまはすべてが動きを止め、夜の訪れを待っていた。

「来てよかったわ」

美砂はしみじみといった。紙谷になんといわれようと、この風景に接した感動は大きい。

再び紙谷がポケットから煙草をとり出して、火をつけた。煙を吐きながら氷原の先の地平を見ている。斜陽を受けた顔の左半分が赤く焼け、影が氷原に長い尾を引いている。

この人はいつもこんなところにいて、なにを考えているのだろうか。

紙谷の口に咥《くわ》えたままの煙草から、ゆっくりと煙が流れていく。煙はいったん前へ出て、すぐ風に吹かれて右へ流れていく。

「時々ここへくることがあるんですか」

「ええ……」

ポケットに手をつっ込んだまま、紙谷がうなずいた。

「お一人できて、なにを考えるんですか」

「なにも考えません」

「でも……」

「戻りましょうか」

美砂の質問を打切るように紙谷が振り返った。雪焼けした精悍な顔に、落日が輝いている。

「なんだか、このまま帰るのは勿体《もったい》ないわ」

美砂がいったが、紙谷はかまわず歩きはじめた。氷原の上に二人の影が並んで行く。二人とも、少しうつむき加減に、コートのポケットに両手をつっ込んでいた。

「あなたはどうして、こんなところへ来たんですか」

ふと思い出したように紙谷がきいた。

「来て、おかしいですか」

「………」

「女が一人で、こんなところに来るなんて、おかしいかもしれませんね」

「ええ……」

紙谷は素直にうなずいた。

「別に、理由なんかないんです」

たしかに、美砂が流氷を見ようと思い立ったのは、ほんの気紛《きまぐ》れである。家でなに気なく、『旅行』という雑誌を見ている時、オホーツクの流氷の写真を見たのが、来ようと思ったきっかけであった。

そこには丘の上から街をとおして、流氷の寄せてきた海がひろがり、その下に、「一月から三月まで、オホーツクの海は氷に閉ざされ、その間、港は冬眠に入ります」と書かれていた。

どういうわけか、美砂はその白い雪と氷で閉ざされた街にひかれた。写真で見るかぎり、白く、侘《わび》しげな街が、美砂に、ある安らぎを与えてくれるような気がした。

美砂は早速、自分で時刻表を買いこみ、日程をつくって、行く準備をした。父も母も、美砂の突然の北海道行に驚いた。

「こんな真冬に北海道の、しかもオホーツクまで行くなんて、頭がおかしいよ」とまでいわれた。

実際、美砂自身も、自分が何故《なぜ》こうして、冬のオホーツクまで行かねばならないのか、理由がわからなかった。

だが少し落ちついて考えてみると、行こうと思い立ったのは、美砂の気紛れだけともいいかねる。

その数カ月前から、美砂は家から逃げ出したいと願っていた。

大学を卒《お》えて、そのまま家で、お茶やお花を習っている生活に飽きていた。家事見習いという、いかにも花嫁修業的な生活に嫌気がさしていた。せっかく英文科を卒えたのに、それを生かさないというのは勿体ない。

就職といっても、さほど目星《めぼし》いところもなかったが、とにかく勤めるべきであった。

大学の友達には、教師になった人や商事会社に勤めた人が多かったが、彼女等と会って話をしていると、いつも自分一人おいてゆかれるような不安を覚えた。

父は大手の鉄鋼メーカーの部長で、生活に困らないとはいえ、ぶらぶらしているのは悪い。みんなに迷惑をかけているような気さえした。

いっそのこと、自分で、どこか勤め先を見付けてきて、勤めようかとも思った。

だがそう思いながら、いざとなると決心がつかない。いまさら、小さな会社に勤めたところで、どうにもならないような気がする。

いろいろ思いつめながら、いざとなると億劫《おっくう》になるのは、なに不自由なく育てられてきた甘えのせいかもしれなかった。

口では生意気なことをいいながら、自分ではなに一つ決断できない。

だが一カ月前にした見合の話だけは、美砂ははっきりと断わった。

話を持ってきたのは目白《めじろ》に住む伯母で、相手は二十八歳の村井《むらい》という青年であった。K大を卒えて、いまは商事会社に勤めている前途有望な青年だという。実際、会った感じでは礼儀正しく、はきはきしていかにも若手のやり手社員といった感じだった。

父は例によって、お前がよければ嫁《い》け、といった態度だったが、母は異様に乗気だった。

「本人もしっかりしているし、家もお父様は大学の教授でしょう。こんな良縁は滅多にないわ」とすすめる。

たしかに二十四歳の美砂は、もう適齢期の限界である。この一、二年のチャンスを逸したら、本当に縁遠くなるのかもしれない。

村井は上背もあるし、顔も悪くはない。話も如才なく、親切である。いまの美砂にとって、願ってもない良縁かもしれない。

だが、どういうわけか美砂は、その青年と結婚する気にはなれなかった。

見合のあと、二度ほど会って、話をして、それはそれなりに楽しかったが、どうしても結婚する、という気にはなれない。

どこといって欠点はないのだが、いま一つぴんとこない。強く惹《ひ》きつけられるところがない。

「初めのうちはみんなそんなものよ、結婚したらそのうち、うまくいくものよ」

母は、それは贅沢《ぜいたく》だといったが、美砂は、一生に一度の結婚をする以上、この人となら命を捨ててもいい、というような人としたいと思う。

親のいうまま、世間的に良縁だ、というだけで結ばれるのでは意気地がなさすぎる。

考えてみると、美砂がその話を断わったのは、いかにも適齢期に、いかにもそれらしい相手と結婚する、その結構ずくめのあり方に反発したのかもしれなかった。

一応、大学を卒えて、良家の子女らしく花嫁修業をして、一応、学歴、家柄、職業とも整った恰好の男と結婚する。その型にはまりすぎたあり方が嫌だった。

それではいかにも常識的で、安易すぎるような気がする。

もう少し、自分で自分の道を決める、そんな強さが欲しい。

奇妙なことだが、美砂は結婚話を断わったことで、すでに働いている友達に、いいわけが立ったような気がした。

これでわたしは単なるお人形ではない。親のいうままになる娘ではない。そう堂々と宣言できるような気がしていた。

だが母はそれ以来「あなたはなにを考えているのか、さっぱりわからない」と不機嫌になってしまった。

美砂は何度か、縁談を断わった理由を説明しようかと思ったが、うまくいえそうもない。

どう説明したところで母にはわかってもらえない。そう思うと、説明するのが億劫になる。

美砂が流氷の写真を見たのは、そんな時だった。

三

夕陽《ゆうひ》で焼けた氷原に、二人の影が長く尾をひいていた。

行手の雪山の一角で、またカラスの一団が舞いあがり、大きく弧を描いて西の空のほうへ消えていった。カラスの一団が消えると、急に夜がうしろから寄せてきた。

美砂は少し怖くなり、紙谷の横に並んだ。これからは岸へ戻るだけで、氷の割れる心配はもうない。

「夜になっても、海はあのままなのでしょうか」

美砂は、暮れていく氷原の先の海を振り返った。

「少しずつ変ります」

「じゃあ、あの蒼い海は、明日はなくなっているかもしれないのですね」

「冷えてきているから、明日はあのあたりまで凍っているかもしれません」

たしかに、夕暮とともに寒気が増していた。ただ見ると止っているようにみえるオホーツクは、その実いっときとして止《とど》まっている時がないらしい。

「今夜は紋別に泊るのですか」

氷原の中程まできた時、紙谷がきいた。

「駅前の小山《こやま》旅館というところに、泊ることにしました」

紙谷はうなずいたようだが、大きなフードにさえぎられて、よくわからない。

「今日はここに泊って、明日は網走《あばしり》に行こうと思ってます」

「やはり、流氷を見にですか？」

「流氷はここで充分見ましたから、網走は街だけ見て、夜行で帰るつもりです」

「…………」

「網走にも、流氷が来るんですか」

「いまなら、網走から知床《しれとこ》の先まで凍っているはずです」

オホーツク沿岸は、稚内《わっかない》から知床まで、ぎっしりと氷に包まれているらしい。一体それはどれくらいの量になるのか、そしてそれはどこから寄せてくるのか、美砂には、その果てしない氷原が、白く無気味な魔もののように思える。

「やっぱり北の海は冷たいのですね」

「北だから凍るというわけではありません」

「そうでしょうか」

「稚内から小樽《おたる》への、西の海岸は流氷がこないでしょう」

たしかにそういわれてみると、オホーツクの流氷、という言葉はきいたことがあるが、日本海の流氷というのは、きいたことがない。

少なくとも地図で見る北海道の三角形の頂点に当る稚内をはさんで、右のオホーツク側だけが凍って、左の日本海に流氷がきたのはきいたことがない。

「緯度だけからいえば、北海やバルト海のほうがはるかに上です。でも向うには流氷は、現れません」

北海やバルト海はどこらあたりか、美砂のうろ覚えの世界地図では、北海はオランダの北の海で、バルト海はスウェーデンに面した海のように思う。

「そんな北の海が、どうして凍らないのでしょう」

「それは、僕達も知りたいのです」

「あなた方も、わからないのですか」

「暖流の影響であることは、はっきりしています。北海道でも日本海側は、対馬《つしま》海峡から北上してきた暖流が、日本海側の海岸沿いにあがってきますが、オホーツクはベーリング海からの寒流だけです」

ちゃんとわかっているではないかといいたくなったが、紙谷はさらに続ける。

「しかし、それだけじゃ説明がつきません。バルト海はほとんど寒流だけで、緯度も高いのに凍りません。ウラジオストックや北朝鮮の沿岸も、間宮《まみや》海峡からの寒流だけなのに凍らないのです」

不思議なことだと思うが、いまの美砂には、それから先まで考える手掛りがない。

「ここは、流氷がくる場所としては、世界で最も南の端になっています」

美砂はもう一度、暮れていく氷原を振り返った。

「このあたりだけ特別、海が冷たいのでしょうか」

「冷たいことはたしかですが、この程度の温度でも凍らない海もあります。いま、原因をいろいろ調べているんですが、一つは、海流がゆるいんじゃないかということです」

「海の流れがおそいと、凍りやすいんですか」

「いつも激しく動いている水は凍らないでしょう。たとえば滝とか」

その理屈なら美砂にもわかる。

「海流がゆるいうえに、底で渦を巻いているらしいのです」

「そんなことが、どうしてわかるのですか」

「氷に乗って、海流測定器を流していればわかります」

「氷に乗るのですか」

「春先に氷が割れて動き出すとき氷に乗って、測定器をぶら下げていればいいわけです」

「そんなことして大丈夫ですか」

「小さい氷では危険ですが、僕達が乗るのは、幅十メートルはある大きなやつです」

「それに乗って流されていくのですか」

「別に帆や櫓《ろ》はありませんからね」

氷に乗って、海流計を流している図は、いかにもユーモラスで暢んびりしている。

「そんなことをして、遠くまで流されていったら、どうするのです?」

「多分、知床の先か千島《ちしま》のほうに行って、太平洋に出るでしょうが、その前に、解けて消えてしまいます」

「じゃあ、乗っている人は?」

「もちろん、知床に行く前に、舟に乗り移ります」

紙谷の雪焼けした顔に、はじめて笑いが浮んだ。それにつれて美砂の気持も和《なご》んできた。

「測定している間は忙しいのでしょうね」

「いや、たまに海の中から測定器を引き上げて、器械がきちんと動いているか、みるだけです」

「流されている間、ずっと氷の上に坐っているのですか」

「立っていると、余計に風が冷たいですからね」

「でも、坐っていたらお臀《しり》が……」

「臀はアザラシの皮を敷いておけば大丈夫です」

氷の上に敷いたアザラシの皮の上で、この男はなにを考えているのか。美砂は横にいる紙谷が、とらえきれぬ男のように思えた。

「今年もまた、氷に乗るのですか」

「多分、離岸する三月ごろに」

「わたしも乗ってみたいわ」

海の流れのままに、氷に乗っていく旅は、なんと悠長で、スケールの大きいことか。

「もし、春にまた来たら、乗せていただけますか」

「乗りたけりゃ、乗ってもかまいませんが……」

紙谷の顔に戸惑いの表情が走る。

「一度乗ると、四、五時間は降りられませんよ」

紙谷は一つ、咳払《せきばら》いをしてから、

「それに、トイレがありません」

美砂は顔を赤くしてうなずいた。

氷原の中程を過ぎて、岸まで四、五百メートルの地点まで戻ってきている。

赤かった西の空は、地平の際を残して、急速に光を失い、かわって海から寄せるように夜が迫ってきている。雪の上に揚げられた船は、すでに黒いかたまりとなり、その先に紋別の街の灯が、輝きはじめていた。

「お望みでしたら、これから研究所を案内しますが、どうしますか」

氷原から岸への上り口で、紙谷がきいた。

「これからでもよろしいのですか」

「僕のほうはかまいません」

「じゃあお願いします」

これから部屋へ戻って、一人ですごすのでは少し侘しい。

「研究所へ行きましょう」

紙谷は来た道を、丘へ向って、戻って行く。

氷原から丘へ、二人が歩いたあとは誰《だれ》も来なかったとみえて、雪のなかに足跡が来た時のままに残っている。

小高い丘を登り、二百メートルも行くと、研究所の横だった。灰色の壁を過ぎ、表に出ると、入口の灯がまわりの雪を明るく照らし出していた。

「どうぞ」

紙谷は入口のドアを押し、美砂が入るのを待って閉めた。

「暖かいわ」

夕暮の外を歩いてきた体に、暖房のきいた部屋の空気は心地よい。

美砂はようやく、人心地がつき、フードをはずした。

紙谷は先に階段を昇り、先程の研究室のドアをあけると、スイッチを押した。

部屋のなかは、出かけた時と変らず、机の横にポータブル器具が置かれ、壁に動物の毛皮が下っている。

「少し休んでください。いまお茶でも淹《い》れます」

「いえ、どうぞおかまいなく」

美砂がいったが、紙谷はかまわず、パーコレーターに水をいれ、コンセントにつないだ。

「疲れたでしょう」

「ええ、少し」

今朝、九時半に札幌を出て、五時間以上も列車に揺られて、それから一キロ半の氷原を往復してきたことになる。

「インスタントコーヒーですが、いいですか」

「すみません」

紙谷は無骨な手で、二つのカップに、コーヒーと砂糖を入れた。ミルクはないらしい。カップに受け皿もないし、スプーンもどこか薄汚れている。

だが紙谷は気にする様子もない。煙草に火をつけて、暮れた窓を見た。

窓は暗く、そこに部屋がもう一つ映っている。

やがてパーコレーターの湯が沸き、紙谷はコンセントをはずし、二つのカップに湯を注いだ。

「どうぞ」

美砂は差し出されたコーヒーの湯気を頬《ほお》に受けながら、スプーンでかきまぜた。

疲れたせいか、久しぶりのコーヒーの香りが心地よい。

「いつも、ここで遅くまで仕事をしていらっしゃるのですか」

「家に帰ったら、ストーブをつけなければいけませんからね」

「お家はどこですか」

「この坂を降りたところです」

紙谷が窓の先を指さした。美砂が見ていると、ドアがノックされた。

「どうぞ」

ドアをあけて入ってきたのは、出がけに会った青年だった。

「鍋ができましたよ」

青年はそういうと、美砂にぺこりと頭を下げた。

「腹は減ってませんか」

「いえ、わたしは……」

「さっきの鳥で、鍋をつくったんです。よろしかったら、一緒に食べませんか」

紙谷に代って、青年がいう。

美砂はここへ来た時、紙谷が手に持っていた白鳥を思い出した。誰かに射たれたのか、胸元に血が滲《にじ》んでいた。

「他に鮭《さけ》と、ジャガイモと、玉葱《たまねぎ》など、なんでも入っているので、ごった鍋といっているのですが、凄《すご》く旨《うま》いんです。冬の寒いときはこれにかぎります」

青年が説明し、紙谷がもう一度すすめてくれる。

「どうですか」

「はい」

うなずきながら、美砂は、鳥さえ食べなければいいのだと、自分にいいきかせた。

四

食堂は階段を降りて廊下を曲ったつき当りにあった。

十畳ほどの広さで、真ん中にテーブルがあり、周りに折り畳み式の椅子《いす》が並んでいる。縦に長いテーブルの先には黒板があり、そこに、オホーツク沿岸らしい地図が描かれ、矢印と、85、60、といった数字が書き込まれている。

食堂といっても、ここでは研究所員の打合せもおこなわれるらしい。そのテーブルの中央のガスコンロの上に、直径五、六十センチはあろうかと思われる大きな鍋が置かれ、しきりに湯気がたっている。

鍋のまわりには、男達が五人ほど集まり、ふうふう湯気をふきながら、ドンブリに盛った鍋汁にくらいついている。

紙谷が入っていくと、男達は一斉に振り向き、「おす」と挨拶《あいさつ》を返す。

だが、男達の視線は入口に立っている美砂に注がれた。

紙谷は一瞬、照れたように顎《あご》に手を当て、それからみんなに紹介する。

「こちら、竹内美砂さんという。明峯教授の紹介で、東京から流氷を見に来られた」

ほう、というように、男達がうなずく。

「みんなここの研究員や技師です。気さくな奴ばかりですから、気にしないで食ってください」

紙谷がいうと、男達がすぐに、鍋の前の席をあけた。

「おい、ドンブリはないか」

「これがきれいです」

すぐ横にいた男性が、新しいドンブリとグラスをとってくれる。箸《はし》は同じ朱塗りのが、箸立てに入っている。紙谷はそれを一組とると、美砂の前においてくれた。

「どんどん食べてください、遠慮していると、みんなに食べられてしまいますから」

たしかに男達の食欲はすごい。しゃもじで実と汁をすくいあげ、ドンブリに一杯にして、湯気を吹きながら食べていく。

「鳥は一羽ですが、鮭がたっぷり入ってますから、旨いですよ」

鳥鍋というより、鮭鍋に近いが、魚や鳥と野菜がまじっているから、寄せ鍋とでもいうべきか、とにかく美味《おい》しそうな匂《にお》いが鼻をつく。

だが美砂はすぐには手を出せない。男達が次々に手を出すし、鍋が煮えたぎっていて怖いような気がする。

「とりましょうか」

見かねて、紙谷が美砂のドンブリをとった。

「鮭がいいですか、鳥がいいですか」

「鳥はあのう……」

美砂が首を左右に振ると、紙谷は笑って、鮭と野菜をドンブリに溢《あふ》れるほど盛ってくれた。

「酒は？」

「いえ、わたしは……」

「まあ、いいでしょう」

一升瓶のままグラスに注ぐ。

「これは鍋にいろいろなものをまぜているから、われわれはごった鍋と呼んでいます。寒い時はこれにかぎりますよ」

軽い味噌《みそ》味の汁のなかに、キャベツ、白菜、ジャガイモ、玉葱などの野菜にまじって、美砂の手の甲ほどもある鮭の切身が、いくつも投げ込まれている。それに帆立貝やイクラなどもまじっている。

料理の仕方は荒いが、これと同じ材料を東京で食べるとしたら容易なことではない。

「旨いでしょう」

紙谷が自慢そうにいう。

美砂はまだドンブリの半分も食べられないが、男達はもう二杯も三杯もお替りしている。なかには、鍋と酒で、すでに顔を赤くしている者もいる。

「おい、火を少し弱くしろよ」

いわれた向いの男性がガス栓を絞る。みな若くて、雪焼けして精悍に見える。紙谷はここでは、一番上らしい。

右横と正面と、二人の男がしゃもじをとろうとして、手がぶつかる。

「おい、お客様がいるんだからな、あまりがつがつしないでくれよ。この調子じゃ、お客様用として、とっておかなくっちゃ、いけないいな」

「いえ、わたしは……」

「どんどん食べてください、鮭や貝ならいくらでもあるんですから」

この魚の豪華さは、さすがにオホーツクである。こんな美味しい鍋をつつきながら、美しい氷原を見て暮している男性は、なんと幸せなことか、美砂は一瞬この男達が羨《うらや》ましくなる。

半分も食べないうちに、美砂は全身が熱くなってきた。こうして鍋を囲んでいると夕暮の氷原の寒さは遠い世界のことのようである。

一斉にかぶりついていた男達も、さすがに腹が満ちてきたらしい。食べることより、酒を飲んだり、煙草を喫うほうが多くなる。

「もっといれましょう」

「いえ、もういっぱいです」

かまわず紙谷が入れてくれる。紙谷はすでに二杯目を平らげている。

「おい、酒がないぜ」

さきほど、部屋に迎えに来た青年がいう。

「早いねえ、じゃあ赤い羽根だ」

「お前が一番飲んでるぞ」

「今日、一番よく働いたからね」

男達はポケットに手をつっこんで、勝手に硬貨をとり出した。

赤い羽根とは共同募金のことで、みんなから金を集めて酒を買うつもりらしい。男達から、たちまち二千円近くの金が集まる。

「おい、特級が買えるぞ」

「待てよ、もう少し足せば、二級が二本だぜ、そのほうがいいだろう」

「あのう、わたしが……」

美砂がハンドバッグから財布をとり出そうとすると、紙谷が制した。

「いや、いいんです。足りなけりゃ、焼酎《しょうちゅう》を買えばいいんですから」

「たまには特級だけでいきましょう、そのほうが頭にいい」

さきほどの青年がいう。

「そうだ、お前のためにもな」

「みなさんは頭がよろしゅうござんすから」

青年は皮肉をいいながら、酒屋へ電話をかけに、部屋を出ていく。

残った男達は笑いながら、また勝手に話しはじめた。一組は、しきりにベーリング海とか、北極という言葉が出てきて、氷の話をしているらしいが、もう一組は、どこかの飲み屋の話らしい。紙谷は美砂に気を遣ってか、話に入らずグラスを傾ける。

「どうですか、ごった鍋は」

「とっても美味しいわ」

「まだ残ってますよ」

「いいえ、もう入りません」

鍋の底には、まだ少し残っているが、これ以上は食べられない。

「酒は飲めないんですか」

「少し飲んだだけで、すぐ顔が赤くなってしまうんです」

「僕もですよ」

紙谷は自分の頰を撫《な》でた。たしかに眼のあたりが、うっすらと朱を帯びている。

「酔わないうちに、レーダーでも見ておきますか」

紙谷にいわれて、美砂ははじめて、自分が流氷レーダーを見に、研究所へ戻ってきたのを思い出した。

紙谷は煙草をもみ消すと立ち上った。

「俺《おれ》はこの人を案内して、レーダー室へ行ってくるから」

男達は一瞬話を止め、二人を見た。その視線のなかを紙谷はかまわず部屋を出る。

「時々、ああして、一緒にお飲みになるんですか」

「あまり遊ぶところもない田舎ですから、週に一、二回は、あんなことをやって騒ぐのです。それに今夜は鳥があったから」

「あの鳥は、あなたが……」

「いや、違いますよ。あれは渡り鳥の白鳥ですから、射ってはいけないことになっているんです。それを射つ悪い奴がいるんです」

「可哀想《かわいそう》……」

「射った男は、氷の陰になって見付けられなかったんでしょう。どうせあのまま放っといても犬に食われるだけですから」

だから食べたという理屈らしい。

「この前も一羽見付けましたが、それは羽をやられただけで、まだ生きていました」

「それも食べたんですか」

「そいつは弾を抜いて、一週間で放してやりました。渡り鳥でも春まではこのあたりにいますから、まず大丈夫だったでしょう」

レーダー室は二階らしく、階段を昇っていく。

「この近くで、白鳥が来るところがあるのですか」

「この東のサロマ湖、能取湖《のとろこ》、それに南の風蓮湖《ふうれんこ》や尾岱沼《おだいとう》あたりは、白鳥で真っ白です。遠くから見ると、湖が白鳥でうずまったように見えます」

北国の冬の澄んだ湖に、白鳥の並ぶ風景はどんなであろうか。美砂は夜に塗り込められた窓を見ながら、白鳥でおおわれた湖を想像した。

「その湖、網走まで行く途中で見られますか」

「もちろん」

うなずいてから、紙谷はふと思い出したように、

「明日、藤野《ふじの》が網走まで行きますから、一緒に車に乗っていったらいかがです」

「藤野さん？」

「さっき、僕達を呼びに来た男です」

あの酒を注文に行った、少し剽軽《ひょうきん》な男かと、美砂は思い出した。

「その人、網走になにか用事ですか」

「ここと網走と、北の枝幸《えさし》と、三カ所にレーダー観測所があるのです。その三カ所で観測したデータを、ここに集めて検討するのです」

紙谷はそういって廊下のつき当りの扉を押した。

入口に「レーダー研究室」という表示がでている。その扉を押した先の部屋が計算室になっている。

紙谷がスイッチをおすと、短い瞬きのあとに蛍光灯がついた。部屋はクリーム色の床で、そこに計算器や複写器が並んでいる。ドアをおして、さらにすすむと、黒いカーテンの先に、レーダー室がある。

美砂にはわからない器械が、前と左右、三方の壁に、ぎっしりと取りつけられ、中央に一メートル径の円形のレーダー盤が見える。紙谷がその横のボタンを操作すると、グリーンの盤上に、白い斑点《はんてん》が、浮き上ってきた。

斑点は連続して白いかたまりになったり、小さく離れている一点もある。

「白く映っているところが、氷のある部分です」

斑点の上を、薄い影を引いた同心円が、五重、六重の輪を描きながら、時計廻りに一定のスピードで回転している。

「その廻っているのが、レーダーのとらえている範囲です」

「どのくらいまでわかるのですか」

「輪と輪の間隔が丁度五海里、約十キロです。大体、ここから六十キロ半径ぐらいの範囲の氷の状態は確実にわかります」

さきほど歩いてきた氷原のあたりは、もちろん、白い陰影となって、映っているに違いない。

「これと同じレーダーが網走と、枝幸にもありますから、その三つで、オホーツク沿岸の氷の状態は、完全に摑《つか》めるわけです」

レーダー探知器が動くのに合せて、くるり、くるりと、盤上に白い氷の帯が浮び上ってくる。

「わたし達が、さっき行ってきたところは、どのあたりですか？」

紙谷が身をのり出して、レーダーの中心に近い白い一点を指さした。

「このあたりです。まわりが全部氷ですから、すべて白く映っていますが」

うなずきながら、美砂は身近に逞《たくま》しい男の匂いをかいで、息を潜めた。

五

レーダー盤の上では、レーダー探知器が廻るのに合せて、一定の速度で流氷の影が現れては消える。暖かい部屋にいながらにして、六十キロ先の夜の海の状態まで知れるということが不思議である。

美砂は一つ呼吸《いき》をつき、額の髪を軽くかきあげた。髪が乱れたわけではないが、密室に紙谷と二人でいることが、気懸りになっただけである。だが紙谷のほうは気にしている様子はない。

先程、鍋をつっつきながら酒もかなり飲んだはずだが、酔った様子もなく相変らず、われ関せず、といった態度でレーダーを見ている。

これが科学者の顔かと、美砂は紙谷の横顔を盗み見た。レーダー盤の光を受けて、紙谷の顔は少し蒼ざめて見える。軽くうつむいているせいか頬もいくらかこけて見える。

いままで鳥鍋をつっついていた時の暢気そうな表情は消えて、レーダーを見詰める眼の鋭さだけがきわ立っている。

「なにか変ったことでもあるのですか」

「いや、とくに珍しいことじゃありませんが、夕方からみると、氷結線がかなり上ってきているのです」

「上っている、といいますと?」

「沖のほうに、凍結の範囲が拡がってきているのです。この北東、二十キロの沖合に、大きな流氷帯ができています」

紙谷がレーダーの右手の白い一帯を指で示した。

「朝までにはかなり大きくなるかもしれません」

いまこのいっときも、氷原は刻々と動いているらしい。一体、この暗い夜のなかで、氷海にはどんな風が吹き、どんな海鳴りがきこえているであろうか。

「こんな時の海は、異様に静かなものです。風が止《や》み、気温だけ下る、そんな時に海は一番凍りやすい」

美砂には想像もつかない大きな空間で、いま氷は着々と成熟しているに違いない。

「冬の初めに流氷が寄せてくる時もいっとき、すべての風が止み、海も死んだように静まります」

「波がなくなるのですか」

「研究所の屋上から見ると、蒼い海の果てに、一直線に白い線が見えてきます。氷の塊が白い線になって、外からの波を防いでしまうのです」

海の彼方に白い氷の一線が見え、その瞬間、波が止り音が跡絶《とだ》える、その静寂はどんなに深く、無気味なことか。美砂は夕暮のなかに見た蒼い海と、白い氷原を思った。

「寒気とともに、それが寄せてきて、夜から明方にかけて接岸します」

「その時も音は……」

「一晩中、低い歯ぎしりのような音が続きます」

「歯ぎしり？」

「いろいろな氷の塊が、海岸に近づいて触れ合い、せめぎあって音がするのです。よく海が哭《な》くというけど、あの場合は氷が哭く、といったほうがいいのかもしれない」

夜の海で無数の氷が押し合い、せめぎあう光景はどんなであろうか。それは美砂には想像もつかない酷烈な情景のように思われる。

「だから沖についた時、氷はすべてはすごおりになってしまうのです」

「はすごおり？」

「蓮《はす》の葉のように円い形をした氷です。沖にあったころは三角や四角の角ばった大きな氷であったのが、海岸でぶつかりあっているうちに砕け、角がとれて円くなるのです」

「それにも人が乗れるのですか」

「一人ぐらいから、五人も十人も乗れるのまで、大きさはさまざまです」

「じゃあ夜が明けると、それが沖のほうまで……」

「ぎっしりと、白一色に閉ざしてしまいます」

一夜あけると、蒼かった海は、白い氷の海に変貌《へんぼう》している。美砂は何故か、その変貌が自分の生き方も変える、大きな可能性を秘めているような気がした。

「一度、その流氷が寄せてくるところを、見たいわ」

「今年はもう終りました」

「来年は……」

「この雪が解けて、十二月の末か一月の初めにまた来ます」

「あと一年ですね」

一年後の自分はどうなっているのか、やはりいまと同じように、ぶらぶら家にいるのか。それとも誰かと結婚でもしているだろうか、ともかく今度流氷がくるところを、ぜひ見たい。

「流氷の写真でよければいろいろありますよ」

「その写真、見せていただけますか」

「見せるのはかまわないんですが、ここにあるのは研究用の白黒の写真で、あまり面白くありません。流氷の風景を見るのなら、この街に吉田《よしだ》さんという写真家がいます。もう流氷だけを十年以上も撮り続けてきたベテランですから、彼の写真のほうがいいでしょう。見たければ明日までに借りてきてあげますよ」

「明日、早いので、またこの次の機会にでも……」

初めは無愛想に思えたが、この男は意外に親切なのかもしれない。美砂は無精髯《ぶしょうひげ》の生えた紙谷の横顔を、盗み見た。

「そろそろ、行きましょうか」

紙谷はレーダーの右手へ行き、制御スイッチを押した。盤の上に、白く浮いていた氷原は小刻みに揺れ、やがて小さな一点となって、視界から消えた。

「電気を消しますから先に出てください」

美砂はいわれたとおりレーダー室から出て、廊下で待った。

すぐ紙谷がドアを閉じて、出てくる。

「狭い部屋にいて、疲れたでしょう。ちょっと、さっきの部屋に行ってみましょうか」

二人はそのまま並んで、夜の階段を一階へ降りた。

食堂を出たとき、少し朱味《あかみ》を帯びていた紙谷の顔は、いまはすでに普通の顔色に戻っていた。

二人が食堂に戻ると、座はかなり騒《ざわ》めいていた。先程、追加注文した二本目の酒が届き、すでにその半ば近くがあけられている。底のほうに、まだ少し残っていたと思った鍋はきれいに平らげられ、美砂のドンブリのぶんだけが残っている。

なにやら、話に熱中していたらしい男達は、また一斉に美砂のほうを見た。

「どうでしたか、レーダーは」

藤野が紙谷のグラスに酒を注《つ》ぎながらいった。

「初めて見せていただいて、吃驚《びっくり》してしまいました」

「流氷観測用のレーダーがあるのは、世界でここだけですからね、われわれも大いに鼻が高いんですよ」

「しかし、お前の鼻は低いぞ」

「茶化さないでくださいよ」

藤野は横にいた年輩の男を睨み、美砂のグラスに酒を注ぎ足した。

「あ、わたしは飲めません」

「まあ、一応、注がせてください」

男達の顔は一様に赤く、右端の一番若そうな青年は、すでに酔眼である。

「おい、お前、明日網走に行く時、この人を乗せてってくれないか」

藤野が注ぎ終るのを待って、紙谷がいった。

「僕がですか……」

「明日、この人は網走に行く。途中白鳥が来ているところを見たいそうだから、能取湖あたりを見せてやってくれ」

「わかりました」

男達が羨ましそうに藤野を見る。藤野はその視線を感じながら、笑いたいような、困ったような、奇妙な表情になる。

「すみません、お願いします」

紙谷からみると、少し頼りない感じだが、美砂は藤野に頭を下げた。

「いえ、僕でよろしければ」

「美人を乗せて運転を間違うんじゃないぞ」

他の男達が囃《はや》す。

「明日、何時に発ちますか」

「わたしのほうは何時でも……」

「僕は十時ごろですが、そのころ、旅館にいてくださぃ、車で迎えに行きますから」

「駅前の小山旅館ですけど」

「わかりました」

「それから、このあとこの人を送ってあげて欲しいんだが、藤野じゃ今夜は酔っていて危ないな」

紙谷は、みんなを見廻す。

「わたしなら、タクシーを拾って帰りますから」

「そのタクシーがこの街では滅多に流してないんです」

「僕で、大丈夫ですよ」

藤野は両手で赤くなった頰を撫でる。

「しかし警察に捕まるとまずい、じゃあ加賀《かが》に頼もうか」

「わかりました」

加賀と呼ばれた青年は即座に立ち上った。長身で瘦《や》せているが、たしかにあまり酔っていないようである。

「じゃあ、お前、頼んだぞ」

「すみません」

美砂は改めて青年に頭を下げた。

「いま、準備をしてきます」

加賀青年がすぐ大股《おおまた》に部屋を出ると、美砂はそっと紙谷にきいてみた。

「明日も、お忙しいんですか？」

「朝六時の汽車で稚内へ行きます」

これで紙谷とは会えないと思うと美砂はふと淋しさを覚えた。

「札幌に戻って、明峯先生に会ったらよろしく」

「はい……」

美砂がうなずいた時、加賀がヤッケを着て現れた。車に乗るせいか、フードは外し、毛糸のニット帽をかぶっている。

「じゃあ気をつけて」

男達が一斉に立って見送る。初めは荒っぽいと思ったが、話してみると気持のいい人達ばかりである。

「いろいろお世話になりました」

美砂は最後に、紙谷に軽く目礼して部屋を出た。

「いまエンジンをかけたばかりで、車のなかはまだ冷えていますけど我慢して下さい」

加賀が先に歩きながら話す。

「せっかくお楽しみのところ、すみません」

「これ以上は、いくらいても、ただ飲むだけですから」

加賀が玄関のドアを押すと、瞬間、寒風が美砂の頬をうち、雪の夜が眼の前に拡がった。

六

翌朝、美砂は朝七時に眼覚めた。

昨夜休むときは暖房がとおっていたが、明方に切れたらしく、部屋のなかは冷んやりとしている。

北海道独特の二重窓のカーテンの端が、白々と明るい。ここは日本の北であるとともに、東でもある。東京から東に寄っている分だけ日の出が早いのかもしれない、美砂は白い窓を見ながらぼんやり考えた。

昨夜、眠る前には、朝早く起きて、流氷の日の出を見るつもりだった。白く輝く氷原の先から朝陽が昇ってくる。その時、蒼い海はどのように輝き、氷原に浅く積った雪はどのように染まるのか。美砂は昨夜、それを想像しながら眠った。

それなのに眼覚めたのが七時である。家でも起きるのは七時ごろだが、それにしてもぐっすり寝込んだものである。旅先ではよく眠られず、寝ついても夜中に眼覚めたりするのだが、昨夜は朝までなにもわからなかった。

初めての旅館に一人で泊っているのに、こんなに眠るとは心地よさをとおりこして、呆《あき》れてしまう。女の子らしくもないと、少し羞《は》ずかしくなる。昨夜、紙谷達と過した楽しさと、軽い酔いが、美砂を熟睡に誘ったのかもしれない。

かすかにパイプに湯がとおる音がして、スチームがとおりはじめたらしい。スチームの鉄パイプは、いまどき珍しいが、この街の旅館としては近代的なのだろう。

やがてドアの先の廊下で足音がし、人の話し声がきこえる。

そろそろみな起き出したらしい。美砂は床のなかで一つ、伸びをし、それから一気にとび起きた。

一瞬、冷気が体をひきしめる。素早く小さな花模様のついたパジャマを脱ぎすて、服を着る。

ホテルや旅館には浴衣《ゆかた》があるが、美砂は自分のパジャマでないと寝つかれない。

服を着終ったところでカーテンをあけると、一気に光が部屋に流れ込む。

窓の下は小路《こみち》をはさんで屋根が連なり、そこに積った新雪が一斉に朝の陽を受けて照り返している。雪の眩《まぶ》しさはさらにいくつもの屋根をこえ、港に近い倉庫をこえ、白い氷原まで続いている。

昨夜、車で送られて帰ってきた時には、降っていなかった。眠る時、カーテンをあけて見た空にはわずかに星も見えた。それから考えると、いま屋根に浅く積っている新雪は、美砂が眠っているうちに降ったものに違いない。

美砂は陽を浴びて深呼吸し、それから布団を畳むと、スーツケースから洗面具をとり出した。歯を磨き、顔を洗って、いつもより念入りに髪を梳《と》かし、化粧をすると八時だった。

「ご免ください、お眼覚めですか」

昨日、流氷研究所を教えてくれた丸顔のお手伝いさんが入ってきた。

「素晴らしいお天気だわ」

「本当に、このところいい天気が続いて助かります」

お手伝いさんは畳んであった布団を押入れにいれ、テーブルをもとに戻して、ポットに新しいお湯を入れてきた。

「流氷研究所はいかがでした？」

「とっても楽しかったわ」

一瞬、お手伝いさんは不思議そうに美砂を見た。流氷研究所を見て、楽しいというのは、わからないといった表情である。たしかに、研究所は楽しいというより、素晴らしいとか、感心した、とでもいうべきところかもしれない。

だが、美砂は本当に楽しかったのだから仕方がない。

「今日は網走にいらっしゃるのですか」

「十時に車が迎えに来てくれるのです。こんなに雪があるのに、車で網走まで行けるでしょうか」

「お天気ですし、国道ですから、いつもブルドーザーが出て雪を除けていますから大丈夫ですよ」

お手伝いさんは笑いながらいう。

「舗装のきれたところなぞ、冬のほうが雪でひきしまって、かえって走りいいんですよ」

「網走まで、どれくらい時間がかかりますか」

「さあ、車で行ったことがないのでよくわかりませんけど、三、四時間じゃありませんか。誰かにきいてきましょうか」

「いいんです。ちょっとおききしただけですから」

紋別から網走までどれくらいの距離があるのか、車で三、四時間といえばかなりの距離である。北海道に来てわかったのだが、街から街までの距離を本州のような近さで考えると、間違いを起してしまう。

とにかく北海道は大きい。札幌に着けば紋別などはすぐだと思ったら、急行で五時間以上もかかってしまった。一つの島だと思って簡単に考えると面食らってしまう。

「すぐ、お食事を持ってきてよろしいですね」

「お願いします」

スチームで部屋はようやく暖かくなってきた。陽の光を受けて、窓に凍りついていた氷紋が溶けはじめ、視野がいっそうひろがる。

学校へ行く生徒達が縦に並んで窓の下を行く。みな暖かそうなオーバーを着て長靴をはいている。頭は毛糸の帽子で、耳まですっぽりおおっている。

左手の屋根に物干し台があり、その先に魚箱が積み上げられているが、その上にも浅く雪が積っている。北の街の朝はいま、雪のなかでようやく動きはじめたようである。

お手伝いさんがお膳《ぜん》を持ってきた。鮭の切身に味噌汁、卵落しに海苔《のり》、おひたし、といったありきたりのものだが、さすがに鮭の切身は大きい。しかも大きいだけでなく、身が真っ赤である。

朝はコーヒーだけで済ます美砂だが、その切身を見て食欲がわいてくる。鮭は昨日からずいぶん食べたようだが、いくら食べても飽きない。料理の仕方によって味がまた違う。

スチームの暖かさのなかで美砂はゆっくりと食事をした。

食事を終え、お茶を飲んでから、出発の仕度をする。セーターや服は一着しか持ってこなかったので昨日と同じだが、コートのスカーフをグリーンから黄色っぽいのに変えることにして準備は整った。

九時半である。さらに暖かさを増した陽は、窓ぎわの氷柱《つらら》をゆっくりと溶かしはじめる。細く長い氷の先端が水滴になり、それが大きくふくらみ、やがて耐えきれぬように落ちていく。

陽を受けて輝く氷柱を見ながら、美砂はふと、紙谷のことを考えた。

昨夜の話だと、紙谷はもうとうに紋別を発ったはずである。稚内へ行くといっていたが、そこへはどのようにして行くのか、ここより北だからさらに寒いところだと思う。寒さには慣れているだろうから、風邪《かぜ》をひくようなことはないだろうが、それでも少し気になる。

紙谷のことだから、流氷の仕事で行ったのだろうが、今日はもう、この土地にいないと思うと、なんとなく淋しい。

それにしても、美砂が紋別へ来るのがもう一日でも遅れていたら、紙谷とは会えないところだった。明峯教授は「多分いるだろう」といったが、研究所員の細かいスケジュールまでは知らないらしい。

もしも紙谷がいなかったら、昨日、鳥鍋をつついた男達の誰かが氷原を案内してくれることになったのかもしれない。

初めは無愛想で不親切な男だと思ったが、いまになって思い返すとそんな印象はない。むしろ純粋で優しい男性のような気がする。

「昨日来てよかった」

鏡を見ながら美砂は一人でつぶやいた。

陽はさらに高さを増し、氷柱が輝いている。紙谷に会えてよかった、などとなぜ思ったのか。明るい光のなかで、なぜ紙谷のことばかりがこう気になるのか。たった一日、氷原を案内してくれた男が気になる自分が美砂は不思議だった。

小さな足音がして、再びお手伝いさんが現れた。

「藤野さんて方が、お見えですけど」

「すぐ行きます、と伝えて下さい」

美砂はスカーフを巻いてコートを着た。右手にスーツケースを持つ。階段を降りて玄関に行くと、上り口に藤野がこちらを向いて立っていた。ニット帽をかぶり、ヤッケを着ているが肩幅は紙谷より狭い。

「やあ」

藤野は右手を軽くあげて、

「少し早く来すぎてしまいました」

「いえ、よろしいんです」

美砂はスーツケースをおくと、帳場で会計をした。心付けを渡すと、お手伝いさんは嬉《うれ》しそうに頭を下げた。

「今度、流氷がくるころに、また泊めてもらうかもしれません」

「ぜひおいで下さい、お待ちしています」

美砂が靴脱ぎ台に戻ると、荷物は藤野が車に運んでなくなっていた。

車はライトバンで、うしろには観測に必要ないろいろな器材を積み込むらしい。美砂は助手席に藤野と並んで坐った。

「じゃあ、行きますよ」

藤野にいわれて振り返ると、お手伝いさんがまだ立って、こちらを見ている。明るい光を受けて眼が笑っている。

「さよなら」

美砂がもう一度頭を下げた時、車が小さなはずみをつけて動き出した。

昼間の街は陽を浴びて閑散としている。木材や魚箱を積んだトラックが行き交うが、通りを行く人は少ない。海が凍っているのに、磯《いそ》の香りがするのは、浜からの風のせいに違いなかった。

「寒くはないですか」

「ええ、ちっとも」

車は大分前から温めていたらしく、ヒーターがよくきいている。

「今日は天気がいいから白鳥見物には絶好ですよ」

藤野の眼が生き生きとしている。

「網走まで、何時間くらいかかりますか」

「まあ、三時間あれば充分でしょう。距離は百十キロくらいですが、白鳥も見なければいけませんからね」

「藤野さんは向うで何時からお仕事があるんですか」

「何時でも、要するに、行って資料をもらってくればいいんです」

陽は明るいが、雪路は下が凍って、アスファルトを行くのと、あまり変りがない。

「タイヤはスノータイヤですか」

「いや、これはスパイクです。タイヤの溝のなかに先の尖《とが》った金《かね》が入っていて、ブレーキをかけると、それが爪《つめ》のように出てくるのです」

それで氷のように固まったところでも平気なのであろう。

「運転のほうなら大丈夫ですから、安心してください」

七

十分も行くとすでに家並みは跡切れ、白一色の雪のなかを一本の道が続く。

道は国道二三八号線である。幅は八メートルほどもあろうか、上り下り一車線ずつではあるが、きちんと除雪され、トラック同士すれ違っても、まだ余裕がある。

前を行く車は一様に雪煙をあげ、近づくとその雪がフロント・グラスにふりかかってくる。

右手には裸木だけの低い雪山が続き、左手は氷原の先に帯のように蒼いオホーツクが光っている。陽は高く、空は澄みきっている。

「お天気でよかったわ」

車のなかで美砂は大きく息を吸った。

「でも、天気予報では夕方から雪になるようです」

「こんなにお天気なのに」

「晴れていると思って油断していると、三十分あとには大雪になるってこともありますからね、冬のオホーツクの空と女心は当てになりませんよ」

「男心でしょう」

「そうでしたか」

昨夜会って二度目のせいか、藤野はうちとけている。

「藤野さんは、いつから紋別にいらっしゃるのですか」

「正式に研究所に来たのは二年前からですが、学生の時から数えると、もう四年になります」

「じゃあ卒業なさる前から……」

「学部の三年生の冬休みの時、スキーをやりにこの近くに来て、研究所に泊めてもらったのです。そこで紙谷さんにひっかかってしまって」

「ひっかかった？」

「退屈だったので、紙谷さんに従いて、氷に乗っかったりしているうちに、なんとなく面白くなって、海洋学をやることにしたんです」

「じゃあ悔いはないじゃありませんか」

「まあ悔いはありませんが、でもこんな田舎であまり長くなると」

「じゃあ卒業してからずっとここで？」

「いえ、僕は海洋学の教室員ですから、冬の間だけ大学から来ているんです」

「昨夜いらした方達もみなそうですか」

「あそこにいた右端二人はレーダー技師ですから、夏の間もこちらにいます。研究員は紙谷さんと、あなたを車で送った加賀という男と、僕の三人です」

「でも紙谷さんは、夏の間もほとんどこちらにいらっしゃるんじゃありませんか」

「あの人は主任研究員ですから、教室に入ってから七年間ずっとこっちにいます」

大学を出てから七年だとすると、紙谷はいま二十九歳であろうか、美砂は前方にひろがる雪の道を見ながら考えた。

「紙谷さんも、時々は大学のほうにもお帰りになるのでしょう」

「学会や、研究の打合せには出て行きますが、それ以外、研究所を離れることは滅多にありません」

「よほど、この街がお好きなのですね」

「街というより、氷が好きなんだと思います。紙谷さんは流氷に関しては教授より詳しい、おそらく世界でも十本の指に入るほどの優秀な研究者です」

それで少し偏屈なのかと、美砂は無愛想だった紙谷の顔を思い出した。

「いくら氷がお好きでも、夏の間は流氷はないのでしょう」

「ここにはありませんが、ベーリング海や北極に行けばありますし、夏と冬の海流や水温の変化など、夏でも調べることは沢山あるのです」

「たまに、都会に帰りたいとは思わないのでしょうか」

「僕なんか、札幌から来た当座は、やっぱりオホーツクはいいなどと思いますが、二、三カ月もすると、もう帰りたくなって、帰れる日ばかり数えています」

「じゃあ、いまは帰りたいさかりですね」

「それが正月休みに帰ってきたばかりですから、当分は大丈夫です」

向いから木材を満載した大型トラックが近づいてくる。すれ違った瞬間、雪煙があがり、フロント・グラスに粉雪がふりかかる。藤野はすぐワイパーを始動させ視野を拡げる。

「いまは雪が積って見えませんが、左手の平たいところがコムケ湖で、その先に紋別空港があります」

点々と水楢《みずなら》や谷地《やち》ダモの裸木の続く道の左手に、丸く盆を伏せたような平面が見える。夏ならそこに湖が見えるらしいが、いまは凍ってその上を雪がおおっている。

「湖が凍ってしまっては、白鳥が来られないんじゃありませんか」

「ここは浅いから凍ってしまいますが、大きな湖はまだ全部は凍っていませんから」

雪でうずまった湖は白い平地で素っ気ない。

「今度、春先にでも来てみませんか。雪がとけて、若葉の萌《も》えはじめたころも、いいですよ」

「是非来たいわ」

道は見事な直線である。美砂は白い平地を見ながら、また紙谷のことを思った。

「あの方、いつまでここにいらっしゃるつもりなのでしょうか」

「誰です?」

藤野にきき返されて美砂は慌てて紙谷の名をいった。

「あの方、大学には戻られる気はないのでしょうか」

「前に教授が紙谷さんを講師にするから戻ってこい、といわれたのを断わったらしいのです」

「大学に戻ったら、氷の研究ができないのですか」

「そんなことはありません。むしろ大学のほうが低温科学研究室がありますから、夏でも氷や雪の結晶をつくれるし、実験の点ではかえって便利なはずです」

「じゃあどうして……」

「さあ……」

藤野はポケットから煙草をとり出し、カーライターで火をつけた。

左手に白いお盆のように見えたコムケ湖は過ぎ、車の左右はまた雪のなかに点々と続く、裸木の風景に変った。道は海岸からはかなり内陸に入ってきたらしく、氷原はもう見えない。

やがて人家が目立ち、車は小さな街に入った。道路標識に「湧別町《ゆうべつ》」と書かれている。

「なにか飲みものでもいかがですか」

「わたしは結構です」

数分で街はすぎ、車はまた裸木と針葉樹林の続く雪の野を行く。紋別を出て、ほぼ一時間である。

「この調子なら二時間ちょっとで、網走に着くかもしれません」

藤野はドア側に背をもたせるようにして、また煙草を吹かした。

「網走に着いたら、十二時少し過ぎですから、向うで昼食でも食べましょうか」

美砂はうなずきながら、そんな暢気なことをいって仕事のほうは大丈夫なのだろうかと、気になる。

やがて「芭露」という街に着く。なんと呼ぶのかと標識を見ると、ローマ字で「ＢＡＲＯＵ」と書いてある。北海道の地名はアイヌ語からきたものが多いようだが、それにしても珍しい名前である。

左手に道とほぼ並行して鉄道線路が走っている。道路と同じに網走に行く線らしい。

「そろそろサロマ湖ですよ」

藤野がフロント・グラスを拭《ふ》いて左前方を指差す。行手の立木が跡切れて、白い平地が現れる。今度のは前の湖とは較《くら》べものにならないほど大きい。白一色の平坦《へいたん》な雪面が、はるか彼方まで拡がっている。

「あの先は海です」

「じゃあ海とつながっているのですか」

「両側から砂嘴《さし》がでてきて、真ん中で少し切れているのですが、水は淡水に近いのです」

やがて白一色と見えた湖のなかに蒼々とした水面が見えてくる。水面は雪の近くは淡く、中心に行くにつれて蒼さを増している。

「きれいだわ」

美砂は顔を窓につけるようにして、雪のなかの湖に見とれた。

「ほら、大白鳥がきているでしょう」

藤野がフロント・グラスの左手のほうを指さす。蒼い帯のように続く湖の先に、たしかに白い一団が並んでいる。注意せずに見ると、湖のなかの雪の塊のようだが、よく見ると一つ一つが動いている。

「このごろ餌《えさ》が足りないのか、年々減ってきているようです」

何羽ぐらいいるのか、それでも百羽近くはいるようである。

「降りて見ましょうか」

蒼い水面に最も近づいた位置で藤野は車を停めた。

美砂は外していたコートのボタンをはめ、フードをかぶって外へ出た。一瞬、冷気が頬を打つ。陽は明るいが、吹く風はオホーツクの氷海を渡ってきた寒風である。

藤野もエンジンをかけたまま車を降りてくる。

「白鳥は寒くないんでしょうか」

寒風のなかで、蒼い水に浸っている鳥が、痛々しくさえ見える。

「シベリアから来たんですから、これくらいの寒さは平気ですよ」

「こうして春までいるのですか」

「ここはもうじき凍ってしまうので、そうすると青森のほうに移って行きます」

「そのあとは、あそこにも雪が積るのですね」

「まわりの平地と同じく、真っ白になってしまいます」

わずかに彩りを添えている湖心の水面が消えたあと、このあたりにはどんな静寂が訪れるのか、白一色の世界を考えるだけで美砂は果てしない気持にとらわれる。

「静かだわ」

風が雪のなかの枯れた葦《あし》をなぶっていく。夏ならこのあたりは葦が茂り、湖水が足元まで満ちているに違いない。

「行きましょうか」

藤野にいわれてうなずいた時、湖の先で大白鳥が一斉に飛び上った。水面からいったん上昇すると白い一団はゆっくり旋回し、また雪のなかの湖へ降りていった。音がないだけに、その舞いは一層大きく、ゆるやかに見える。

「東京のお友達にも見せてあげたいわ」

「向うの人は、冬は寒いといって敬遠しますが、北海道はやはり冬が一番いいんですよ」

「そのとおりだわ」

美砂は再び車に乗ってドアを閉めた。藤野がギアを入れ、スタートする。

「あいつだけ、遅れて飛んでいますよ」

白鳥がすべて湖面に浮いているのに、一羽だけ思い出したように宙で舞っている。

車は再び国道を行く。蒼い湖は次第に遠ざかり、白鳥が白い豆粒のように小さくなっていく。

「紙谷さんが、ここを離れない理由がわかるような気がするわ」

美砂は遠ざかっていく湖を見ながらいった。

「あの方は氷だけでなく、この土地の海も山も雪も、全部を愛しているんでしょうね」

「それはそうでしょうが……」

藤野が戸惑ったように口を噤《つぐ》む。

「他にもなにか理由があるのですか」

「それが理由かどうか、わかりませんが」

珍しく藤野は慎重ないい方をした。

「なんでしょう」

「これは、いっていいのかどうか、わかりませんが……」

「教えて下さい」

藤野の戸惑った表情が、さらに美砂の好奇心をそそった。

「もしかして、あの人は、自分が紋別からいなくなったら、友達が悲しむと思っているのかもしれません」

「お友達？」

小豆《あずき》色の乗用車が近づき、すれ違った。その雪煙が消えてから藤野がいった。

「あの人の親友が、紋別の沖で死んだんです」

「いつ？」

「人からきいたので詳しいことはわかりませんが、紙谷さんと一緒に教室に入った織部《おりべ》という人がいたんです。五年前紙谷さんはその人と流氷観測に行ったんですが、途中で乗っていた氷が割れて、その織部さんは海に落ちたんです」

「それで……」

「三月の初めだったのですが、織部さんはそのまま……」

「………」

美砂はしばらく藤野を見てからきいた。

「そんなことがあるのでしょうか」

「大きな氷ですから、滅多に割れることはないんですが、でも底のほうが波に洗われているうちにえぐられて、割れることもないわけじゃありません」

「その時、他には……」

「ずっと沖のほうですから、横にいたのは紙谷さんだけでした」

美砂は紙谷にふと感じた暗い翳を思い出した。

道の左手には、なお樹木一本もない白い平地が続き、その中程に蒼い湖面が身を細めたように続いている。先程、白い塊と見えた大白鳥の一団はそこにはいなく、雪のなかに蒼い水面だけが静まりかえっている。

「もう少し経《た》つと、ここでコマイ釣りがはじまります。氷の下の魚と書くのです」

氷下魚と書いてコマイと読むと、妙な発音だが、なかなか風流な字を当てたものである。

「そのお魚、大きいのですか」

「大きいので、せいぜい三十センチぐらいです。これからがシーズンですよ」

「でも、もう少し経てば、湖は全部凍ってしまうんじゃありません？」

「氷に穴をあけて、そこから釣糸を垂らすのです。魚は明るいところに寄ってきますからね、餌をつけない針だけでも簡単に引っかかってくるやつがいます」

なるほど、すべて氷に閉ざされた湖の魚にとっては、上からあけられた穴が、ただ一つの光と見えるのかもしれない。

「真冬に、こんなところで釣っていたのでは寒いでしょう」

「海からの風が吹きっさらしですからね、みな一人だけ入れる小さなテントを立てて、そのなかで箱に坐って釣っています」

たしかにそうすれば、風はよけられるし、お臀も冷たくならない理屈である。

「もう半月も経つと、このあたりはあちこちに氷下魚釣りのテントが並びますよ」

この白い湖上にテントが立ち、氷の穴から魚を釣りあげる、それもまた北国の冬の風物詩に違いない。想像するだけで美砂にはその情景が楽しく、懐かしいものに思える。

「そのお魚、美味しいのですか」

「鱈《たら》に似て、味はさっぱりしています。そのまま焼いて食べても旨いんですが、干物にして酒の肴《さかな》にしてもなかなかいけます」

この人は相当呑《の》ん兵衛《べえ》らしい。美砂は昨夜、藤野が車を運転できなくなるほど飲んでいたのを思い出した。

「みなさん、お酒はお好きなんですね」

「別に好きってわけじゃないんですが、寒いものですからつい……」

「紙谷さんもお好きなのですか」

「あの人が一番強いんです。黙って飲ませておけば、一升ぐらいは平気なんです」

「そんなに……」

「でもあの人は、いくら飲んでもあまり酔いませんからね、小便にして捨ててるようなもんです」

「まさか……」

美砂は笑いながら昨夜、みなと一緒に飲んでいた紙谷の顔を思い出した。顔を赤らめ、陽気になっていた男達のなかで、紙谷一人静かで醒《さ》めていた。

左手にはなお延々と白い平面が続く。

よほど大きな湖らしい。美砂はその果てしない雪面を見ながら、また紙谷のことを思った。

思いがけなく藤野が洩《も》らした、流氷観測中に紙谷の友達が死んだということが気にかかる。それは五年前だというが、そのことがいまも紙谷の心に翳を落しているような気がする。

美砂は少しくどすぎるかと思いながら、また藤野にきいてみる。

「さっきのお話ですけど、すぐ助けるわけにはいかなかったのでしょうか」

「まあ、その疑問は当然でてくるでしょうね」

藤野は少し勿体ぶったようにうなずいて、

「当時も、そのことに疑いを持った人はいたようです」

「わたしは別に……」

「いや、あなたのいおうとすることはよくわかります。大体、そういうことをきく人は、流氷の実際を知らない人です」

この男も紙谷に似たいい方をすると、美砂は少しむっとした。

「でも長年氷を見てきた者として、僕は突然氷が割れて落ちた人を助けるのは、まず無理だと思います」

実際の流氷については、美砂はもちろんなにもわからない。

「そりゃこのあたりで、氷の上を歩いている時に落ちたというのなら、すぐ手をさしのべて救いあげることもできるかもしれません。しかしあの場合は外海で、しかも流されている大きな氷の上ですからね」

藤野は急に熱っぽい調子で喋り出した。

「一つの氷といっても、直径十メートル以上はあるんですからね、その前とうしろに乗っていたとして、うしろの一部が割れて落ち込んだ場合、前にいた者が慌ててかけつけたって間に合うわけはないでしょう」

「ええ……」

「それに氷はどんどん流されているんですから、手をさしのべようにも届かない場合だってある」

「すぐ氷にしがみつくことは出来なかったのでしょうか」

「突然ですから。それに氷は手が滑るし、波があるでしょう」

「水は冷たいのでしょうね」

「五、六分もつかっていればもう駄目です」

「なにか救助用の道具などは持っていなかったのでしょうか」

「竹竿《たけざお》を持っていたようですが、それだけではとても」

雪のなかの湖を見ながら、美砂は蒼いオホーツクの海に、氷と一緒に消えていった青年の面影を想像した。

「で、亡くなった方はそのまま……」

「実をいうと、その死体がいまだにあがっていないのです」

「じゃあ沈んだまま……」

美砂は自分でも驚くほどの声できぎかえした。

「それがわれわれにもわからんのです。多分いったん沈んで、そのあとまた浮び上ったと思うんですが、このあたりは潮の流れが速いものですから……」

藤野はそっと白い雪原の先の海の方へ眼を向けた。

「これは推測に過ぎませんが、知床の先から千島の方に流されて行ってしまったのかもしれません」

「そんな遠くへ……」

「海流の流れからはそうなるんですが、あるいはオホーツクの海の底はかなり渦を巻いていますから、そのまま底に沈んだかも……」

「じゃあご家族は……」

「そりゃ、死体が出ないのですからなかなかあきらめきれないでしょう」

蒼く冷えきった海の怖さが急に美砂に迫ってきた。

「でも、家族の人も辛《つら》いでしょうけど、僕はそれ以上に紙谷さんは辛いと思うのです。友達を失ったというだけでなく、あの人はその場にいたたった一人の人ですからね」

「でも、他の方がいたところで、助けることはできなかったのでしょう?」

「そうです、そのとおりですよ」

藤野は急に力を得たように二度くり返した。

「僕達は誰一人だって、紙谷さんを疑ってはいません」

「あの方を疑っている人がいるのですか」

「そりゃ、世の中にはいろいろな人間がいますからね」

「でも、その時のことを紙谷さんはみなさんに説明なさったのでしょう」

「それは当然したでしょう、それが一緒にいた者の務めですから」

「じゃあ、問題はないじゃありませんか」

「そう、たしかに問題はありませんよ」

左手に続いていたサロマ湖はようやく跡切れたらしく、平坦な雪面は消え、かわって左右には橅《ぶな》や白樺《しらかば》の疎林が見える。木の葉を落して寒々としているなかで一つ所、鮮やかな緑を見せているのは、防雪林を兼ねた蝦夷松《えぞまつ》の一群のようである。

美砂はその雪のなかの緑の一点を見ながら、夕暮のなかで見た紙谷の横顔を思い出していた。

無愛想な人だと思いながら、ふとその横顔に暗い翳が潜んでいるような気がした。それはなに気なく、一瞬感じたことであるが、いま思い返してみると、その翳は織部という友人の死につながっていたのかもしれない。

やがて道は疎林を抜け、再び海に近づいたらしく、行手に広々とした氷原が現れる。

「紋別からここまで、氷が続いているのですね」

「この先、網走をこえて知床の先まで続いています」

陽を受けて白く輝く氷原を見ながら、美砂はいまも死体があがっていないという紙谷の友人のことを思った。もしオホーツクの異常な渦に巻きこまれたとしたら、その死体はまだ、この氷の下に眠っているのかもしれない。

見ているうちに、美砂は紙谷がこの北の街から離れない気持が、わかるような気がしてきた。

毎年、氷を迎え、そして送りながら、紙谷はいまも海から友達が帰ってくるのを待っているのかもしれない。

「紙谷さん、その亡くなったお友達と、そんなに親しかったのですか」

「大学時代、二人ともスキー部で一緒だったのです」

「あの方、スキーがお上手なのですか」

「一度、二部のインターカレッジで、入賞したことがあるはずです」

「ジャンプ?」

「いや、紙谷さんは長距離です」

札幌オリンピックの時、美砂はテレビで、長距離競技を見たことがある。雪の山野をスキーをつけてひたすら走る、それはジャンプや回転のように華やかさも豪快さもない、地味で辛い競技である。だがそんな競技が無口な紙谷にはよく似合うようにも思う。

「さっき紙谷さんを疑った人がいると仰言いましたけど、そんな仲の良いお友達をどうして?」

「そうなんです、そのとおりなのですが……」

藤野はそこで軽く首を傾けて、

「そうきかれると困ってしまうな」

「なにか別の理由があるのですか」

「あなたはこのまま東京へ帰る人だからいいましょう。誰にもいいませんね」

「そんなこと、決して」

藤野は一つ息をつき、言葉を選ぶようにしばらく間をおいてから、

「実は、その二人の間で、好きな人がいたらしいのです」

「二人と仰言いますと？」

「紙谷さんと、織部さんです」

「そのお二人が同じ一人の女性を……」

「そうです」

美砂は白い氷原を見ながら、そっとうなずいた。

「それで、お友達が海に落ちたのに助けなかったと……」

「そんな馬鹿げたことを考えたのは、ほんの一部の人です。第一、紙谷さんがそんなことをする人だと思いますか」

「いいえ」

「そうでしょう、紙谷さんを知っている人は誰だって、そんな話は本気にしませんよ」

「じゃあよく知らない方が」

「誰かが冗談半分にいったのです。なにも知らない人にとっては面白い話ですからね」

「それで紙谷さんが、なにか……」

「いや、そんな噂《うわさ》はすぐ消えましたよ、最初から問題にはならんのですから」

「でも、その噂があったことを紙谷さんは……」

「多分、知っていると思います」

「誰かがそれをいったのでしょうか」

「いわなくても、友達が死んでしまうと、結局残ったのは紙谷さんとその女性、ということになりますからね」

「その女性の方は、どちらを好きだったのですか」

「そんなことは、僕にはわかりません」

藤野は少し怒ったようにいった。

「そんなことは、どっちだって、織部さんが死んだことには関係ないことです」

たしかに藤野のいうとおり、それを事件に結びつけるのは、周りの者の興味本位な見方に違いない。

だが美砂にはその女性のことが気になる。織部の死と関係はないとしても、現実の紙谷を考えると、無関心でいられない。

「いま、その女性の方はどこへ？」

「知りません」

「じゃあそのあと、二人は結ばれなかったのですか」

「そんな事件があったのに、紙谷さんがその女性と一緒になれるわけはないでしょう」

「ええ……」

「もう、そんな話は止めましょう」

車の行手にまた白い平地が見えた。

「能取湖です、これを過ぎて小さな山を一つ越えれば網走です」

藤野は、ポケットからまた新しい煙草を出して火をつけた。

八

やがて卯原内《うばらない》という街を過ぎて、道は登りになった。いままで車の左手に見えていた能取湖は後方に消え、道の左右は落葉松《からまつ》の林になった。樹《き》はすべて落葉し、やや黄ばんだ枝が雪に短い影を落している。十分ほどして林を抜け、丘を越えると正面にまた白い平地が現れた。

「これが網走湖です」

藤野がハンドルを握ったまま顎で示した。車はゆるやかな坂を下り、山と湖にはさまれた道に出る。

「もう網走ですよ」

車の時計が十二時二十分を示している。

紋別を出たのが十時少し前だから、約二時間半かかったことになる。

「紋別から網走まで百十キロですから、雪道にしてはまずまずというスピードでしょう」

藤野は自慢気にいう。

右手に見えていた網走湖は間もなく跡切れ、左右に家が目立ってくる。午後の陽を浴びて、家々のトタン屋根から一斉に水蒸気が上っている。

「せっかく網走まで来たのですから、刑務所でも見ていきますか」

「ここから近いのですか」

「大曲《おおまがり》ですから、どうせ通り道です」

「お仕事のほうは……」

「僕のことならかまいません」

「でも、今日はまたこれから紋別までお帰りになるのでしょう」

「別に無理して帰らなければならない訳でもないんです」

藤野にも、紙谷と同様、どこか茫洋《ぼうよう》としたところがある。こんなところで海と氷だけを相手に生きていると、みな暢んびりしてくるのかもしれない。

「映画のおかげで、網走刑務所もすっかり有名になってしまったけど、土地の人はあまり喜んではいませんよ」

「なぜかしら」

「だって刑務所で有名では、殺風景ですからね。ここは刑務所より湖や原生花園のようにきれいなところが沢山あるんです」

「原生花園もこの近くですか？」

「もう少し先の北浜というところです。でもあの程度の原生花園なら紋別のほうにもあります。交通が不便で北浜のほど有名じゃありませんが、規模は紋別のほうが大きいんです」

「もったいないわね」

「網走まで来ても、紋別から北の方へ行く人は、ほとんどいませんから」

「お花が咲くのは五月ごろでしたか」

「五月から九月ごろが一番きれいです。そのころまた来てください、とくに九月なら、紅珊瑚草《べにさんご》がさかりでサロマ湖も能取湖も真っ赤になります」

海を前にした湖が珊瑚草で紅《あか》く染まった風景はどんなであろうか、美砂は本当にもう一度来ようと思う。

「今度来る時はあらかじめ電話でもください、駅まで迎えに出ますよ」

「そんなことをしていただいては申し訳ありません」

「いや、どうせ暇なんですから」

好意はありがたいが、あまり親切にされるのも、かえって心苦しい。

やがて左手に小川が現れ、その先に灰色の塀が見えてきた。車は塀に沿って左へ曲り、百メートルほど行ったところで停《とま》った。

「これが刑務所の正面です」

正門は背丈の倍はある厚い塀に囲われ、鉄の門の中央は人一人が辛うじて通れる幅だけ開かれている。

その入口の左手に、一メートルを超す板がぶら下り、そこに黒々と「網走刑務所」と書かれている。

ここが噂にきいた刑務所なのかと、美砂は車を降りてこわごわ門の奥をのぞきこんだが、なかは小さな広場の先に古風な赤煉瓦《れんが》の建物が見えるだけで、人影はない。

振り向くと道をはさんで、正門の向い側に屋根の囲いがあり、その横に便所も建っている。

「夏はこのあたりは観光客で一杯ですから、便所の一つくらいつくっておかねばいかんのです」

藤野が真面目《まじめ》な顔で説明する。

「ここは昔は強盗殺人といった兇悪犯《きようあくはん》ばかり入っていたので有名だったのです。このごろはそうでもないようですが、でもやはりここは最果てですからね」

午後の冬陽のなかで、刑務所は無人のように静まり返っている。

このどっしりした石塀のなかに、殺人者が住んでいると思うだけで、美砂は怖ろしくなってくる。

「行きましょうか」

藤野にいわれて、美砂はもう一度高い塀を仰ぎ見てから車に乗った。

「網走はこんなところより、森と湖の美しい街なのですから、そこを見てもらわなければ困るんです」

藤野が少し残念そうにいう。

「夏だと天都山《てんとざん》という山に登れば、街からオホーツク海まで、全部見渡せます」

「わたし、雪が解けたらきっと来ます」

「でも、僕は春になったら札幌ですから、北大の低温科学研究所のほうに連絡してください」

美砂はうなずきながら、紙谷はその時も紋別に残っているのだと思った。

車は住宅地を抜け、次第に街の中心部へ入っていく。オホーツクに面した北の街なので、よほど雪は多いのかと思ったが、さほどでもない。道の両側に除けられた雪が五、六十センチの高さで積みあげられているだけである。

札幌より雪は少ないが、寒さは少し厳しいようである。

やがて右手に鉄道線路が見えてくる。

「今日は網走に泊るのですか」

「いえ、出来たら今日中に札幌に戻りたいのです」

「冬の網走じゃ、あまり見るところもありませんからね」

「これから札幌へ帰る列車はあるでしょうか」

「大丈夫でしょう、とにかく駅に行ってみましょう」
二、三分も行くと右手に網走駅が見えてきた。北の街にふさわしく、郷土民芸館でも思わせる落ち着いた建物である。藤野は駅の手前に車を停めると、美砂の降りるのを待って駅舎へ入った。
ここは旭川《あさひかわ》から来る石北《せきほく》本線と、釧路《くしろ》から来る釧網《せんもう》本線の終着駅である。どちらも主要な幹線ではあるが、さすがにここまでくると本数は一時間に一本ぐらいしか出ていない。時刻表を見ると一時三十五分発の急行「北海」というのがある。それに乗ると札幌に着くのは夜の七時二十分である。

「それで帰ります」

美砂は時刻表を見ている藤野にいった。

「まだ少し時間がありますから、一緒に食事でもしませんか」

二人は再び車に乗った。

「ここは駅のまわりより、海に近いほうが賑《にぎ》やかなのです」

藤野はこの街をよく知っているらしい。国道三九号線という標示のある道をすすむ。

「和食にしますか、洋食にしますか」

「わたしはどちらでも……」

「ここは洋食はあまり旨いところはないんです。せっかくオホーツクまできたのですから、寿司《すし》はいかがですか」

「大好きです」

「じゃあ、知っているところがあります」

車は東一丁目という通りを左へ曲り、二百メートルほど行ったところで停った。

モルタル造りの二階建ての入口に「流氷寿司」というのれんがでている。藤野はそののれんを押し分けて先に入っていく。

店は入口に向って左側にカウンターがあり、それと向い合って小上りが並んでいる。

「ここのネタは旨いんです。どんどん食べてください」

藤野はそういうと海老《えび》から食べはじめる。

「こっちの海老はあま海老といって、甘味があって大きいんです」

いわれて見ると、眼の前に重ねられている海老は、東京で見るのよりは大きく、身もふっくらと桜色に透けている。

「いかも、向うのは厚くてぼてぼてしているけど、こっちのは薄くて味が濃いでしょう」

「種類が違うんですね」

「向うのは紋甲いかです。帆立も他所《よそ》じゃこんな生きのいいのは食べられませんよ」

藤野は一つ一つ自慢しながら、旨そうに食べていく。その爽快《そうかい》な食べようを見ていると、美砂のほうもつられてしまう。

たしかに自慢するだけあってネタは美味しい。トロやマグロはさほどでもないが、海老や貝類はこちらのほうが、はるかに美味しい。

海老、いか、帆立、イクラ、と藤野にすすめられるままに食べると、さすがにお腹が一杯になってしまった。

美砂は新しいあがりを注文すると、時計を見た。

「駅までは十分もかかりませんから、一時を過ぎて出ても充分です」

うなずきながら、美砂はこれで流氷の街を離れるのかと思うと急に淋しさを覚えた。わずか二日の旅だったが、ずいぶん長い旅をしてきたような気がする。

「氷が解けて流れ出すのは、三月の初めでしたね」

「大体初めから中旬です。そのころ来ますか？」

「ええ……」

美砂は流れていく氷に乗っている紙谷の姿を思いながらうなずく。蒼い海の氷の一点に乗っているその姿は、頼りなく、孤独なものに思われた。

「今年も紙谷さんは流氷に乗るのでしょうか」

「流氷に乗ってやる観測は大体終ったんですが、それでもあの人は時々、一人でぼんやり氷に乗っていることがありますから」

「お仕事でですか」

「いや、違うでしょう」

「でも一人じゃ、危険じゃありませんか」

「それは僕達もいったんですが、遊んでいるんだから、心配はいらないって笑ってました」

仕事もなく、一人でぼんやり氷に乗って流されるのなら、たしかに遊びかもしれない。だが紙谷ははたしてそれだけのことで氷に乗っているのだろうか。

もしかして、紙谷はいまも死んだ友達を探し求めているのではないか。美砂の頭にまた、紙谷の顔が浮んだ。

「この春、わたしがもう一度来たら、紙谷さん氷に乗せてくれるでしょうか」

「さあ……」

藤野は戸惑ったように正面の白い板目の壁を見た。

「氷に乗っている時は、どうせお暇なのでしょう」

「氷に乗りながら、あの人がなにを考えているか、そんなことは僕の知ったことではありません」

藤野は少し強い調子でいった。美砂はそれをきいて、紙谷のことばかりいって、藤野を傷つけたのかもしれないと思った。

店を出ると、入る前に晴れていた空は雲が増え、海の方角に雪の来そうな灰色の層が見えた。

藤野は黙ったまま、車のドアをあけ、エンジンをかけた。国道を元へ戻り、駅へ着くと一時二十分だった。先程は閑散としていた駅舎が、いまは体が触れ合うほどに混んでいた。

「本当に、いろいろとお世話になりました」

「いや、なにも……」

藤野は初めて照れたように頭に手をやった。

「紙谷さんにも、よろしく……」

「わかりました」

ホームへの扉が開き、改札がはじまった。

美砂はもう一度藤野に礼をいい、それからスーツケースを持って改札口へ向った。

月　明《つきあかり》

一

その夜、美砂が札幌に着いたのは定時より十分遅れた七時三十分だった。

降りてみると、小雪が降り、それが駅前のネオンに輝いていた。美砂はその明かりに舞う雪を見ながら、どうしようかと迷った。

初め網走を発《た》つ時は、札幌に着いたらすぐ明峯教授の家に電話をして泊めてもらうつもりだった。

明峯教授と美砂の父は、大学時代の親友で仕事が別々になったいまもよく付き合っている。教授が学会や打合せで上京してくると、必ず一日は美砂の家に泊っていく。教授の千鶴《ちづる》夫人も同伴で何度か来て、美砂の母ともよく知っている。

今度、美砂が冬の北海道へ一人で行くといい出して、母が許してくれたのも、明峯教授のところへ泊るという安心感があったからである。

おかげで美砂が初めて札幌に着いた日に、千鶴夫人が札幌の日航の営業所まで迎えにきてくれた。

夕方だったので、そのまま伏見《ふしみ》の明峯宅に行って夕食をし、教授とも会ってその夜は泊り、翌日の朝、紋別へ向ったのである。

その時、美砂は夫妻に、紋別と網走で二泊ぐらいして帰ってきます、といって出てきた。冬のオホーツクを見るというだけの気ままな旅だったので、初めからはっきり予定を立てていなかった。

明峯教授の家は男の子ばかり二人だったが、長男は東京の大学に行って、受験勉強中の高校生の息子が一人いるだけだった。

「男の子なので、年頃《としごろ》になるとものもいわず、つまらないわ」

夫人はそんな愚痴をいいながら、美砂を歓待してくれた。

「美砂ちゃんがいると家が華やかになる。よかったらずっと泊っていてくれ」

教授も美砂を娘のように可愛《かわい》がってくれる。

今日、二泊の予定を一泊切りあげて早く帰ってきても、明峯家では快く迎えてくれるに違いない。むしろ歓《よろこ》んでくれると思うが、美砂はなぜか今日はこのまま明峯家に行く気はしなかった。

別に明峯家が窮屈でも、気兼ねをするというわけでもないが、今夜だけは一人で静かに眠りたいと思う。それに初めから二泊といったのだから、今夜帰らなくても明峯家では心配はしないはずである。

どうしようかしら……。

同じ列車で降りた人達が次々とタクシー乗り場やバスの発着場へ去っていく。

美砂はもう一度、雪の空を見てから改札口の左手の観光案内所へ行った。

「どこか、空いているホテルはないでしょうか」

真冬で観光客が少ないのか、案内所の前には誰《だれ》もいず、年輩の女性がすぐ相談にのってくれた。

「パークホテルはいかがですか。中島《なかじま》公園のなかにあって眺めもいいですよ」

「じゃあ、そこをお願いします」

美砂は名前と年齢をいった。

「ここから地下鉄に乗って、中島公園前で降りられたらすぐですが、タクシーで行かれてもじきです」

「ありがとうございました」

美砂は礼をいってタクシー乗り場に行った。

雪は少しずつ激しくなってくるらしい。前に並んでいる人から「明日は積るわね」とか「車が裏小路まで入れるかしら」といった話し声がきこえてくる。美砂には美しいと見える雪も、北国に住む人々にとっては、必ずしも歓迎すべきものではないのかもしれない。

待っていると、二、三分で空車がきた。

乗ると、車はすぐ広場を抜け駅前通りを走っていく。

幅広い道の左右にはビルが続き、道の中央分離帯には街灯が並び、その先に雪が美しく映えている。

やがてショッピング街らしいところを過ぎて、歓楽街を横切る。ネオンのなかに「薄野」という字が見える。そこを抜け、静かな商店街を過ぎると正面に山型のイルミネーションで飾られた大きな建物が見えてきた。光のなかにホテルの名が浮び上ってくる。

雪の夜空のなかで、十階は充分にありそうである。

車はターンしてホテルの回転扉の前で停《とま》った。

いかにも北海道のホテルらしく広くゆったりしたロビーである。

部屋は七階であった。ボーイが去ると、美砂は待っていたようにコートを脱ぎレースのカーテンの窓際に立った。

眼下にホテルの庭があり、その先に道をはさんで夜の公園が静まりかえっている。庭にも公園にも雪が降り、そのなかで忘れられたように街灯が一つ、ぽつんと点《つ》いている。

静かだわ……。

外も内も、すべてが雪のなかで息を潜めている。美砂はその静寂のなかで、自分が今夜なぜホテルに泊る気になったのかと考えてみた。

明峯家に行けば、楽しく陽気な夜が待ち構えていることは間違いない。夫妻は麻雀《マージャン》が好きなので、今度紋別から帰ってきたら一緒にやろうということになっていた。たとえ麻雀をやらなくても、真面目《まじめ》そうでどこか抜けた感じの教授のユーモラスな話をきくこともできる。夫人の自慢の鰊《にしん》漬けもご馳走《ちそう》になれる。

楽しく愉快な時間があるのを知りながら、美砂は自分から選んで、一人のホテルの部屋へ来た。

考えてみると、これには特別の理由はなさそうである。駅に降りて雪を見ているうちに、ふと一人になりたくなった。明峯家の明るい茶の間に行くのが少しばかり億劫《おっくう》になったのである。

おかしいわ……。

正直いって美砂は自分で自分が少し変だと思う。気軽に出かけた旅のはずなのに、心になにかのしかかってくるものがある。陽気で屈託ない娘であったのが、いつのまにか考え込む、少し物思わし気な女に変っている。

美砂はカーテンを閉めて、ベッドに仰向《あおむ》けになった。枕元《まくらもと》にぼんやりスタンドが灯《とも》り、白い壁も、茶色のカーテンも、すべてが静まり返っている。

あの人はいまなにをしているだろうか……。

自然に紙谷のことが思われる。稚内へ行って、今夜は向うに泊るといっていた。遠い北の街で、紙谷はいまなにをしているだろうか。

流氷のデータでも調べているのか、それとも冷たく昏《くら》い海を見ているのか。あるいは友達とお酒でも飲んでいるのか。ともかくわたしのことなどはとうに忘れているに違いない。考えているうちに美砂は次第に虚《むな》しくなってきた。

向うがなにも思っていないのに、こちらだけ思ったところでどうなるわけでもない。あの男性は氷だけしか興味のない変人なのだ。そんな変人のことなどきっぱりと忘れたほうがいい。そう思いながら、頭のなかは自然に藤野にきいた話に戻っていく。

あの人と織部という男性と、二人で争ったという女性はどんな人だろうか。

だが、それはいくら考えたところでわからない。やがて美砂はすべての思いを振り切るように立ち上ると、バスルームへ行って湯を入れた。

翌朝、眼覚《めざ》めると外は降り積った雪の上に明るい陽《ひ》が射していた。一夜でどれくらい降ったのか、公園の樹々《きぎ》や街灯も、みな一様に深い綿帽子をかぶっている。

昨夜はよく見えなかったが、雪にうずもれた公園の先にビルが並び、その先に山が見える。山はあまり高くはない。せいぜい五、六百メートルかと思うが、その奥に白い山並みが続いている。

美砂は眼の前に拡《ひろ》がる白い世界を見ながら、一つ大きく息を吸った。

充分の睡眠のせいか、今朝は頭は爽快《そうかい》である。昨夜の眠る前の、なにか虚しく、侘《わび》しかった気持はもう消えている。美砂はレストランへ行き、コーヒーを飲みながら今日のこれからのことを考えた。

まず札幌へ戻ってきた以上、報告がてら明峯家には顔を出さなければならない。

それはいいとして網走にもう一泊したことにすると、今朝早く向うを発ったとしても、札幌へ着くのは昼過ぎである。その前に明峯家に行ったのでは、昨夜のうちに札幌に戻っていたのがわかってしまう。

別に隠すつもりはないが、昨夜、札幌に来ていて行かなかった理由はなんとなく説明しづらい。

やはり明峯家に行くのは午後からにして、それまで少し雪の札幌の街でも散歩してみようか。

三十分ほどで美砂はレストランを出ると部屋へ戻り、出発の準備をした。

短い一泊であったが、これでようやく心の落ちつきをとり戻せたようである。

準備を終えたところで、机の上にあるホテルの便箋《びんせん》で家に手紙を書いた。

昨日、オホーツクの流氷を見て札幌へ戻ってきたこと、今日これから明峯家へ行くこと、あと一、二泊して帰ること、寒いけど雪や氷がとっても素晴らしいこと、それらを書いたあとで、「素敵な人に会いました」と、いったん書いて消した。

書き終って、部屋を出ると十一時だった。

スーツケースを持って一階へ降りていくと、広いロビーはガラスの外からの雪を映して白々として見える。

美砂はフロントに行きチェックアウトをすると、ゆっくり都心部に向って歩きはじめた。

昨夜ホテルまで来た時の感じでは、都心部まで歩いてもせいぜい十分くらいの距離のようである。

道は朝のうちに除雪車が通ったのか、きれいに雪が除《の》けられ、左右に一メートル近い雪の山がつくられている。ところどころで、店の従業員がでて、その雪を車に積みあげている。

やはり昨夜一晩で二十センチくらいは積ったようだが、寒さはあまり感じない。

歩いていくうちに薄野に出る。昨夜はネオンが輝き賑《にぎわ》っていたが、いまはまだ半ば眠っている。

やがて左右に大きなビルが並び、デパートがある。このあたりがショッピング街らしい。美砂はそのデパートの一つに入り、一階から見て廻《まわ》った。店の雰囲気も品物も東京とあまり変らない。なに気なく歩いていると東京にいるような錯覚をおぼえる。デパートで小一時間ほど時間をつぶし、隣のビルの地下の喫茶店でコーヒーを飲むと十二時半だった。

昨日、網走駅で見た時刻表には朝六時に発つ急行があったが、それで来たことにすれば、もうそろそろ着いてもいい時刻である。

美砂は手帳を出し、明峯家のダイヤルを廻した。

「もしもし」

出てきたのは千鶴夫人だった。少し甲高《かんだか》い声ですぐわかる。

「美砂です。いま網走から戻ってきたのです」

「そう、ご苦労さま。向うはどうでした？」

「とっても楽しかったわ」

「それはよかった。すぐこちらへいらっしゃるでしょう」

「おばさまご用事は？」

「別にないの、今日は何時に帰ってくるかしらと、いま考えていたところよ。駅から車を拾えばすぐだからいらっしゃい」

美砂は喫茶店を出て表通りに出た。土曜日の午後のせいか、会社を終えたサラリーマン達が眼につく。みなコートを着ないで早足に歩いていく。

午後の陽を受けて、雪はようやくとけはじめたようである。

車を拾って乗ると、すぐ行手に白い雪の山並みが見えてきた。正面の山の中程に白く一筋のラインが見えるのはジャンプ台のようである。

紙谷もかつてはこの街に住み、あの雪山を駆けたのだろうか。

ぼんやり考えているうちに、美砂はふと、紙谷がかつて恋していたという女性に会いたくなってきた。

二

明峯教授の家は札幌の西部の山に近い静かな住宅地にあった。そのあたり一帯は伏見というらしいが、近くの円山《まるやま》という地名とともに、京都に似ている。

そういえば駅を降りたった時、右手に山並みが見えたり街が碁盤の目のように、きちんと区分けされているところなども京都にそっくりである。

走るうちに、ホテルで見た山が次第に近づき、裸木にうずまった白い山肌が迫ってくる。やがてその山裾《やますそ》に近づいた住宅地の一角で車は停った。すでに一度きているので、近くまで来るとすぐわかった。

明峯家はあまり大きくはないが、煉瓦《れんが》造りの二重窓で、屋根はトンガリ帽子の急勾《きゅうこう》配《ばい》で、寒地向きによく造られている。正面の門柱にも、庭の松の上にもこんもりと雪が積り、その間をきれいに除雪された道が玄関までついている。

美砂は入口でチャイムを押してから、大きく息を吸うように空を見上げた。昨夜一晩、降り続けた空とは思われない見事な冬晴れである。

ドアのダイヤグラスに人影がうつり、出てきたのは千鶴夫人だった。

「さあ、いらっしゃい、疲れたでしょう」

夫人は例の賑やかな声でスリッパを揃《そろ》えてくれる。

美砂は案内されるままに、玄関の右手の応接間に入った。庭に面した一方は広いベランダになり、そこに冬の陽が一杯に溢《あふ》れている。集中暖房の暖かい部屋にいて、雪におおわれた庭を見るのは不思議な気持である。

「早かったわね、今朝向うを発ったの？」

夫人は早速、紅茶を淹《い》れてくれる。

「六時の急行で来たんです」

「そう、よく起きられたわね」

嘘《うそ》をつくのは得意ではないが、こうなったらそのまま押し通すより仕方がない。

「寒かったでしょう」

「でも、流氷や大白鳥も見られて、すごく感激しました」

夫人は紅茶を差し出し、ミカンを置く。

「お食事はまだでしょう」

「列車のなかで食べてきましたから、大丈夫です」

「そう、じゃあもうじき主人が帰ってくるから、そうしたら一緒にしましょう」

「おばさま、これつまらないものですけど」

美砂は網走で買った蟹《かに》センベイを差し出した。

「まあまあ、そんなこと気をつかわなくたっていいのに」

夫人はそれを受け取ると、戸棚からバター味のクッキーを出してくる。

「お天気は？」

「おかげで、とてもよかったんです」

「流氷の先まで行ったの？」

「氷が割れて、蒼《あお》い海が見える近くまで行ってきました。とっても素敵で。おばさまも行かれたことあるんですか」

「ずっと前だけど」

夫人はかすかに笑った。美砂の母より一つ年下の四十六歳だが、品のいい細面《ほそおもて》の顔は若いころはさらに美しかったに違いない。

「おじさまに連れられて？」

「いいえ、あの人が向うにいて、来いというもんですから」

「じゃあ婚約中？」

「まあそんなものだけど」

「氷の上でデートをしたわけね」

　夫人は笑い出した。

「デートといったって、そのころは終戦のすぐあとで。なにもなかったの。あの人は大学を卒《お》えたばかりで兵隊さんの防寒服を着て、わたしはいまでこそマキシだけど、時代遅れの長いオーバーを着て」

「流氷の上で逢引《あいびき》なんて素敵だわ。おじさまそこでプロポーズなさったの？」

「あれがプロポーズなのかしらね、あの人のことだから、ぶっきらぼうなものよ。流氷の上を歩いて、そのうち氷のかたまりの上に坐《すわ》って、ぷかぷか煙草《たばこ》をふかしだしたの」

「それで、どうしたの？」

「夕暮の氷原を見ているうちに突然、『氷は嫌いですか』っていうのよ」

　教授の真面目くさった顔を思い出して、美砂は急におかしくなった。

「そんなことをきかれたって、わたしは答えようがないじゃない。黙っていたら、『氷はきれいですよ、一緒にいませんか』っていうの」

　美砂は声を出して笑い出した。

「まるで氷のためにプロポーズしているみたい。おじさまらしいわ」

笑いながら、美砂は紙谷のことを思った。自分達もそれと似た情景のなかで氷原を見ていた。ただ教授はプロポーズをしたが、紙谷は黙って暮れていく氷原の彼方《かなた》を見詰めていただけである。

「それで決定？」

「氷原の美しさにひっかかってしまったのね」

「それからは紋別には？」

「たしか三度ほど行ったわ、いつ行ってもあそこはきれいだわ」

「そりゃ好きな人がいたからよ。最近は行かれないのですか」

「年齢《とし》をとると億劫で、三年前だったかしら、春先の流氷が動き出したころに、あの人のお伴《とも》をして行ったきりよ」

「わたし、今度また、そのころに行ってみようと思うんです。蒼い海に流氷がふわりふわり浮いてるなんて、素敵だと思うわ」

「それはそうだけど、油断すると流氷は案外こわいのよ」

夫人は静かに紅茶を口に運んで、

「向うの方達、親切にしてくれた？」

「初めは無愛想にみえたけど、でも本当はとても優しい方ばかりでした」

「氷原にはどなたに案内していただいたの？」

「紙谷さんです」

「あの方なら安心だわ」

「おばさま、ご存じですか」

「教室の人だもの知ってるわよ。たまに札幌に来る時、ここに寄っていくこともあるわ」

「あの方、どうして札幌に戻られないいんですか」

「さあ……」

夫人はそっと雪の庭を見た。雪が積ったナナカマドの朱《あか》い実に、寒雀《かんすずめ》が来てつついている。

織部の事件があった時、夫人の夫はすでに教授であったのだからそのことを知らぬわけはない。同じ教室員のことだから、その時、明峯教授にもいろいろ心痛があったに違いない。

美砂はさらに紙谷のことをききたかった。夫人ならもっと別のことを知っているかもしれない。

だが、いま一気にきぎだしてもいいものか戸惑っていると、夫人のほうからきいてきた。

「紙谷さん、なにか仰言《おつしや》ってました?」

「いいえ」

いったん否定してから、美砂は改まった調子でいった。

「おばさま、変なことですけど、おききしてよろしいですか」

「なんでしょう？」

「紙谷さんと一緒に流氷の観測に行ったお友達が、氷から海に落ちて亡くなったって、本当ですか」

夫人はしばらく黙っていたが、やがて静かな調子でいった。

「それ、どなたからきいたのですか」

「ちょっと……」

誰にもいわないと藤野と約束した以上、名前をいうわけにはいかない。

「いいでしょう」

やがて夫人は仕方なさそうにうなずくと、

「もう、ずいぶん前のはずです」

「五年前でしょう」

「どんなふうにおききしたのか知らないけど、織部さんって方が氷から落ちて亡くなられたことはたしかです」

やはり藤野のいったことは事実らしい。

「その時、横に紙谷さんしかいらっしゃらなかったとか」

「ええ……」

「紙谷さんがずっと紋別にいらっしゃるのは、なにかそのことと関係あるんじゃありませんか」

「そうでしょうか」

「なにかその時、紙谷さんと亡くなった織部さんとの間に一人の女性がいらしたとか」

「そんなことまで、おききになったのですか」

夫人は困惑したようにテーブルの上に視線を落していたが、

「もうみんな忘れたことかと思っていたのに」

「紙谷さんが、いまだに結婚なさらないのは、そのせいじゃないでしょうか」

「そのせいというと？」

「本当はその方を好きだったけど、そんなことがあったから」

「でも、紙谷さんはあの事件がなくても、あの方とは、一緒にならなかったはずよ」

「どうしてですか」

「こんなことお喋《しゃべ》りしては、主人に叱《しか》られるわ」

「おばさま、内緒で教えて」

美砂は拝むように両手を胸に当てた。

「どうして、そんなことをききたいの？」

「だって、こんな話って誰でも興味があるでしょう。わたしもこれからの人生勉強のために、きいておきたいの」

「困った人ね」

夫人は一つ息をついたが、やがてあきらめたように、

「だってその方は、亡くなった織部さんと結婚するはずだったのよ」

「本当ですか」

「織部さんが亡くなる少し前に、結婚したいから仲人になって欲しいと、わたし達にいいにきたから」

「じゃあ、すでに婚約をしていたんですか」

「そうらしいんだけど」

夫人はそこで口籠《くちごも》ると外を見た。午後の陽で雪がとけ、ベランダのガラス戸が水滴で光っている。

「ほかに、なにかあったのですか」

美砂は黙った夫人を促すようにきく。

「これはもちろんあとできいたのですけど、その方は、本当は織部さんより、紙谷さんのほうが好きだったらしいの」

「へえ……」

「でも、これはただの噂《うわさ》よ」

「その人、きれいな方なのでしょうね」

「そうね、主人のような鈍感な人でさえ、きれいだっていうんだから」

「おばさまもご存じなの？」

「今は仁科《にしな》さんというんです。札幌の大きな造り酒屋さんのお嬢さんだったんだけど、大学を卒えてぶらぶらしているのも退屈だといって、主人の研究室に秘書みたいにして手伝ってくださってたの」

「それで紙谷さん達を知ったのね」

「そう、小さな研究室だから」

きいているうちに、美砂はその仁科という女性にかすかな嫉妬《しっと》を覚えてきた。

「それで、紙谷さんの気持は？」

「親友の織部さんが先に好きだといったので、表には出さなかったけど、あの人もやっぱり好きだったらしいわね」

相手に恋人を譲るなど、あの紙谷ならいかにもありそうなことである。

「でも、その仁科さんて方、紙谷さんのほうが好きなのに、どうして織部さんと婚約したんでしょう」

「そこが問題なんだけど、よくきいてみると、婚約のことは織部さんが強引に一人で決めたことで、仁科さん自身はあまり気がすすんでいなかったらしいの」

「織部さんて方、自分があまり愛されていないことを知らなかったのかしら」

「うすうす感じてはいたらしいんだけど、好きだったから」

「でも、わかったのでしょう」

「最後にはね。だから織部さんが亡くなった時、わたし達は自殺かと思ったわ」

「まさか……」

「そう、まさかと思ったけど、亡くなる前のころはずいぶん苦しんでいたみたいだったから」

「織部さんて、どんな方でした？」

「とてもいい方だったわ。でも酔うと時々家に見えて、紙谷に譲るって、つぶやいてたけど、二人とも教室では同期で親友だったから……」

　夫人は回想するように、光のなかの雪の庭を見た。

三

　一人の男が流氷の海で死んだことは間違いない。その時、目撃者として横に紙谷だけがいたこともたしかである。

だが藤野からきいた話と、明峯夫人の話とでは、似ているようで微妙なくい違いがある。

藤野は、織部の死は単純な事故死だといっていた。流氷に乗って流されているうち、彼の坐っていた場所の氷が波に洗われて滑り落ちたのだという。

だが夫人は自殺の可能性を捨てきっていない。織部という青年は婚約まですすんでいながら自分が相手に愛されていないのを知ったのだという。

どちらが本当なのか。当の織部自身がいないいまとなっては、もはや問い質《ただ》すすべもない。

だが間違いなく、そこには紙谷がいたことは事実である。紙谷ならその時の、もう少し詳しい事情を知っているに違いない。

「紙谷さんは、どうだと仰言っているんですか」

「どうだって？」

「自殺なのか、事故死なのか」

「そのことについては、あの方はなにも仰言らなかったわ」

夫人は思い出すように雪の庭を見ていたが、やがて顔を戻すと、

「突然、悲鳴がきこえたので、振り返ったら織部さんの体が海に沈みかけていた、と仰言っていたわ」

「すぐ、助けることはできなかったのでしょうか」

「もちろん助けようとしたのでしょうけど、氷は流されているんだから、届かなかったんじゃないかしら」

蒼い静寂《しじま》のなかで、呼び合っている二人の男の姿が、美砂の脳裏に浮んだ。

「じゃあ事故死だと……」

「たしか、あの方は氷の前のほうに坐っていたので、織部さんが落ちる瞬間は見ていなかった、といっていたわ」

「氷が波に洗われているうちに、薄くなって割れたんじゃありませんか」

美砂は藤野にきいた理由を、いってみた。

「主人の話だと思うけど、氷塊の山型につき出たような部分は稀《まれ》にそういうことがあるらしいの。でもそれは乗っている人が気をつけていれば、大体わかるらしいわよ」

「じゃあ、やはり自殺？」

「ううん、それはわたしが勝手に思っただけで証拠はないの。やはりみなさんが仰言るように、氷が割れて落ちたと考えるのが、正しいのかもしれないわ」

そこで夫人は思い出したように紅茶を啜《すす》った。

事故死なのか、自殺なのか、それは美砂にとっては関係のないことである。どちらでもいいと思いながら、もし自殺なら、織部が可哀想《かわいそう》である……。

失恋ぐらいで自殺をする青年の弱さには少し抵抗を感じるが、それが氷一筋に生きる男達の純粋さだと思うと、そうもいいきれないような気もする。それほど思いつめていたとすると織部が憐《あわ》れである。

「もし、自殺なら、織部さんを殺したのは、その女性の方だということになるわね」

考えるうちに、美砂はその仁科という女性を憎みたくなってきた。

「でも、そういいきるのは仁科さんに少し酷よ」

「だって、ご自分は別の人を好きなのに、織部さんて方と婚約したのでしょう」

「だから、それは織部さんが強引すぎたのよ」

「でも……」

たとえ男が強引だったとしても、女がはっきり断われば、婚約まですすむわけはない。男が一人合点にせよ結婚できると思いこむには、女性のほうにそれを許す雰囲気があったからに違いない。

「そうでしょうか」

美砂はなお納得しかねた。

「とにかく、自殺というのはわたし達が勝手に考えたことで、関係ないのよ」

「わたし達って、おじさまもそう思われたのですか」

「はじめはね」

織部を知っている教授と夫人が、同じように考えたのなら、あるいはそうかもしれない。

紙谷は織部が自殺であることを知っているから、責任を感じて、いっそうオホーツクの海を離れられないのではないか。美砂の疑惑はさらに増す。

「その仁科さんて方、紋別にも行かれたことがあるのですか」

「一度、あったようです」

「やはり織部さんを訪ねて？」

「そういうんじゃなくて、お友達と二人で、ただ遊びに行ったらしいわよ」

「冬ですか」

「たしか一月の初めくらいじゃなかったかしら。織部さんが亡くなったのは、その二カ月ぐらいあとのはずだから」

「その時、向うには紙谷さんもいらしたのでしょう」

「そうね……」

織部はそこで、自分の恋する女の心変りを見たとでもいうのであろうか。そして紙谷は、親友の恋人が、自分の方へ好意を抱いているのを感じたのであろうか。

いずれにせよ、その旅は織部と紙谷の間に、なにか決定的なものを与えたような気がする。

「その女性が紙谷さんを愛していたというのは、たしかなのですか」

「それは……」

夫人は少し困ったように、テーブルへ視線を落してから、

「杏子《きょうこ》さんが、わたしにそういったから」

「杏子さん？」

「仁科杏子さんよ」

夫人は女性の名前を、いい直した。

「紙谷さんのほうが好きだから、紙谷さんと結婚したいと？」

「ううん、そういういい方じゃなくて、杏子さんが、織部さんと結婚する気はない、と仰言るので、いろいろ理由をきいてみたら、最後にそういったの」

「じゃあ、紙谷さんと結婚すればよかったじゃない」

「でも、そのあとすぐあんな事件が起きたから」

夫人は立ち上り、ポットから湯をとり新しくお茶を淹れた。美砂はいったん明るいベランダに眼を向け、夫人が落ちついて坐るのを待って言った。

「その杏子さんって方、いま、どうしていらっしゃるのですか」

まだ見たことのない女性に、美砂はかすかな嫉妬を覚えた。

「札幌にいらっしゃるはずよ」

「お一人で？」

「あのあと、じき研究室を辞めて、結婚なさったわ」

「結婚……」

美砂は茶碗《ちゃわん》を持ったまま夫人を見た。

「いつですか？」

「三年前だったかしら、招待状をいただいたけど。スケートリンクやレストランを経営している実業家よ」

氷を研究する男から、実業家へ、杏子は簡単に愛する人を変えたのであろうか。女であれば、仕方がないと思いながら、美砂はなにか、その心がわりが許せないような気がする。

「じゃあもう、織部さんや紙谷さんのことは完全に……」

「あんなことがあったのですから、忘れてはいないでしょうけど、でももう結婚したのですから」

忘れるのが当然だと、夫人はいいたいらしい。

美砂はうなずきながら、またベランダのほうを見た。明るい光のなかで、ガラスが水滴に濡《ぬ》れている。サイドボードの上の置時計が一時半を示している。静かで穏やかな冬の日の午後である。

ここにいると、オホーツクの冷え冷えとした夕景は、遠い地の果てのことのように思われる。

「でも、美砂さん、ずいぶん関心があるのね」

「オホーツクにいって、あんまり冷たい氷を見すぎたものですから」

美砂が答えた時、ドアのチャイムが鳴った。

「おじさまね」

夫人はうなずくと、玄関へ向った。美砂は襟元に手を当てて坐り直した。

「おう、帰ってきたな」

明峯教授はオーバーを夫人に手渡しながら応接間に入ってきた。

「お邪魔しています」

美砂は立ってお辞儀をした。

「どうだった？　流氷は」

「とっても素晴らしくって、感激しました」

「今度、流氷が動き出すころに、また行きたいんですって」

夫人が横から説明する。

「本当かな？」

教授は悪戯《いたずら》っぽく笑って、美砂と向い合った椅子《いす》に坐った。

「君は大白鳥を食べたんだって」

「誰がそんなことをいいました？」

「そうだろう、おじさんにはちゃんと情報が入っているんだ」

「美砂ちゃんが白鳥を食べたんですか」

お茶を淹れながら、夫人は吃驚《びっくり》している。

「おばさま違うわ。紙谷さんが丁度、射たれた白鳥を拾ってきて、お魚と一緒に鍋《なべ》にするから食べていきなさいと仰言ったのよ」

「とにかく美砂ちゃんは大変な人気だったらしいぞ」

「そんな……」

「みんな、もっといてもらいたかったらしい」

「美砂ちゃんは若くてきれいだから」

「冗談ばかり」

「いや本当だ。みなまた来るのを待ってるそうだ」

教授は笑顔で煙草に火をつけた。

誰がそんなことをいったのか、藤野か加賀か。今日、紙谷はいないはずだから彼であるわけはない。

「網走まで車で行ったんだって」

「藤野さんって方が、送って下さったんです」

そこまで知っているところをみると、やはり教えたのは藤野らしい。だがそれにしても、藤野は昨日、美砂が午後の列車に乗ったことをいわなかったろうか。もしそれをいわれたら、今朝帰ってきたという嘘がわかってしまう。

美砂は不安になったが、教授はそのことには触れずに、

「あいつの運転は乱暴だろう」

「いいえ、ちっとも」

「やっぱり、美人には違うんだな」

「あなた、お昼はまだですね」

夫人が尋ねる。

「そうだ。美砂ちゃんの無事帰宅を祝って、外に食べに行こうか」

「美砂ちゃん、あなたがお帰りになるの、待っていて下さったのよ」

「よし、じゃあ出かけよう」

性急な教授は早くも立ち上ろうとする。

「待って下さいよ、出かけるのなら、これから仕度をしなくちゃいけないんですから」

「そんな婆《ばあ》さん、いくらおめかししたって同じだよ」

「こうですから」

夫人は教授へ渋い顔を向けて、奥の間へ去っていく。

美砂はそれを見送ってから、

「おじさま、氷原の上でおばさまにプロポーズなさったこと、きいたわよ」

急に別のことをいわれて、教授は吃驚したらしく、飲みかけた茶碗をテーブルにおいた。

「ずいぶん遠くまで呼んだんですね」

「婆さんがなんといったか知らんが、真冬に何度もこられて参った」

「おばさまの話と大分違うわ」

教授は大きく煙を吐くと、話題を変えるように、

「今度、本当に春に行く気かね」

「氷が割れて流れ出すところが、見たいんです」

「じゃあ三月だな」

「でもその年によって、いろいろ違うんですね」

「大分勉強したようだな」

「そうよ、氷のことはもう権威よ。東京に帰ったら、お友達に教えてあげるの」

「じゃあ、おじさんの研究室に勤めるか」

「わたしが……」

冗談と知りつつ、美砂は一瞬どきりとした。もし本当に勤めたら仁科杏子と同じになる。いやそれより紙谷といつも逢《あ》えるかもしれない。

「わたし、一度でいいから、流氷にのってみたいんです」

「あれは寒いぞ」

「いいの、今度来たらのせてくれますか」

「僕が一緒に行ければのせてやるが、まあ紙谷君にでも頼んでみるんだな」

「でも、あの方、とっても無愛想なんです」

「しかし、あれはいい男だぞ」

「あの方よりは藤野さんのほうが親切でいいわ」

美砂はことさらに無関心を装ってみせる。

四

明峯夫妻が連れていってくれた店は、薄野のビルの地下にある〝かにへい〟という店だった。

名前のとおり蟹料理専門店で、札幌では有名なところらしい。夫妻と次男坊の明人《あきひと》と美砂の四人はその奥のテーブルで向い合って坐った。

メニューにはさまざまな蟹料理が並んでいるが、美砂にはどれも目新しい。

「松のコースでもいただきましょうか、それならいろいろな蟹料理が入っているから」

全員賛成で夫人が注文する。

土曜日の午後だが、店は比較的空いている。やはりこういう高級料理店は夜でなければ混まないのかもしれない。

「どう？　美砂ちゃんも一杯」

教授は先に来たビールを美砂に注《つ》ぐ。

「わたしは、すぐ顔に出てしまうのです」

「まあいいじゃないか、紋別からの情報ではかなりの酒豪だという噂だぞ」

「ひどいわ、誰がそんなことといったんですか」

多分、いったのは藤野に違いない、お喋りな男だが憎めない。

「ここには若い男がいないんだから、顔ぐらい赤くなったって、いいじゃないか」

全員に注ぎ終ったところで、教授は乾盃《かんぱい》するようにグラスを持ちあげた。

「美砂ちゃんの無事生還を祝って」

「早く、いいお婿さまが決りますように、よ」

夫人が横槍《よこやり》を入れる。

「まあ、理由はなんでもいいんだ」

四人でグラスを合せる。真冬ではあるが、店はよく暖房がきいているので、ビールの冷たさが心地よい。

美砂はその少しほろにがい液を飲みながら、自分が二十四歳になっているのを改めて思い出した。

高校を卒業し、大学に入ったのはついこの前だと思っていたのに、いつの間にか二十四歳になっていた。

このごろ美砂はつくづく思うのだが、二十四歳という年齢は、いやな年齢だと思う。若くもないし、といって年齢をとりすぎてもいない、いわゆるどっちつかずの年齢である。世間では、このあたりを適齢期というのかもしれない。

年輩の婦人は、「いまが一番いい時ですね」ともいってくれる。だが適齢期というのは、裏を返せば、すぐ適齢期でなくなるということでもある。この時期を逸すればオールドミスになるぞ、という脅かしの意味も含まれている。

適齢期などという言葉は、おそらく日本にしかない言葉に違いない。誰がいいだしたのかわからないが、いやな言葉である。第一、この言葉には女は嫁にいって、夫にかしずくものと、頭から決めているところがある。女の仕事のことなどは初めから考えず、女性の人権を無視しているようなところがある。

明峯夫妻のような知性のある人達でさえ、そう思っているのだから、少し哀《かな》しくなる。

だが、美砂自身にも、それに表立って反発するほどの勇気もない。たしかに仕事か恋にでも熱中しているのなら、適齢期など無視できるが、いまはこれといって熱中しているものがない。これが生甲斐《いきがい》です、とみなに胸を張っていえるものがない。

友達同士の時には「適齢期など無視すべきよ」と威勢のいいことをいっているが、正直にいうと、美砂は適当な人がいたら結婚したいと思う。やはり二十五歳までには、お嫁に行きたいと思う。

建前と本音というのか、表面では反発していながら、心の底では適齢期というのを認めている。いやだと思いながら、それに従わねばならぬような気持にとらわれる。

「どうした？　どんどん飲めよ」

もの思いにふけっていると教授がビールを差し出した。

「お昼からいただいては酔っ払ってしまうわ」

「それぐらい、大丈夫だよ」

ウエイトレスといっても、この店は和風料理店らしく全員が和服を着ている。紫の地に黄色い帯を締めて、みなよく似合う。その一人が盆の上に大きなお皿を載せて持ってきた。

先程のメニューには「蟹の姿盛り」と書いてあったが、皿の上に敷きつめた小石の上に、子供の頭ほどの毛蟹がでんと控えている。赤い甲羅《こうら》の上に、網型に細く切った大根をかぶせて、丁度、蟹が網にかかった様子を模している。

「さあ、食べなさい」

そういわれても、すぐに手をつけるのが惜しい。蟹がいまにも動き出して美砂に迫ってきそうである。

「どうれ……」

教授がまず足を折る。縦に割り、身をとり出して酢醤油《すじょうゆ》につける。実に冷んやりと引き締って美味《おい》しい。

「向うでこれを食べた?」

「旅館で少しいただきました」

「昔は、こんなものは食べ放題だったんだが、最近はおつに澄ましやがって、高級品になっちまった」

教授は手際よく、ぼきぼきと足を折り殻を裂く。かなり慣れた手付きである。

「もう昔だけど向うのダルマストーブのついたローカル線で、みなさん、この毛蟹をいただいてましたね」

夫人が思い出したようにいう。

「これをエサに、酒を飲んでいるうちに着いてしまう」

「じゃあ、おじさまとおばさまと二人、汽車に乗って蟹を食べてらしたわけね」

「そのころ、この人は無口でなにもいわないから、蟹でも食べているより仕方がなかったのよ」

「蟹を食べだすと喋る暇がなくなってね。寒い朝、リヤカーを引いてこの毛蟹売りのくるのが、なんともいえなくいい」

「なんていってくるんですか」

「ただ、『ケガニイ』って、そうでしたね」

「違う、『ケエガアニイー』」

教授が声を真似《まね》ると、まわりの人がこちらを見る。

「オンチだな」

「お止《よ》しなさい、みっともない」

夫人と明人に叱られて、教授は大人しく自分でビールを注ぐ。

笑いながら美砂は、つくづく好ましい夫婦だと思う。自分ももし結婚するならこんな家庭をつくりたい。

また、美砂の脳裏に紙谷の顔が甦《よみがえ》る。あの人と一緒にオホーツクの沿岸を走る汽車に乗っていたらどうだろうか。あの人はやはり毛蟹を買ってきて、まんなかに新聞紙でも敷いて、むしゃむしゃ食べだすだろうか。それとも、ただぼんやりと、枯れ果てた砂丘の果ての冷えた海を見つめているだろうか。

紙谷のことだから、おそらく無愛想に煙草をふかしながら、冬の海だけを見ているような気がする。

「どんどん出てくるぞ」

明人が嬉《うれ》しそうな声をあげる。海藻盛りというのか、氷の上に赤、茶、緑と、美しく配色された海藻が盛られている。これを蟹の味噌《みそ》をとかした汁につけて食べる。

さらにシュウマイがくる。どんな一品にも蟹が入っている、というのだから、シュウマイのなかにも、蟹が入っているに違いない。むろん茶碗蒸しにも、コロッケにも入っている。

「とっても美味しいわ」

「紋別の大白鳥鍋とはどうかね」

「白鳥は、わたしは食べてないんです」

美砂は断固、抗議する。

「そうか、じゃあ鮭鍋《さけなべ》だ」

どっちが美味しいかときかれても、どちらも美味しいのだから答えようがない。しかし強《し》いていえば、向うのほうが野性味があって新鮮だったような気がする。

「本当は、海のものは、こんな上品に食べるもんじゃない。ああいうようにごった鍋にしたほうがうまいんだ」

どうやら教授は上品に、きれいに飾ったものは嫌いらしい。たしかに食物は高級そうに形を整えれば整えるほど、まずくなるのかもしれない。

「ビールを」

教授がさらに二本追加する。

明人はどんどん平らげていく。美砂も食べるが、それを数等上廻る食欲である。見ていて気持がいい。

さらに蟹の卵和《たまごあ》えがでて、その後に蟹御飯と蟹汁がでる。そのあたりになると、さすがにお腹《なか》が一杯になってくる。

「美砂ちゃんは、まだしばらく札幌にいらっしゃるでしょう」

一杯のビールでうっすらと、赤くなった夫人が尋ねる。

「明日か明後日に、帰ろうかと思っているんです」

「どうして、なにか用事でもあるの？」

「別にないんですけど、もう四日ですから」

家を出てきたのは水曜日で、今日は土曜日である。

「さてはホームシックにかかったかな」

「そんなの……」

即座に美砂は否定したが、多少、家が恋しくなってきていることは否定できない。

「ずっと雪祭までいらしたら」

「雪祭ったら、二月の初めじゃありませんか」

二月の初めまでは、まだ半月以上もある。そんなに暢《の》んびりしていては母に叱られる。

「家のことならちっとも構わないのよ、みな、あなたにいていただきたいんだから」

「どうも、婆さんと息子だけじゃ殺風景でね」

教授がいうと、すかさず夫人が「お婆さんで、悪うございました、お爺《じい》さん」と睨《にら》む。

「まあとにかく、ゆっくりしていけよ」

そうすすめられると、美砂はまだいてもいいような気がしてくる。

半月もいれば、もう一度紋別まで行けるのではないか、そして仁科杏子にも会えるのではないか、そんなことが頭を横切る。

「向うで、誰かいい人でも待っているのかな」

「いいえ、そんな人はいません」

美砂は、今度は強く首を振った。そんな人がいたら、のこのこ、こんな北の果てまでやってこない。来たとしても、その人と一緒に来るはずである。

「せっかく来たんだから、ゆっくりしていったほうがいいわよ」

「今晩ちょっと家に電話をしてみます」

東京を出てくる時は一週間か十日のつもりであった。それくらい一人旅を続ければ、気持が落ち着くような気がした。だがいまは落ち着くどころか、かえって揺れている。

帰京の日など、母に相談したところで、どうなるわけでもないのに、相談してみようと思うのは美砂の甘えかもしれない。一人で旅に出ると、大きなことをいってみても、精神はまだ完全に独立しきっていないのかもしれない。

ぶらりと旅に出たとはいっても、その実は帰るところがあるという甘えのうえにのっかった旅のようである。

もう少し強くならなければいけない、なにごとも自分で決めていくのでなければ恋もできない。甘えがあるうちは、自分の本当の気持も探り当てられない、美砂はそっと自分にいいきかせる。

「そろそろ出ましょうか」

食事のあとに出てきたお茶を飲み終ったところで夫人がいった。みな満腹そうである。階段を昇って外へ出ると小雪がちらついていた。寒気がさほど強くないせいか、雪の降り方もどこか暢んびりしている。

土曜日の午後とあって、街は若い二人連れが多い。同じ毛皮のついたダッフルコートを着て、組んだ手を一つのポケットにつっこんでいるペアもいる。

「少し街をぶらついてみようか」

教授の誘いに三人はうなずいた。

美砂は夫人と並んで歩きながら、ふと、この雪のなかを、仁科杏子も歩いているような気がしてきた。

五

明峯夫妻と、明人と美砂の四人は、薄野からぶらぶらと大通《おおどお》りに向って歩いた。小雪だが、土曜日の午後とあって人出は増えてきている。会社帰りのサラリーマンや若者に交って、家族連れの姿もある。さすがに雪国らしく、スキーを担いだり、スケートをぶら下げている人達も多い。

一行は四丁目まできて角のMデパートへ入った。そこのハンドバッグ売場で、美砂は母へのお土産《みやげ》にアザラシの毛がついた買物袋を買った。父には迷った末、やや派手だが花柄模様のネクタイを買った。

デパートを出て、斜め向いの喫茶店でアイスクリームを食べたあと、大通りでタクシーを拾った。

「伏見へやって下さい」

教授が先に助手席に乗り、夫人と美砂たちがうしろの席に坐る。

陽の短い冬の日は、すでに暮れかけ、西の山並みの雪がいっそう際立ってくる。

美砂はこちらに来て白一色と見える雪の山が、その時々にさまざまな表情を見せるのに気がついた。

朝、陽光を受けた雪の山肌は、薔薇色《ばらいろ》に輝いて見える。昼、明るい光の下の雪はむしろくすんで見えるが、夕方、あたりが暮れかけてかえって鮮やかさを増す。だがその雪の白さには、もう朝の陽に彩られたような華やかさはない。

雪の白さが浮き立てば浮き立つほど、まわりをうずめる裸木の淋《さび》しさが、ひしひしと伝わってくる。静寂《しじま》のなかにいま一日が終るのだと思う。

美砂が東京へ戻りたくなるのは、いつもこの夕暮時である。

三日前、果てしない雪の原野の空港に降り立った時も、紋別で氷原から雪山を振り返った時も、いまみなと都会のなかにいる時も、雪のなかの夕暮はいつも淋しい。空も雪も裸木も、なにもいわないのに、人々が孤独であることを教えてくれる。

美砂がぼんやり遠い雪の山並みを見ていると、夫人が突然、窓のほうへ体を乗り出した。

「ほら、ここよ、杏子さんのご主人がなさっているスケート場」

夫人の指さす先に、ドーム型の屋根の大きな建物がある。

正面の入口の上に「札幌スケートセンター」という字が、すでに点きはじめたネオンに輝いている。表は三階建てで喫茶店や遊技場をかねているらしく、明るい窓をとおして人影が見える。

「まだお若いのに、事業家としても、なかなかの方らしいわ」

「おいくつですか」

「杏子さんより六つか七つ上といっていたはずだから、三十五、六かしら」

車はすぐ通りすぎていく。美砂はリア・ウィンドーからもう一度その建物を振り返った。

「杏子さんて方も、あそこにいらっしゃるのですか」

「あそこはただご主人が経営しているというだけで、お住まいは円山のほうのマンションらしいわ」

うなずきながら、美砂は急に腹立たしくなった。杏子という女性がどうしようと、美砂がとやかくいうべき筋合のものではない。自分には無関係の第三者のことである。だがそう思いながら、美砂は何故《なぜ》か、杏子という女性が、許せないような気がしてくる。

「仁科君がどうかしたのか」

それまで黙っていた教授が夫人に尋ねた。

「いえ、ちょっと、美砂さんと話していたものですから」

「なにを」

「紋別でのことですよ」

夫人はそっと美砂に目配せした。教授はしばらく前を見ていたが、やがて思い直したように、

「美砂ちゃんは、誰かからきいたのか？」

美砂は夫人を見てから、そっと答えた。

「氷に乗ってみたい、といったら、落ちた人がいるときかされたものですから……」

教授はうなずいたが、そのままもうなにもいわなかった。


車が明峯家に着いたのは五時五分前だった。夕暮の雪山はさらに白さを増し、その分だけ空は暗くなっていた。

美砂は二階の、専用に貸してくれた洋間にいって、ベッドに休んだ。去年まで明人の兄の良人《よしひと》がいた部屋だというが、ベッドと机だけで、がらんとしている。なんの飾りもなく、素っ気なかったが、それのほうがかえって気楽だった。

そこで美砂は小一時間ほど仮眠をした。尤《もっと》も眠ったといっても、深く眠り込んだわけではない。ベッドから暮れていく空を見ているうちに、なんとなく眠気を覚えただけである。

眼覚めると六時だった。もうまわりはすっかり夜になり、いつのまにか雪は晴れていた。美砂はドアの横のスイッチを押して部屋の明かりをつけると窓を見た。昼間、ベランダから見た庭が明かりの落ちるところだけ白く浮き上っていた。

ぼんやり、その夜の雪を見ているとドアがノックされた。出て見ると夫人だった。

「晩ご飯の仕度ができたわ」

「ご免なさい、お手伝いもしないで」

「ううん、簡単なものしかつくらなかったの、早くいらっしゃい」

「なにかまだお腹が一杯みたい」

「でも、お鍋だから、食べられるわよ」

美砂が降りていくと、教授はすでに和服に着替えて、食卓の前に坐っていた。

「紋別の浜鍋もいいが、これは明峯家特製の冬鍋だからね、まあ食べてごらん」

教授が湯気のあふれる鍋の蓋《ふた》をとる。鮭や貝類に野菜などを入れるところは紋別のに似ているが、それに鶏肉《とりにく》が入っている。全体に向うのを上品に、そして淡泊にした感じである。やはり北国の冬は、鍋物にかぎるようだ。

だしがよく出て旨《うま》いが、美砂は鍋だけで、ご飯は食べられなかった。

食事を終え、夫人を手伝ってあと片付けを終えてから、麻雀がはじまった。

メンバーは夫妻に美砂、それに隣にいる小泉《こいずみ》という開業医の夫人だった。三人ともあまり上手ではなく、丁度いい相手だった。それでもただではつまらないというので、千点に五十円だけ賭《か》けることにした。

互いに遅いせいもあって、半チャンを二回やっただけで十一時だった。一番勝ったのは明峯夫人で、二位が美砂で、教授はビリだった。

終って小泉夫人が帰ったあと、美砂は電話を借りて実家《いえ》を呼んだ。

「わたしよ」

美砂がいうと、母が大きな声を出した。

「どうしたの、なにかあったの」

「ううん、いま札幌、とっても元気よ」

夜分の電話に母は驚いたらしい。

「いつ帰ってくるの」

「それが、どうしようかと思って。おばさまは来月の雪祭までいたらっていってくださるんだけど」

「なにを暢気《のんき》なことといってるの。そんなにいてはご迷惑でしょう。早く帰ってらっしゃい」

冬の夜のせいか、母の声はよく透《とお》る。

「でも、帰っても別に用事はないでしょう」

帰ってこいというと、美砂はかえって反発したくなる。

「なにいってるの、宮本《みやもと》さんや康子《やすこ》さんからも電話がきていたわ。それに村井さんにもご返事しなければいけないし」

「それは、いやだって、断わったでしょう」

村井というのは、北海道へ旅立つ一カ月前に見合をした男性のことである。私大だが一流のK大学を出て、商社に勤めていて美砂には申し分ない相手である。上背もあり、話も楽しく如才ない。

だが美砂はそのどこも欠点のない、きちんとしているところが、かえって不満であった。

いや不満というのは、必ずしもその青年に対してではない。それより親のいうままに見合をして、無難な男性に嫁いでいこうとする、自分自身の生き方に対してだった。

「そうじゃないでしょう、しばらく一人で旅をして考えてくる、っていったじゃありませんか」

たしかに、そんないい方をした憶《おぼ》えがある。その条件で、母は冬の一人旅を許してくれたのである。

「だから考えた結果、お断わりすることにしたのよ」

「馬鹿《ばか》なことをいうもんじゃありません。とにかく早く帰ってらっしゃい」

母は美砂を手許《てもと》に引き戻すのが先決と考えているらしい。一対一で話し合えば、結局はいうとおりになると思っているのかもしれない。

美砂は急に意地悪をいって、驚かせてやりたくなった。

「わたし……」

そこまでいってあたりを見廻す。明峯家の電話は玄関の上り口の左手にある。みながいるのは、奥の茶の間で、ドアはしっかりと閉まっている。なかではテレビもつけていて電話の声はきこえないはずである。

「こっちで、好きな人ができたの」

「なんですって……」

突然、母の声が大きくなる。

「なんていったの？　美砂ちゃん」

「ちょっと、気にいった人ができたの」

「あなた、ママをからかっているのね」

「あら本当よ、嘘なんかいわないわ」

「あきれた人……」

そのまましばらく声が跡切《とぎ》れる。受話器の向うで、母はどんな顔をしているのか、想像するだけで面白い。

「あなた、本気なの？」

思い出したように真剣な声が返ってくる。ちょっといっただけで狼狽《ろうばい》する。いまにも泣き出しそうな声をきくと少し可哀想にもなる。

「ただちょっと、いいなあと思っただけよ、別に心配しなくても大丈夫」

「とにかく、すぐ帰ってらっしゃい」

「でも、雪の札幌って、とってもいいのよ」

「いいから、明峯のおばさまに代ってちょうだい」

悪戯《いたずら》が逆効果になったらしい。

「まって……」

部屋に戻ると、教授が紅茶を飲みながらテレビを見ていた。

「お母さん、相変らず、わたしを赤ん坊だと思っているんです」

「そりゃそうだ」

「あら、どうして？」

「だって、まだ結婚しておらん」

「そんなの古いわ」

「そうか、古いか」

教授は素直に頭を掻《か》く。

ほどなく夫人が茶の間に戻ってきた。

「なんだか、お母さま、とても、心配しているようね。あんまり甘やかさないで早く帰してくださいっていってるわ」

「一人娘だから、いないと淋しいんだろう」

「違うの、母はわたしを早く引き戻して結婚させるつもりなの」

「そりゃ大変だわ」

「でも、わたしはいやなの」

「どうして？」

「だって、見合結婚なんてイージーすぎるわ」

「そうかしらね」

夫人は新しく美砂に紅茶を淹れた。

「実は研究所にも、美砂ちゃんに会わせたいと思っている人がいるんだけど」

「どなたですか」

見合に反対だといっていながら、美砂は興味を覚えた。

「秋葉《あきば》さんなんか、どうかしらね」

夫人が教授に打診するようにいう。

「あの方は二十八で、家もしっかりしているし、いいと思うんだけど」

秋葉という名前は紋別ではきかなかった。してみると札幌の大学のほうにいるのかもしれない。

「しかし、美砂ちゃんは氷を研究しているような男は嫌いだろう」

教授が紅茶を飲みながらいった。

「そんなことはありません」

美砂は自分でも驚くほど、はっきりと答えた。

「おじさんの手前、無理しなくてもいいんだぜ」

「無理なんかしていません、本当です」

「じゃあ会ってみるか」

「でも……」

もし紙谷誠吾ならどうだろう。夫人が彼の名前を出してくれたら、とびつくかもしれない。

いや、紙谷といまさら見合などというのは可笑《おか》しい。すでに一度会って話しているのだから、好きなら自分からとび込めばいいのだ。

だがそれにしても、明峯夫妻はどうして自分の気持をわかってくれないのだろうか。

これだけ織部の事件のことを熱中してきくのも、美砂が紙谷を好きだからである。

もしかして夫人は、美砂がその事件を知った以上、紙谷は見合の相手として不適当だと思っているのではないか。紙谷には事件につながる暗いイメージがあって、まずいと思っているのかもしれない。

「じゃあ、やっぱりお母さまの仰言るとおり、いったん帰る？」

「まったく困った母だわ」

「あなたが可愛いのよ」

その可愛い娘が、紋別の果てまで男を追って行ったらどうするのか、美砂は考えるうちに、次第に心のなかに勇気が湧《わ》いてくるのを感じた。

風信《ふうしん》

一

美砂が羽田《はねだ》に着いた日、東京は快晴だった。

晴れていると思うとすぐ雪が降りだす北国とは違う。抜けるような蒼空《あおぞら》である。最果てから戻ってきた、そんな実感がしみじみとする。

明峯家で電話をした翌々日、東京へ帰ってきたのだから、六日間で北海道への旅は終ったことになる。初めは一週間か十日か、風の吹くまま、気の向くまま、勝手な旅をするつもりだったが、女の一人旅ではそう無茶なことは出来ない。結局、明峯教授の好意に甘えて、札幌とオホーツクを旅してきただけである。

だがこの旅は美砂なりに、かなりの収穫があった。

第一、いままで知らなかった北海道の、しかも真冬にいきなりとび込んできた。これは東京の人達が一斉に押しかける夏のような涼しさはない。それどころか、厳しい寒さと雪があったが、それだけに、北海道の本当の素顔に触れることができた。

それも観光客はほとんど行かない、オホーツクの冬の海を見ることができた。おそらく北海道に住む人でさえ、こんな真冬のオホーツクは知らないに違いない。

空気も、空も、地平も、太陽も、すべてが違う。東京とは異質の風土がそこにあった。この同じ日本で、まったく違う空間に、人が住んでいるということを肌で感じたことは大きかった。

それに一人旅とはいえ、所詮《しょせん》は家から完全に離れては、旅行しえないことも美砂はわかった。風の吹くまま、気の向くままと、強そうなことをいっても、東京を発《た》って四日目には、もう家が恋しくなって電話をかけている。それから戻るまで、さらに電話を二回、手紙を一通出している。

家から逃れたのは、旅をしている姿だけで、心は絶えず家とつながっている。まだまだ精神は、家や親から、完全に独立していないらしい。

そして、そのどれにもまして大きな収穫は、ある一人の男の存在を知ったことである。それはまだ恋というのには、少し大袈裟《おおげさ》すぎるかもしれない。たとえ美砂がそう思ったとしても、相手が気付いていないのだから一方的である。正しくは、一人の男が気にかかる、といったほうが当っているかもしれない。

とにかく、美砂の前にはっきり一人の男が現れてきたのである。

もちろん、いままでも、好意を抱いた男性は幾人かいた。

高校時代からの友人の吉岡辰也《よしおかたつや》や、そのあと友達の康子を介して知ったカメラマンの桜井《さくらい》などもそうだった。

だがそれらの青年は、会って話しているのが楽しいというだけで、それ以上のものではない。紙谷のように、その人のことを考えるだけで、なにか落ちつかない、しきりに気になるという存在とは違う。

これは恋なのだろうか……。

美砂は飛行機のなかでも、ずっとそのことを考え続けてきた。

恋というには稚《おさな》すぎる。たかが夕暮時、一緒に氷原を歩いただけの男性である。その時、折入って、互いのことを話し合ったわけでもない。流氷への旅の行きずりに、ふと会っただけの人を、しきりに考えるなどおかしい。

こんなに気になるのは、一人旅であったせいかもしれない。家から遠く離れて、冬のオホーツクで心細くなっている時に会ったから、なおさら惹《ひ》かれたのかもしれない。明るく、騒々しい東京の空の下で会ったとしたら、こんなに惹かれることはなかったかもしれない。

美砂はしきりに自分の心を問いつめてみた。旅のうえでの、ふとした気紛《きまぐ》れでないかともきいてみた。

だがそうした部分を差し引いたにしても、紙谷の印象は強い。

まったく美砂がこんな気持になるのは珍しかった。少なくとも、旅先で一度会っただけの相手に、考えると息苦しくなるほどの気持を抱いたのは初めてである。

東京に戻れば、また気持が変るかもしれない。美砂は自分にそういいきかせて、飛行機を降りた。

羽田から自宅がある目黒《めぐろ》まで、美砂はタクシーに乗った。普段ならモノレールで浜松《はままつ》町《ちょう》まで行き、そこから山手線で目黒に出るのだが、今日は両手に荷物があった。それにお金が少し残っていたので、最後の贅沢《ぜいたく》をしたくなったのである。

羽田からの高速は相変らず混んでいた。丁度夕方のラッシュが重なって、一層激しいらしい。わずか六日間、東京を離れていただけだが、ビルの続く東京が懐かしく、見ているうちにようやく帰ってきたという実感が湧《わ》く。人と車の東京を嫌って逃げ出したのに、それを見てほっとするのは、やはり美砂が東京っ子のせいに違いない。

車が高速一号線から、新橋《しんばし》で分れて外廻《そとまわ》りに入った時、西のビルの彼方《かなた》に陽《ひ》が落ちかけていた。空は晴れているが西のほうは薄く霞《かすみ》がかかり、空気の粒子が浮いているように見える。

美砂はその空の果てを見ながら、オホーツクの夕景を思った。

あそこにも、いまは夕方が訪れているに違いない。東京よりは位置が東だけに、もう陽は落ち、夜が急速に拡《ひろ》がってきているかもしれない。

考えるうちに美砂はまた、氷原へ行ってみたい衝動にかられた。

いまなら紙谷に、なにもかも素直にいえそうな気がする。紙谷が黙って立っていても、その胸にとびこんで行けそうな気がする。

だがそれにしても、ようやく東京へ戻ってきたというのに、なんということを考えているのか。

こんなことで、これから落ち着いて生活していけるだろうか。ビルを照らす落日を見ながら、美砂は急に自分が不安になってきた。


美砂が家に着いたのは五時半だった。

「おかえりなさい」

母の顔にようやく安堵《あんど》の表情が浮ぶ。

「少し痩《や》せたんじゃない」

「そうかなあ」

いろいろ美味《おい》しいものを食べたはずなのに、見知らぬ土地を歩いて、緊張が続いたせいかもしれない。

「お土産《みやげ》よ、パパとママと、これは健司《けんじ》、それからこれ、明峯のおばさまから」

美砂はそれぞれに土産を渡すと、いったん二階の自室へ行き、セーターと普段着のスカートに着替えた。

一週間ぶりに戻ってきた部屋は出たときと同じで、エンジ色のベッドカバーもそのままである。

着替えて、茶の間へ行くと、健司が土産物を出して眺めていた。

「これは高いのかな」

大学生の健司へのお土産は、十勝石《とかちいし》でできたタイピンである。

「高いわよ。このあたりでは、ちょっと見かけないでしょう」

「どうせアネキが買ってきたものだから、安いんだろう」

「そんなこというんなら、あげないわ」

「いいよ、もらっとく、サンキュー」

健司はポケットに入れると、さっさと部屋へ戻っていく。

「これ、ちょっと変ってるでしょう、アザラシよ」

今度は、母への土産を説明する。

「そうね、なんだか普段の買物には勿体《もったい》ないみたい」

明峯家からのお土産は、鮭《さけ》の寿司《すし》の樽詰《たるづ》めである。赤い身の鮭を麴《こうじ》で漬けたもので、その上に笹《ささ》の葉をかぶせてある。北海道独特の食べもので貴重品である。

「お父さん、帰ってきたら喜ぶわ」

母は早速、冷蔵庫にしまい込む。

「わたしコーヒーを飲みたいわ、なんだか疲れちゃった」

美砂は珍しげに茶の間から台所まで見て廻る。留守中、どことって、変ったところはないが、一応、たしかめておこうとする。こんなところが女の特性なのかもしれない。

「入りましたよ」

コーヒーを淹《い》れたところで、二人はダイニングルームのテーブルに向いあって坐《すわ》った。

「それでどうしたの？」

坐るといきなり母がきく。

「その電話でいっていた、あなたが好きだという人」

「ああ、あれは冗談よ」

「本当？」

「ママが、帰ってくるようにって、あんまりうるさくいうから、ちょっといってみたの」

「だって、女の子が一人で一週間も出歩くなんて、普通のことじゃないわ。黙っていたけどパパもずいぶん心配してたのよ」

「わたしはもう大人なのよ」

「とにかく、電話の話は冗談なのね」

「そうです」

母は安心したように、コーヒーを一口啜《すす》ってから、

「それで村井さんのことだけど、先方が、是非もう一度、お会いしたいっていうのよ」

「でも、それはお断わりしたはずでしょう」

「それはそうなんだけど……」

母は見合した村井という青年に、まだ未練があるらしい。

「お断わりして、また会うなんて可笑《おか》しいわ」

「でも、そんなにいってくださるなんて、ありがたいじゃない」

たしかにそれほど自分に執着してくれる男性がいるということは、悪い気はしない。

だが、だからといってずるずる付き合うのでは、節操がなさすぎる。

「やっぱり、はっきりお断わりして」

「あなた、あの人のどこが気にいらないの？」

「どこって、とにかく結婚する気にはなれないの」

「困った人ね」

「ママは、わたしを早く、家から追い出したいのね」

母が強引にすすめてくると美砂はかえって反発したくなる。尤《もっと》もこの反発には、とや

かくいっても母は自分のことを一番心配してくれているという甘えもある。

「そんなわけじゃないけど、年頃《としごろ》になったら、やっぱりお嫁にゆくのが常識というものでしょう」

「また常識か……」

美砂は大袈裟に溜息《ためいき》をつく。旅の途中ではあれほど帰りたいと思った家だが、一時間もしないうちに、もういや気がさしている。

「とにかく、わたしのことはいましばらく放っといて」

「そんな暢気《のんき》なことをいっていると、いまにお婆《ばあ》さんになっちまうよ」

「お婆さんで結構よ」

見合の話から変な雲行きになってきた。さすがに母も、これ以上、村井のことを押しつけては逆効果になると思ったのか、黙って流しに立った。

喧嘩《けんか》のあとのせいか、久し振りに見る母のうしろ姿は、老けたように見える。美砂は少し強くいいすぎたかと、とりなすように母の横へ立った。

「なにか手伝いましょうか」

「いいわ、もうすぐ晩ご飯だから、あなたは休んでらっしゃい」

「そうだ、康子に電話してみるわ」

美砂は母にきこえるようにいうと、茶の間のドアの横にある電話の前へいった。

内藤《ないとう》康子とは、旅に出る二日前に渋谷《しぶや》で会ったきりだった。別れてまだ一週間そこそこだが、大学時代から毎日のように会っていたので、ずいぶん離れていたような気がする。

三カ月前から、大学病院に勤めている若い医師と付き合っていたが、どうなったか、その結果も知りたい。

康子も大学の英文科を出て、勤めていないから家にいるはずである。

三度ほど呼出音があって、康子が出てきた。

「ヤッコ、わたしよ、いま帰ってきたの」

「お帰りなさい、ミサゴ、待ってたのよ」

「なにか、あったの？」

「そう、一身上の重大問題」

そういってから、康子の照れたような笑い声が流れてくる。

「勿体ぶって、なによ」

「実はね、彼、プロポーズしてきたの」

「竹の子くんが」

「そう、吃驚《びっくり》しちゃった」

竹の子とは、藪《やぶ》医者の卵という意味で、康子がその大学病院にいっているボーイフレンドにつけた綽名《あだな》である。

「それで、どうしたの？」

「目下思案中よ、相談にのって欲しいんだけど、明日はどう？」

「いいわ」

「じゃあ、午後三時に渋谷の〝スペード〟にしましょう」

〝スペード〟は、二人がよく待合せする喫茶店である。宮益坂《みやますざか》の途中にあって、比較的落ちついている。

「ところでどうだった？　一人旅は」

「素敵だったわ」

「さては、なにかあったな」

「ご想像に任せるわ」

美砂は勿体ぶって答えながら、もし康子が先に結婚してしまうと、一人だけ売れ残りになってしまうと、ぼんやり思った。

二

約束の午後三時丁度に美砂が〝スペード〟に行くと、康子はすでに来ていた。白いトレンチコートに、首もとにオレンジ色のスカーフを巻いている。

「久しぶりだわ」

一週間しか離れていなかったのに、二人は一年ぶりにでも会うような大袈裟な素振りで手を振った。

「はい、お土産」

「嬉《うれ》しい」

康子は早速包みをあけにかかる。

縦に細長い箱をあけると、なかから瑪瑙《めのう》のネックレスが現れた。

「わあ、素敵」

「十勝瑪瑙って、北海道の名産なんだって」

「へえ、北海道で、こんなのがとれるの」

康子はそれを胸に当ててみる。

「白か、ブルー系のワンピースに似合うわね、よかったわ」

康子はもう一度、首に当ててから箱へ戻した。

ウエイトレスがコーヒーを持ってくる。東京の喫茶店でコーヒーを飲むのも、一週間ぶりである。

「で、向うで、なにがあったの？」

「まあいいわ、先にあなたの話からきくわ」

康子は照れたように、それが癖の右手で髪をかきあげて、

「逸見《いつみ》君のほうから、二日前に正式にいってきたの」

康子にプロポーズしたという青年は逸見真樹《まさき》という。三カ月前に、康子の叔母を介して知ったらしいが、それ以来、時々付き合っていたらしい。

美砂も一度、この喫茶店で康子と一緒に会ったことがある。その時の印象では都会の青年らしく、細っそりしてスマートだったが、どこか大きな坊ちゃんという感じだった。

「それで、あなた、どうしたの？」

「美砂は、どうしたらいいと思う？」

「もちろん、いいんじゃない」

「そうかなあ」

「お母さん達も賛成なのでしょう」

「まあね……」

「彼、真面目《まじめ》そうだし、それにお医者さんだから、生活の心配はないでしょう」

「それはそうかもしれないけど、でもわたし、そんな理由で結婚相手を選ぶつもりじゃないのよ」

生活の心配はない、といわれたのが、康子は少し不満だったらしい。

「結婚はお金や地位じゃなく、やはり人物だわ」

それは美砂も同感である。しかし女が結婚の時、そういうことをまったく考えないというと嘘《うそ》になる。お金や地位ではない、というのは一応の建前で、やはりそのあたりまで考慮するのが普通だと美砂は思う。

「彼、外科医のくせに、意外に気が弱いの。プロポーズの時だって、はっきりいえばいいのに、お冷を飲んだり咳払《せきばら》いしたりして、挙句の果てに、横を向いたまま『僕のところにきてもらえますか』って、凄《すご》い早口でいうのよ」

話しながら康子は笑い出す。あの青年ならいかにもやりそうなことである。

「でも、それは仕方がないでしょう、彼にしても大変な問題なんだから」

「あんなことで、手術ができるのかしら」

「そりゃ大丈夫よ」

プロポーズの気の弱さと、外科医としてのメスの捌《さば》きは、別に違いない。

「少し考えさせて欲しいって、いったんだけど、土曜日まではっきり返事をしなければならないの」

今日は火曜日だから土曜日まではあと四日ある。この四日間が、康子の今後の運命を決めることになるのかもしれない。

「彼、いい人なんだけど、少し神経質な感じなの」

「お医者さまだからでしょう」

「それに長男で、お父さまが横浜《よこはま》で開業してるので、いずれそちらに戻らなければならないらしいの」

「じゃあ、あなた院長夫人ね」

「彼はまだ大学でたての新米よ」

「でも、ゆくゆくは、そうなるわけでしょう」

「まだ結婚するって決めたわけじゃないわ」

「だから、あなたさえ、ＯＫすればいいわけでしょう」

「お受けします、っていうの？」

康子は口では迷っているふうなことをいっているが、本心は、プロポーズを受けることに大体きめているらしい。これでは会って相談したいといっても、結局は惚気話《のろけばなし》をきかされているようなものである。

「あなた達、似合いのご夫婦になると思うわ」

「本当？」

言葉では祝福していながら、その実、美砂の気持は複雑である。親友が婚約し、幸せな結婚に入っていくのは嬉しいが、自分だけがおいてきぼりを食うのは辛《つら》い。二人一緒に嫁ぐのならいいが、自分一人残されるのは淋《さび》しい。

お嫁に行くのだけが女の生き方ではない、と大見得をきったはずなのに、こんなふうになると、なにか落ち着かなくなる。

「でも、このままお嫁にいくのかと思うと、なんとなく、いやあね」

「どうして？」

「だって、もういままでみたいに遊べなくなるじゃない」

「今度は彼と遊べばいいでしょう」

「それはそうだけど」

プロポーズのことを打ち明けた興奮でか、康子の頬《ほお》はほんのり色づいている。その幸せそうな顔を見ているうちに、美砂は少し意地悪をいってみたくなった。

「そのこと、川原《かわはら》君にいったの？」

川原は学生時代、一緒に九州旅行をした仲間で、以前から康子に好意を抱いていた。いまはある有名なカメラマンの助手をしているが、康子も嫌いではなかったはずである。

「その話きいたら、彼、がっかりするわね」

「でも彼はまだ若いし、仕事も不安定でしょう」

結婚は生活のためではないといっても、康子はやはり、そのあたりのことは考えているらしい。結婚する女として、それは当然だと思いながら、美砂は、簡単に川原を切り捨てられる康子が少し勝手だと思う。

「それより、あなたのお話、教えてちょうだい、北海道でなにかあったのでしょう」

川原の話を持ち出されて、康子は少し気が滅入《めい》ったのか、話題を変えてくる。

「飛行機で、素敵な男性に話しかけられたの？」

美砂は苦笑しながら、冷えたコーヒーを一口啜る。

「なによ勿体ぶって、早く教えてよ」

「紋別ってとこで、氷を研究している人にあったの」

「氷の研究？」

「オホーツク海に流氷がくるでしょう、それの分布や流れを研究しているの」

氷の研究といっても、流氷を知らない康子には、なかなか想像できないらしい。

「一年中、氷を求めて歩いているの」

「その人が、凄いハンサムなのね」

「そんなんじゃないの」

紙谷はハンサムとか、いい男というのではない。その点からいえば、逸見のほうが上である。だが紙谷には、都会の青年にない重さがある。体格もどっしりして、スマートではないが、男らしい逞《たくま》しさがあるように思う。

「素っ気なくて、無愛想な人なんだけど……」

「若いの？」

「もう三十近いわ」

「そう」

康子は興味なさそうにつぶやく。いまの康子にとって、北海道の片田舎《かたいなか》で、氷だけ調べている男など関心はないのかもしれない。

だがその康子の素っ気ない反応をみて、かえって対抗心が湧いてきた。あんなお坊ちゃんのような逸見より、紙谷のほうがずっと素敵だと思う。オホーツクの素晴らしさも、そこに踏み止《とど》まっている男の厳しさも、康子は知らないからだと思う。

「わたしは都会より、ああいう雪に埋もれた田舎のほうがいいわ」

「でも寒いでしょう」

「寒くたって、生きていけるわ」

「あなた、もしかしてその氷の研究者とかって人を、好きになったんじゃない？」

康子の眼《め》がまっすぐ美砂を見ている。大きな眼が不思議そうである。

美砂は慌てて首を振った。

「そんな、好きとか嫌いとかと違うの」

「でも、なにか話したんでしょう」

いま考えてみると、なにを話したのか、はっきり思い出せない。ただ紙谷の横にいた時の、ほっとしたような、切なくなるような感覚だけが甦《よみがえ》ってくる。

「おかしいな……」

康子が溜息をつく。たしかに美砂自身もおかしいと思う。

「でも、そんな遠いところにいる人を思っても仕方がないわね」

「どうして？」

「だって、逢《あ》いたくたって逢えないじゃない」

「わたし、春にまた行くわ」

「ミサゴ、本気なの？」

康子の眼がまた大きくなる。

「あなた、その人に大分いかれてるんじゃない」

「ううん」

美砂は否定したが、たしかにそんな気もする。

「そんな人より、この前、お見合した人のほうがずっといいんじゃない。おばさまも、せっかくいい人なのに、あなたがその気になってくれないって、残念がってたわ」

「わたし、お見合なんかで結婚する気はないの」

「お見合だって、いい人がいると思うけどな」

「でも、わたしはいやなの」

美砂は自分が少し意固地になっていると思う。そしてその意固地さは、康子が婚約しようとしている相手が見合であることに、関係があるかもしれなかった。

「誤解しないで欲しいんだけど……」

こういういい方をするのはいけない、と美砂は思いながら、走り出した感情は止りそうもない。

「わたし、結婚する以上は、自分自身が納得してするのでなければいやなの」

「それは誰《だれ》だって、そうだと思う」

「親より、わたしが大切なの」

「わかるわ」

康子は少し白けた表情でうなずく。

横のボックスにいた男の客が去って、かわりに若い二人連れが入ってきた。コートを脱ぐと、二人とも同じ縞《しま》のペアのセーターを着ている。

「とにかく、お互いによく考えてみるべきね」

思い直したように康子がいった。

「でも、あなたはその逸見さんと結婚したほうがいいわ。川原君とするより、彼のほうがずっといいと思うわ」

「あなたは、わたしが打算で彼のほうを選んだと思っているのね」

「違うわ」

「でもあなたがそう思ってもいいの」

しばらくして康子がつぶやいた。

「わたしは、やっぱり逸見さんと結婚するわ」

やはり美砂の思ったとおり、会う前から、康子はその青年医師と結婚することを心に決めていたに違いない。

「出ましょうか」

美砂が先に立ち、康子があとに従う。

レジで支払いを済ませ、外へ出ると、明るい冬の光のなかで車が溢《あふ》れていた。

「どうする？」

「今日は帰るわ」

美砂はなぜか一人になりたかった。康子も素直にうなずいた。

「じゃあね」

美砂は目黒で、康子は代々木《よよぎ》で方向が逆である。二人はハチ公前で両方にわかれた。

午後四時だった。

陽は西に傾きながら、なお昼の暖かさを保っている。さまざまな人が美砂の横を、通り過ぎていく。交叉点《こうさてん》の電光板に、「ただいまの騒音、七六ホーン」という表示がでている。信号が赤から青に変り、人々が一斉に歩きはじめた。

美砂はその人の波にもまれながら、オホーツクの果てにいる紙谷を思い出していた。

東京へ戻ってからの一カ月、美砂はあまり出歩かなかった。

今年の東京の冬は例年になく寒かったせいもあるが、それ以上に、雑踏のなかを歩いたり、人々に会うのが億劫《おっくう》であった。お花とお茶と、週に三日ほど、きまって習いものに行かねばならない日があったが、それも面倒になって、つい休んでしまう。

しかし、家にいてなにかをしているわけでもない。自分の部屋の掃除や、簡単な家事の手伝い以外は、部屋に閉じこもってぼんやりしていることが多い。体のどこかが悪いというわけでもない。

この少し鬱気味《うつぎみ》の気分は、康子の婚約の話と無関係ではない。

北海道から帰ってきた日、美砂は康子から、逸見にプロポーズされたことをきいたが、その後、康子は正式にその申し出を受けたらしい。

その後、逸見とは何度も逢っているらしく、電話をよこすと、必ず彼の話をする。

「カレ、すごくそそっかしいの」とか、「知らなかったけど、ひどい音痴なの」などと言葉ではけなしているが、内心は楽しそうである。

一度、美砂のほうから、「会おうか」と電話をかけた時「悪いけど、彼と約束があるから」と断わられてしまった。

いままでの康子はそんなことはなかった。美砂が会いたい、というとすぐとんできた。

恋人ができて、正式に婚約してしまうと、いままでのようにゆかないとは知りながら、そんなふうにいわれると淋しい。

美砂はこのごろ、女同士の友情とは、なんだろうかと思う。

美砂と康子は、高校時代から大学、そして卒業したあとまでふくめて、十年近い友達である。この間、なにごとも打ち明け、相談し合ってきた。親に秘密のことも二人だけは話してきた。そんな親しい仲が、康子のほうに一人の青年が現れた、というだけで、崩れかけてきている。十年間、営々と積み重ねてきたものが、これではあまりに他愛ない。

二人が、急速に離れてきているような気がする。

もっとも、この美砂の考え方は少しオーバーかもしれない。この前、電話をして会えなかった時は、たまたま康子が逸見と先に約束をしていたので、会えなかっただけのことである。その一事で冷たくなった、というのはいいすぎである。

会った時、康子が婚約者のことをあれこれ話すのも、別に悪気があってのことではない。康子は相手が美砂だと思って、気を許して喋《しゃべ》るのだから、一緒にきいて喜んでやればいいことである。それを話題が変った、などというのは、美砂の偏見というものである。

たしかに美砂は少し僻《ひが》んでいるのかもしれなかった。親友であった康子に、婚約で先をこされて少々焦っているのかもしれない。康子だけが良縁を見付けてお嫁にいくことを、少しばかり妬《ねた》んでいるのかもしれない。だから、一度断わられただけで、康子は冷たくなった、と極端に思い込むのかもしれない。

二人の友情が崩れるとしたら、それは康子だけの責任だとはいいきれない。友達が婚約して幸せになろうとしているのを素直に祝福できない、そんな美砂の心の狭さにも問題があるかもしれない。

だがそれにしても、やはり康子のこのごろの態度は、少し行き過ぎだと思う。たしかに二人は親しいから、康子はなんでも正直に話すのかもしれないが、それにしても逸見の話が多すぎる。彼と一緒に入ったレストランから、歩いた道まで残らず報告する。

親友が楽しく話しているのだから、黙ってきいてやるべきだとは思いながら、こうのべつまくなしに恋人のことばかり喋られると、いい加減腹が立ってくる。

話している本人はそれでいいかもしれないが、聞かされている相手の気持も考えて欲しい。

「女のいやらしさ」とは、こういう自分勝手なところではないか。たとえ自分がどんなに楽しくても、相手のことを考えれば、そんなに惚気られるものではない。もう少し慎みとか、節度といったものをもって欲しい。

とにかく女は好きな男性ができると、人が変ったようになる。

いままで医学になぞ、なんの興味もなかった康子が、医者の恋人ができた途端に、「クランケ」とか、「エッセン」とかいったドイツ語までつかうようになった。

おかげで美砂まで、「クランケ」が「患者」で、「エッセン」が「食事」の意味だと知った。

あっという間に、なにからなにまで恋人に合せて変ってしまう。

そんなふうに相手によって簡単に変る「女」というものが、美砂はいやだと思う。自分だけは自分の線を崩さずに生きたい。

だが考えてみると、相手の男性に応じて簡単に変るところが、また女性の可愛《かわい》いところなのかもしれない。

好きな人ができたら、すべてを忘れてそこへとび込んでいく、その人のためなら自分を捨てられる、そんなところが女性のよさなのかもしれない。美砂の考えは、さまざまに揺れる。

少し前まで川原へ好意をもっていた康子が、いまは逸見一筋になっているところをみると、自分も見合をした村井と付き合っているうちに、結構、好きになっていけるかもしれない、とも思ったりする。

美砂が見合に気乗りしない顔をした時、母はこともなげに、「一緒に棲《す》んでいれば、結構好きになっていけるものよ」といった。

「じゃあママも、そんなつもりでパパと結婚したの？」

美砂が反撃すると、

「それだけじゃありませんけど……」

といって母は言葉を濁した。

父と母は見合結婚らしいから、激しい恋をしたとは思えないが、それでも結構うまくいっているようにみえる。

そういう例を見ていると、母のいうことが必ずしも一方的とはいえないような気もする。

いっそのこと、見合の話を受けてしまおうかしら……。

突然、捨てばちな気持が美砂の頭を過《よぎ》る。

愛とか恋とか、とりとめのないものを求めるより、現実に親も、まわりの人も、みながすすめる、確実な道を選んだほうがいいような気もする。そのほうが失敗したときだって、まわりの人達のせいにできる。

考えついでに、そんな勝手なことまで考える。

それにしても、こんなことを考えるのは、美砂の気持が弱くなっているからに違いない。二十四歳という年齢《とし》のせいかもしれない。

美砂は溜息をつき、窓を見た。冬の空は抜けるように蒼く、薄い雲が帯を引いたように流れている。冷え冷えとしてはいるが、二月も半ば近くなると、さすがにその蒼さのなかにやわらかさがある。

もうじき春である。

美砂は遠いオホーツクを思った。いま、あの海岸をうずめつくした流氷はどうなっているのか。

紙谷の話では、二月の半ばから氷はゆるみ出し、三月の末には離岸するといっていた。そろそろ氷の先端は薄くなり、ところどころ蒼い海面が顔をのぞかせはじめているのかもしれない。

「また行こうかな」

美砂は小さくつぶやく。

まだ春に遠い北の果てで、紙谷達はどうしているのであろうか。今日もまた、アザラシの毛皮のついたヤッケを着て、重い防寒靴をはいて、氷の上を歩いているのだろうか。それともレーダーで遠い海の彼方の氷を睨《にら》んでいるのだろうか。

あのあと、東京へ戻ってから美砂は紙谷と藤野に礼状を出した。紙谷には流氷を案内してくれたお礼で、簡単な型どおりのものだったが、藤野には明峯教授にあまりお喋りしてはいけません、と少しくだけた調子で書いた。

紙谷には、もう少し自分に素直に書きたかったのだが、意識しすぎて、かえって素っ気ないものになった。手紙と一緒に、お礼として研究所宛《あて》に海苔《のり》の缶も送った。

藤野からは一週間後に返事がきた。

紋別は相変らず雪が多いこと、昨日は研究所員全員で、雪中ラグビーをやって、彼のいる赤組が勝ったこと、いまは吹雪《ふぶき》で、流氷が急速に変る怖《おそ》れがあるので、彼と紙谷が残って、徹夜で流氷レーダーを監視していること、などが書かれてあった。最後に、「明峯教授には、あなたがちょっぴりお酒を飲んだ、といっただけです」と弁解し、「三月にはこられるのでしょうね、所員一同待っています」と結んであった。

美砂はそれを読み、さらに紙谷からの手紙を待った。だが、半月経《た》っても紙谷からはなにもいってこなかった。

美砂はあきらめて、十日後に藤野にだけ、また手紙を書いた。今度はとりたてて書くこともない。ただ元気なことと、三月には是非行きたいと思っているが、まだはっきりしない、と書いた。

初め礼状を出したときから、美砂は、紙谷からは返事がこないような予感がしていた。何故《なぜ》、ときかれてもそれは別に理由はない。一種の勘みたいなものである。結果はそのとおりであった。

正直いって、美砂は手紙が来ないことに失望しながら、安堵している部分もあった。

これで紙谷のことはすっかり忘れることができる、美砂はそう自分にいいきかせ、それで納得できた。

だがそれは表面だけで、心の底まで本当に納得できたか、というと少し疑問が残る。一カ月経ったいまでも、配達人がくると、もしや、と思って手紙の束を見る。来るわけはない、と思いながら、つい紙谷という字を探している。

きていないと知って、初めて自分のおかしさに気がつく。それをもう何度となくくり返した。

とらえどころなく、考えているうちに、今日もまたお昼になった。午後からは自由《じゆう》が丘《おか》のお茶の先生のところに行く予定になっている。だが今日は、なんとなく気がのらない。このまま部屋で、昨日から編みかけのセーターを編んでいようか、そう思ったとき階下から母の声がきこえた。

「美砂ちゃん」

二度呼ばれて、美砂が茶の間へ降りていくと、母がテーブルの前に坐って手紙を読んでいる。

「なあに?」

「あなたに手紙がきてるわよ」

母から手紙を受けとると、丸くて、少し乱暴な字体から、すぐ藤野だとわかった。

「前略」

藤野は、いつもこの言葉で書き出す。

読みすすまぬうちに、中ごろに「紙谷」という字が眼にとび込んできた。はじめをとばして美砂はそこから読んだ。

「紙谷さんが来週の末、研究所の予算と学術調査隊の打合せで東京へ行きます」

藤野の字は、はっきりとそう書いてある。

慌てて美砂は、手紙を初めから読み返した。

「その後、お変りありませんか。僕達は相変らず、雪と氷の毎日です」

そんな書き出しで、一週間前に流氷祭があり、港の広場に沢山の氷像がつくられたこと、夜にはそのまわりで氷上カーニバルがおこなわれ、商店会の人達や子供が、いろとりどりの装いをして出場したこと、色電球が氷像に映えて美しかったこと、などが書かれている。

雪祭で、雪像をつくるというのはよくあるが、氷像をつくるとは、いかにも紋別らしい。

「ところで紙谷さんが……」

手紙はそこで行替えになっている。

「来週の末、研究所の予算と学術調査隊の打合せで東京へ行きます。そちらに二、三日はいるようですが、ホテルは新橋の東都《とうと》ホテルのはずです。暇があったら会われてはいかがですか、僕が行けたらすぐ貴女《あなた》に会いに行くのですが、残念です」

手紙はそのあと、七月にグリーンランドに氷河調査に行く予定だ、という話に移っている。

そういう話はともかく、美砂にとってさし当り気がかりなのは、紙谷の上京のことである。

来週の末というと、土、日が十六、十七日である。しかし用件が研究所の予算と学術調査隊の打合せというのだから、文部省か学術会議にでも行って、打合せか折衝でもするのであろう。

そうなると、土曜日は半休《はんドン》で、日曜日は休みだから、木曜日か金曜日には上京するに違いない。

紙谷さんがくる……。

そう思っただけで、美砂の気持はたちまち華やいでくる。現金なもので、つい少し前までの憂鬱《ゆううつ》な気分はたちまち消え、思わず口からハミングが洩《も》れる。

「どうしたの？」

急に陽気になった娘を、母は不審そうに見上げた。

「なにか、いいことがあるの？」

た。

「うん、ううん」

美砂は手紙を隠すようにうしろにまわすと、腕を左右に振りながら二階の部屋へ戻った。

「ようし」

別に頑張るほどのことでもないのに、ついそんな言葉がでる。

美砂は自分の机の前に坐って、もう一度、手紙を見た。

間違いなく、紙谷がくる、と書いてある。

だがそれにしても、当の紙谷が連絡してきたのでないことが、少し気にかかる。本来なら、来る本人が連絡してくるべきである。連絡してこないところをみると、紙谷は美砂と逢うことなど、初めから考えていないのかもしれない。

黙ってきて黙って帰るつもりだったのだろうか。

わたしがこんなに思っているのに、わからないのだろうか。

急に腹が立ってきたが、少し落ち着いて考えてみると、そんなに怒るのは、少しお門《かど》違《ちが》いかもしれない。

紙谷は、わたしがこんなに好意を抱いていることなど、なにも知らないのだ。

でも、男なら相手の女性の気持くらい察するべきだ、といっても、初対面で一度会ったきりなのだから、察しようもない。美砂自身がなにも表現していないのに、それを知ってくれ、というほうが無理というものである。

あの人が連絡を寄こさないのは、わたしとはそれほどの仲だと思っていないからなのかもしれない。連絡をしては、かえって迷惑だろう、と思っているのかもしれない。それに、あの人には、一人でぶらりと東京へ来て、仕事だけ終えて帰る、といったやり方が、似合っているのかもしれない。少なくとも、東京で女性とデートするような雰囲気とは程遠い。

別に悪気があって、連絡を寄こさなかったわけではないだろう。だが、そうだとすると、藤野が余計なお節介をしたことになる。これを報《しら》せれば、わたしが喜ぶとでも思ったのか。

しかし藤野は、わたしがあの人に好意を抱いていることは知らないはずである。流氷の事件のことをきいたので、紙谷へ関心を抱いているとは思っているだろうが、こんなに思いつめているのを知るわけはない。これはただのニュースとして、教えてくれたのだろう。

だがそれにしても、あの人の泊るホテルまで教えてくれるとは、少し念が入りすぎている。まるで紙谷に逢いに行くのを、すすめているようである。

もしかして、藤野はわたしがあの人に好意を抱いているのを知っていたのかもしれない。知っていて、教えてくれたのかもしれない。

でもそうなると、藤野がわたしに抱いているらしい好意はどうなるのか。わたしをあの人のほうへ押しやることによって、自分の立場が損になるとは思わないのか。いや、損を承知であえてするところが、男性のいいところなのかもしれない。そこが女同士の友情とは、違うところかもしれない。

一通の手紙が、美砂にさまざまな思いをかきたてる。嬉しさと不安と、信じたい気持と疑いと、いろいろな思いが交錯する。

「美砂ちゃん、お昼にしましょう」

階下から母が呼んでいる。

「はあい」

多少の不安はあっても、今度の返事は前のよりは、はるかに元気がある。

それから一週間、美砂は、紙谷が来た時のことを考えた。

藤野の便りでは、週末というだけで日時がはっきりしない。研究所へ電話をするなり、藤野にきけばわかると思いながら、美砂はそれを躊躇《ちゅうちょ》していた。

まず電話するのは少し大袈裟すぎる。東京から長距離電話で、そんなことをきくのでは、いかにもこちらで待ちこがれているようにみえる。

美砂にだってプライドがある。いかに恋していても、むこうがなにもいってこないのに、こちらだけ騒ぐのは口惜《くや》しい。できるなら、むこうから誘われて出かける形をとりたい。

それに藤野に尋ねるのも、羞《は》ずかしい。少しばかり怪しいと思われているのを、はっきりさせることになる。泊るホテルはわかっているのだから、慌てることはない。

とにかくこの間に、あの人から連絡がくるかもしれないから、いましばらく待ってみよう。もしこなければ、金曜日か土曜日に東都ホテルに電話をしてみればいい。

まったく自分でもあきれるほど、美砂は緊張している。まるで生活のリズムが紙谷に合せて動いているようである。

だがおかげで美砂は生き生きとしている。紙谷がくるというだけで、こんなに変る自分が可笑しいとも思うが、事実なのだから仕方がない。

「週末に、彼が北海道から出てくるの」

手紙が来て三日経ってから、美砂はおさえきれずに康子に話してしまった。

「へええ、あなたに逢いに？」

「ちょっと、研究所の予算の打合せなどでくるんだけど」

「でも、あなたに逢うのも目的なのでしょう」

「どうかな」

美砂は首を傾けながら、そうであることを匂《にお》わせる。

「北海道と東京を結ぶ恋ね。素敵だなあ」

康子の羨《うらや》まし気な顔を見て、美砂は惚気話をきかされた仇《かたき》をとったような気持になった。

「じゃあ週末はお楽しみね」

美砂はうなずきながら、また紙谷と逢えるかどうか、一抹の不安もある。

そのまま週末が近づいてくる。

だが結局、紙谷からはなにも連絡がなかった。

無理に強がらないで、素直に電話か手紙ででも問合せをしたらよかった、と思うが、いまとなってはあとのまつりである。

迷った末、木曜日の夕方、美砂は思いきって、東都ホテルに電話をしてみた。

「紙谷誠吾さんて方、お泊りになっていませんか」

美砂が尋ねると、交換手はフロントのほうにつないでくれた。

「その方、ご予約になっておりますが、まだお見えになっていません」

フロントの返事をきいて、美砂は一つ息をついた。

「お泊りはいつまででしょう」

「今夜から十六日までになっております」

十六日といえば土曜日である。その日まで泊って、日曜日に帰るのであろうか。

「ありがとうございました」

美砂は見えない相手に頭を下げて受話器を置いた。

とにかく、これで紙谷誠吾が東京に来ていることだけは間違いない。

今日、明日は平日で、紙谷も仕事があるので忙しいのであろう。土曜日の夜でも、あいているといいが、それも早目にきいたほうがいい。

夜になって、美砂は何度かホテルに電話をしようかと思った。

もう帰ってきているだろうか。八時、九時、十時と、一時間おきに時計を見ながら、電話口に行きかけて止《や》めた。もしかして、むこうからかかってくるのではないか、そんな期待をまだ捨てきれない。

だが、十一時まで待ってもやはり電話はなかった。「明日はきっとかけよう」美砂は自分にいいきかせて、床についた。

翌日は自由が丘のお茶の先生のところへ行く日である。美砂はお昼に出かけて三時に戻ってきたが、母がなにもいわないところをみると、やはり電話はこなかったようである。

考えてみると、これは当り前のことかもしれない。

藤野には電話番号を教えてあるが、紙谷にはしらせていない。藤野にだけ教えたので、紙谷も知っているつもりでいたが、それはこちらの勝手な期待というものかもしれない。

ともかく、これ以上待っていては機会を逸することになる。夜、六時になって、美砂は思いきって、ホテルへ電話をした。

「お待ちください」

交換手が短く答える。するといきなり男の声がとび込んできた。

「もしもし」

美砂は一瞬息を呑《の》んだ。間違いなく、氷原できいた紙谷の声である。

「わたし、竹内美砂ですが」

「ああ」

声は一度跡切《とぎ》れてから、すぐ続いた。

「やあ、久し振りです」

「こちらにお見えになること、藤野さんからおききしたものですから」

「そうですか」

「もしかして、いらっしゃるかと思って、電話をしてみたのです」

「いま帰ってきたところです」

紙谷の声はオホーツクできいたより、ずっと明るくきこえる。

「お変りありませんか。今度はなんのお仕事で？」

「ちょっと、研究所の予算と学術調査隊のことで。こんなのは僕は苦手なのですが、明峯教授がどうしても行ってこい、と言うものですから」

紙谷を東京に来るようにしたのは、教授の配慮なのか。まさか、そうではないだろうと思いながら気になる。

「この前は、お便りをありがとう」

「いいえ……」

美砂は短い間をおいてからいった。

「いつまでいらっしゃるのですか」

「日曜日に帰ります」

「お忙しいのですか」

「昼はちょっと仕事があるのですが、夜は別に」

美砂は正面の壁を睨み、それから思いきっていってみた。

「この前、お世話になったものですから、よろしかったらお食事でもご馳走《ちそう》させていただきたいと思いまして」

「僕にですか」

「もちろんです」

「そんなことは、気をつかわんでください。ただ氷の上を引きずり廻しただけですから」

「でも、とても楽しかったのです。明日の夜でもいかがでしょう」

「僕はかまいませんが」

「じゃあ六時は……」

美砂はいいながら、これでは男と女があべこべだと、可笑しくなってきた。

三

翌日、美砂は午後五時に目黒の家を出た。

紙谷の泊っている新橋の東都ホテルまでは、電車で三十分もあれば行けるはずである。約束は六時だから少し早すぎるが、先に行って、ロビーで休んでいてもいい。とにかく約束の時間にだけは遅れたくない。

昨夜から、美砂はずっと着ていく服装に悩んでいた。

すでに二月も半ばで、陽射しはかなり春めいてきている。日中はコートなど、いらないほどだが、夜はさすがに冷え込む。北海道に行った時は真冬で、毛糸を沢山着込んだが、今度は東京の初春である。あの時とは少し違ったおしゃれをした。

美砂は体は細っそりとして華奢《きやしや》だが、顔はやや丸顔である。これがもう少し面長ならいいと思うのだが、大学時代の友達は、いまのままでいいのだという。丸顔で、少し鼻が上向きなところが愛らしくて、かえって相手に親しみやすい気持をあたえるという。

なるほどそんなものかと、美砂も一応は納得するが、でもやはり、鋭角的に引き締って、ノーブルな感じのほうがいいと思う。

愛くるしいだけの顔では、服装も妙に気どったのやら、エレガントなのは似合わない。むしろ若者らしく可愛くて、小粋《こいき》なのが似合う。本当は重ね着ルックに、ジーンズなども結構いかすのだが、さすがにそんなのは着ていけない。

迷った末、美砂は、象の編み込みのあるベストのうえに、グリーンの無地のスーツを着て、ちょっぴり大人びたムードを出してみた。シャツはチェックのビエラで、襟元に赤いネックレスを巻く。

「大学時代のお友達が地方から出てきたから行ってくるわ」

いざとなると、母にもついすらすらと嘘がでた。

思ったとおり、東都ホテルに着いたのは約束の二十分前だった。待合せ場所は正面のロビーということになっていたが、美砂は、いったんホテルの前を通り抜け、新橋駅のほうへ行ってみた。

いかに逢いたかったとはいえ、待合せ時間の前にいって、一人で待っているのは恰好《かっこう》が悪い。女の子だから、どちらかというと、五分か十分、遅れていったほうがいい。美砂はそんなことを考えながら、国電のガードを抜けて銀座《ぎんざ》のほうへ行ってみた。

土曜日の夕暮時とあって、若い二人組が多い。いつもは、仲の良さそうな二人組を見ると少し気が滅入るのが、今日はそんなことはまったくない。他人の楽しみに自分も入っていけそうな気がする。

美砂が新橋界隈《かいわい》をぐるりと廻って、再び東都ホテルに戻ったのは、六時五分過ぎだった。入口でコートの襟を軽く直し、それからホテルへ入っていった。

ロビーは入口の左手に縦に長く続き、その先に喫茶コーナーがある。丁度夕方で客の出入りが激しい。美砂はその人の間をぬって、ロビーの中程の空いた席に坐った。

まわりをあまり見廻して入ってくるのも恰好が悪いので、美砂はほとんどまっすぐきたが、紙谷の姿はなかった。坐っている席から奥のほうを見ても、それらしい人はいない。

どうしたのか、まだ十分過ぎだから、じき現れるかもしれない。せっかく少し遅れてきたのに、紙谷が先に来ていなかったのは残念である。

美砂は膝《ひざ》の上にハンドバッグを置き、軽く、伏眼に坐っていた。いつ紙谷が現れても大丈夫といった姿勢である。

相変らず、ロビーは人の出入りが激しい。隣に坐っていた女性が、連れの男性が来て立ち上っていく。その空いた席にまたすぐ、別の年輩の女性が坐る。時計を見ると六時十五分である。

昨夜はたしかに六時といった。美砂がいい出したのだから間違いない。紙谷は時間に遅れてくるような人とは思えない。特別、神経質というわけではないが、時間はきちんと守りそうである。

人待ち顔に時計を見るのは、あまり恰好のいいものではないが、つい眼が腕のほうに行ってしまう。

六時二十分である。どうしたのか、フロントに行って、部屋にいるかどうかだけでもきいてみよう。

美砂は立って、フロントに行きかけた。

その時、入口のほうから急ぎ足で、入って来る人がいた。紺のコートを着て、右手に鞄《かばん》を抱えている。

髪は少し乱れているが、紙谷誠吾である。

美砂はその場に立ったまま、紙谷が近づいてくるのを待った。

紙谷はすぐ美砂を見付けたらしい。まっすぐ近づいてくる。

「やあ」

近づいた顔がかすかに笑った。美砂はそれをみて、初めて気がついたように笑顔をつくった。

「遅れてすみません。待ったでしょう」

「いいえ、ちょっとです」

「会議が長びいて、急いできたのですが」

駅から駆けてでもきたのか、紙谷の吐く息は荒い。自分のためにこんなに急いできてくれたかと思うと、待っていた間の苛立《いらだ》ちも消える。

「御無沙汰《ごぶさた》していまして、その節はありがとうございました」

一カ月ぶりに東京で見る紙谷は少し頰がこけて見える。コートを着ているせいか、氷原で見た精悍《せいかん》さはなかったが、雪焼けした顔はたしかにオホーツクの厳しさを伝えている。

「少し待っていてくれますか、これを部屋へ置いてきます」

手に提げていた鞄を紙谷が示す。書類でも入っているのか、重たそうである。

「どうぞ、ここでお待ちしています」

紙谷はフロントで鍵《かぎ》を受けとると、エレベーターへ消えた。

美砂は一つ息をつき、外を見た。ガラスの外は、すでに完全な夜になっている。美砂はその夜を見ながら、いまはずいぶん落ち着いて待っていることができた。

やがて十分もせずに紙谷が降りてきた。グレーの背広に縞のネクタイをつけ、右手にコートを持っている。

「どこかで、食事でもしましょうか」

「あの、今夜はわたしがご馳走させていただきます。この前、お世話になったお礼をしたいのです」

「そんなに気をつかわないでください」

「いえ、本当に」

「まあいい。ところでどこがいいのか、僕はさっぱりわからないのですが」

「わたしも……」

美砂もこのあたりはあまり自信がない。康子達と出歩くのは、多く渋谷か原宿《はらじゆく》である。

「なにがよろしいですか」

「僕はなんでもかまいませんが、ステーキでも食べましょうか」

「このホテルにないかしら」

「それなら、僕が案内しましょう」

紙谷はそういうと先に歩き出した。エレベーターで地下一階に行き、ショッピング街のアーケードを行くと、右手にステーキ専門店があった。

二人はその奥の席に向い合って坐った。すぐボーイが注文をとりにくる。紙谷はメニューを見て、ヒレ肉とワインを頼んだ。美砂はそんなに食べられそうもないので、ミニッツステーキにした。

「お忙しいのでしょ？」

ボーイが去ったところで、美砂は改めて紙谷を見た。

「たいしたことはないのですが、学術調査隊の打合せなものですから、途中で勝手に逃げてくるわけにもいかなくて……」

「調査ってなんですか」

「グリーンランドの氷河です」

「その調査に行かれるのですか」

「一応、その予定です。いまのところ、七月初めということになっています」

真夏の七月に、この人はまた氷を求めて北極の果てに行くのだろうか。美砂は紙谷に、とらえきれないもどかしさを覚えた。

「寒いのでしょうね」

「しかしこちらの人が考えるほど、寒くはないのです」

ボーイがワインを持ってきて、二人のグラスに注ぐ。紙谷はそれを右手に持つと、乾《かん》盃《ぱい》をするように、軽くグラスをつき出した。

「じゃあ」

「ええ」

美砂は紙谷の眼だけ見て、グラスを口につけた。

「突然お電話をして、驚かれたでしょう」

「いえ……」

そんなことをいって、この人は待っていた女の気持など少しもわからないのだろう。美砂は急に腹立たしくなったが、雪焼けした紙谷の顔をみると、そんな口惜しさも忘れる。

「研究所のみなさん、お元気ですか」

「ええ、相変らずです」

ボーイがステーキを運んできて、二人の前に置く。鉄板の余熱で、肉がまだ焼けている。空腹だったらしく、紙谷は早速食べはじめる。その食べ方はいかにも美味しそうで、見ていて小気味よい。

「東京へお出《い》でになること、どうして連絡してくださらなかったのですか」

愚痴っぽくなるのは嫌だと思いながら、美砂はついいってしまう。

「のこのこでかけてきて、ご迷惑かとも思ったものですから」

「東京へいらっしゃること、手紙で藤野さんが教えてくださったのです」

「彼は、しきりに来たがっていたから」

あなたはきたくなかったのか、とききたい気持を美砂はおさえた。

「明日は何時にお帰りですか」

「羽田を午後一時です」

「で、紋別には？」

「札幌に一泊して、明後日に戻ります」

「札幌にお泊りになるのですか」

咄嗟《とっさ》に、美砂の頭に、仁科杏子のことが甦ってきた。

まさかあの人と逢うわけではないだろう……。

美砂は窺《うかが》うように紙谷を見たが、紙谷は黙々と食べ続けている。

「札幌で明峯先生のお宅には、お寄りにならないのですか」

「ちょっと寄っていきます。なにかお伝えしましょうか」

「いいえ」

美砂はいったん首を振ってからいいなおした。

「あのう、東京でお逢いしたことはいわないでください。別に理由はないんですけど、あのおじさま冷やかすんです」

「わかりました」

なにがわかったのか、紙谷は簡単にうなずく。

「明峯先生が、紙谷さんが東京にいらっしゃるように決めたのですか」

「そういうわけではなく、先生が僕を学術調査隊に推薦してくれたのです」

美砂が一番ききたいのは仁科杏子のことだが、いまここではいいだしかねる。

食事を終えると八時だった。まだ別れるには早い時間だったが、紙谷は先に伝票を持って立ち上った。

「あ、それはわたしが……」

「いや、僕が払います。給料は少ないけど、僕は働いているんですから」

紙谷は冗談めかしていったが、美砂は、その言葉のなかに、家にいるだけの自分への揶揄《やゆ》がこめられているような気がして黙った。

ホテルのなかは相変らず人の行き来が激しい。このまま別れるのは淋しいと思っていると、紙谷がいった。

「もう少し付き合ってくれますか」

「はい」

美砂はほっとしてうなずく。

「この上にバーがありますが、そこへ行きませんか。外に行くと迷うので、いつもホテルのなかで飲んでいるのです」

紙谷は今度も先にエレベーターのところにいく。女性を待って、ゆっくり歩くといった思いやりはない。

自分勝手な人だ。美砂はそう思いながら、従《つ》いて行かざるをえない。

バーは十三階であった。フロアーに青い絨毯《じゆうたん》が敷かれ、眼下に夜の東京が見下ろせる。一列に明るく光がつながっているのは、銀座通りに違いなかった。

紙谷はそこで水割りを頼み、美砂はアルコール分の弱いカンパリソーダにした。

「じゃあ」

今度は紙谷はグラスをつきださず、眼の高さに持っただけで、飲みはじめた。

観葉植物のあるコーナーの一角にピアノがあり、そこで髪を長く垂らした女性が、シャンソンを歌っている。紙谷はなにもいわず、ぼんやりその女性へ眼を向けている。

「この前、明峯先生から研究室に勤めないか、っていわれました」

美砂は少し驚かせてやろうと思ったが、紙谷はごく普通の顔できき返した。

「大学のですか」

「前に、女性の方が勤めていたことがあったそうですね」

一度いいだすと、あとは自分でも驚くほど、意地悪な言葉が頭に浮んでくる。

「美しい方だったのですか」

紙谷は答えず、グラスを口に運んだ。美砂はその沈黙のなかに、紙谷のその女性への思いが込められているような気がした。

「その方、仁科さんて、おっしゃるのでしょう」

一瞬、紙谷は持っていたグラスをおき、美砂のほうを振り向いた。

「どうして……」

「きいたのです、藤野さんから」

紙谷は顔をそむけると、また夜の窓を見た。バーの淡いライトの光で、雪焼けした顔が蒼く浮いている。

「藤野がなにかいっていたのですか」

「ただちょっと、その方の恋人であった人が亡くなったってお話を……」

「………」

「それ本当ですか」

「ええ」

紙谷は無言のまま額の前に垂れてきた髪を搔《か》きあげた。

「その人、そんな美しい恋人がいたのに、どうして死んだのでしょう」

いま紙谷はそのことに触れられたくないらしい。相手が避けたがっている話題を無理《むり》強《じ》いするのは悪い。美砂は気持をいれかえるように、カンパリソーダを飲んだ。

「今年、流氷が動き出すのは、やはり三月ごろですか」

「末ごろだと思います」

「行ってみたいわ」

美砂は夜の窓へ眼を移した。ここから夜の光を見ていると、その一つ一つが、群青《ぐんじょう》の海を流れていく、氷のきらめきのように見える。

「きっと素晴らしいでしょうね」

美砂がもう一度いったが、紙谷はなにもいわず、煙草《たばこ》を喫《す》っている。どうしてこの人は女の気持がわからないのだろうか。なんて鈍感なのか。美砂はまた腹立たしくなってくる。

「わたし、今度、お部屋に流氷の写真を飾っておこうかと思っているのです」

「あ、写真なら、いま持ってきていますよ。学術用ので、あまり面白いのはないかもしれませんが、二、三枚なら、いいのがあります、よかったら帰りにでもあげましょう」

「よかったわ」

いったん沈みかけた美砂の気持が、また浮き立ってきた。

「わたし、本当に明峯先生のところに勤めようかと思っているのです。本気なのですよ」

「…………」

「いつまでも家事など手伝っていても仕方がないと思うんです。一度、家を出て独立してみたいんです」

「しかし、わざわざ札幌まで来る必要もないでしょう」

「でも東京じゃ家があるから、つい甘えてしまって駄目なんです」

紙谷は短くなった煙草を灰皿に揉《も》み消した。長いが骨のがっしりした指である。

「お父さんやお母さんは、反対しませんか」

「反対しても、わたしが行くといったら、それまでだわ」

「北海道は寒いですよ。晴れている日だけでなく、吹雪の日や、凍《しば》れる日もあるんですよ」

「平気よ」

話しているうちに、美砂は次第に勇気がわいてきた。

「それにわたし、変な話ですけど、家にいると、お見合なんかさせられるんです」

「…………」

「好きでもない人と、そんなお見合で結婚するのはいやなんです」

美砂のいう意味を紙谷はどうとったのか、少なくとも、美砂はそういうことで、遠廻しに紙谷へ愛を訴えていた。

だが紙谷は相変らずなにもいわず、手に持ったグラスを見ている。

「紙谷さんは、なぜ結婚をなさらないのですか」

「別に理由なんかありません」

「紙谷さんを好きだという人が、沢山いらっしゃるのでしょう」

「あんな田舎まで、好きこのんでくる人はいないでしょう」

「そんなことはないと思います。こんな都会で汚い空気を吸っているより、オホーツクのほうが、どれほどいいか知れません」

「あなたは、怖ろしいオホーツクを知らないから、そんなことをいうのです」

「怖ろしいオホーツク？」

「あの海も空も、一斉に猛《たけ》り狂う時があるのです」

紙谷は遠い氷の海を思い出すように窓を見た。

たしかにオホーツクは荒れだすと怖いのかもしれない。街も人も、死んだように嵐《あらし》が吹き過ぎるのを待つだけなのかもしれない。

だが美砂の頭には、やはり吹雪が過ぎたあとの、蒼い海と拡がりきった空しか浮ばない。新雪を除《の》けて動き出す人々の、明るい表情しか思い出せない。

「そんなに怖いところに、どうしていつまでもいらっしゃるのですか」

「それも別に理由はありません」

「でも、希望されれば、いつだって大学のほうにお帰りになれるのでしょう。わからないわ」

「僕もはっきりはわかりません、でもただ一ついえることは、オホーツクが好きだからです」

「好き……」

美砂はいいかけて声をのんだ。

この人はオホーツクのなにを愛しているのか、海か空か流氷か、それともそこに消えた人なのか、あるいはその人と関《かか》わりのあった女性なのか。

もしかして紙谷は、仁科杏子と会うのを避けるために札幌へ帰らないのではないか。たとえ会わなくても、仁科杏子が生きている街に住むのは辛くて、戻らないのではないか。

「わたしが明峯先生のところに勤めたら困りますか」

「困る？」

「いいえ、ただなんとなくお邪魔かと思って」

「そんなことはありません、あなたが教室に勤めたら、みんな喜ぶでしょう」

「紋別にも、時々行くかもしれませんよ」

「ええ……」

バーの奥のピアノが終って、スローのレコードだけが流れている。

横を見ると、いつのまにかスタンドは一杯になっている。

そっと腕時計を見ると九時だった。

「出ましょうか」

紙谷が煙草をポケットにいれ、立ち上った。

「今度はわたしが払わせてもらいます」

美砂が素早く伝票を持って会計に行く。

支払いを終えて、エレベーターの前まで行くと、紙谷が入口で待っていた。

「さっきの写真、今夜、持っていきますか」

「いただいて、よろしいですか」

「どうぞ、部屋にあります」

紙谷は七階のボタンを押した。エレベーターには外人の年輩の夫婦らしい客と、美砂達しかのっていない。

七階に来て、エレベーターの扉が開くと、紙谷が先に降り、美砂があとに続いた。ホールを出て左手の廊下を行った中程が、紙谷の部屋だった。ドアは七一八号と記されている。紙谷は背広のポケットから鍵を出すと、ドアをあけた。

「どうぞ」

美砂は一瞬、戸惑い、それからなかへ入った。

部屋はシングルで、入って右手にベッドがあり、その先の窓際に書見机と椅子《いす》がある。

「ちょっと待ってください」

紙谷は一つある椅子をさし出し、荷物台の上にあった鞄を開いた。部屋の窓はカーテンがしめられ、書見机の上の電灯が、淡く部屋を照らし出していた。

「これです」

やがて紙谷が鞄から紙袋を出してきた。

「どれでも、気に入ったのがあったら自由に持っていってください」

美砂は紙袋から写真をとり出した。

氷原と、その亀裂《きれつ》を空中から写したのや、氷塊を接写したのにまじって、遠くオホーツクの空や、雪にうずもれた海沿いの街が見える写真もある。すべて白黒で全部で二十枚ちかくある。

「みな、紙谷さんがお撮りになったのですか」

「いや、僕だけじゃありません、他の連中が写したのもまじっています」

「これはなんでしょう」

手前に陸にあげられ、雪をかぶった船と灯台が見え、その先に冬の海が続く。はるか海の水平線の跡切れる果てに、横に一直線に白い筋が見える。

「あ、それは流氷が寄せてくるところです」

「この白い帯が、流氷なのですか」

「遠いから、白い筋のように見えるのです。この帯ができると、そこから岸よりの部分は波が跡絶《とだ》え、音のない海になります」

「じゃあ、この白い帯が岸に寄せてくるのですね」

「これを写した時は午後四時ごろですから、接岸する七、八時間前ということになります」

美砂は流氷の帯によって、ぴたりと波の跡絶えたオホーツクの海を思った。それはきたるべき厳しい流氷の季節を予兆して、美しく無気味だった。

「これをいただいて、よろしいですか」

「どうぞ、それだけでいいんですか」

「じゃあ、これもいただきます」

もう一枚、流氷の寄せている海と、雪にうずもれた山並みが見える写真を、美砂はとり出した。

「袋にいれてあげましょう」

紙谷が鞄から別の紙袋を出して入れてくれる。

「すみません」

受けとろうと手を出した瞬間、美砂は眼の前に紙谷の胸を見た。太くつき出た喉仏《のどぼとけ》と、ネクタイを結んだ襟元が、すぐ前にある。

美砂はそれを見て、顔をあげると紙谷がまっすぐこちらを見ていた。

慌てて、美砂が眼をそらすと、紙谷がいった。

「下まで送っていきましょう」

瞬間の緊張が去っていくのを知りながら、美砂はうなずいた。

「明日、やはりお帰りになるのですか」

「ええ」

紙谷が先に出て、美砂が続き、改めて紙谷がドアを閉める。

その音をききながら、美砂はある安堵と同時に、かすかなもの足りなさを覚えていた。

四

翌日、美砂はお昼の十二時半に羽田に行った。昨夜、紙谷は午後一時の飛行機で帰るといった。その時、美砂はそれ以上きかなかったが、札幌へ行くのは、午後一時十分発の日航と、その四十分あとの全日空の便しかない。

そのどちらにしても十二時半までに羽田に行っていれば紙谷に逢えるはずである。

とにかく、昨夜の別れ方はなんとなく呆気《あっけ》なさすぎた。さっぱりしすぎていてもの足りない。

美砂は家を出てから勝手に見送りになぞ行っては迷惑かと考えた。

昨夜、「お見送りに行きます」といったわけではない、紙谷も美砂がくるとは思っていないだろう。

そこへ突然行っては驚くに違いない。いや、驚くのはいいとして、もし誰かと一緒だったら困る。

おかしなことに、美砂は紙谷が一人の場合だけのことを考えていた。

だが、彼が大学の仲間と一緒ではないとはいいきれない。それどころか女性と来ていることだってないとはいえない。

昨夜ホテルへ行って、紙谷が一人で泊っているところを見たから、そんなことはないと思いながら、やはり不安である。

もし本当に誰かと一緒だったら、姿だけ見て帰ればいいのだ。それならそれでかえって気持も落ち着く。

美砂はそんなことを自分にいいきかせて羽田に着いた。

空港のロビーは人で溢れていた。お昼という、もっとも人の動きの激しい時間にくわえて、そろそろ受験シーズンである。一目で受験生とわかる若者が、両親と一緒に立っている。

美砂は国内線の出発ロビーに入ると、まっすぐ札幌行のカウンターの前へ行った。

一時十分発、五一三便というのが、すでに受付をはじめている。二十名ぐらいの人が、カウンターの前に並んでいるが、そこに紙谷の姿はない。

ふと見ると、カウンターの横の掲示板に「札幌地方吹雪のため、場合によっては引き返すことがあるかもしれません」と書いてある。

札幌行のカウンターあたりの混雑はそのせいなのかもしれない。

美砂はいったんカウンターから下って、受付を見通せる柱の端に背を凭《もた》せた。

さすがに北へ行く便だけに、搭乗手続きをする人達はみな、厚手のオーバーを着て、マフラーをしている。東京はこんなに晴れているのに、一時間少し離れた先の土地が、吹雪とは不思議な気がする。

時計を見ると、一時五分前である。

あの人はどうしたのか。この便に乗るとしたら、そろそろ現れなければならない。もしかして、このあとの全日空で行くのか、それとも吹雪を知って、便を遅らせることにしたのか、美砂はもう一度、ロビーの入口のほうを見た。

ロビーの先のほうは、相変らず人の流れが激しい。一般の客にまじって、新婚旅行らしいカップルも見える。

やがてその先から一人の男が急ぎ足でカウンターのほうへ近づいてくる。紺のコートに黒い鞄を持って、紙谷である。一人であった。

美砂は紙谷が受付を終り、搭乗券を胸ポケットにおさめるのを見て近づいた。

「今日は、お見送りにきたのです」

美砂が声をかけると、紙谷は「おう……」といって振り向いた。美砂が横から近づいたので、わからなかったのである。

「ご迷惑かと思ったのですけど」

「いや、そんなことはありません、わざわざありがとう」

紙谷はようやく落ち着いて、美砂を見た。背広とコートを着ているが、髪だけは相変らず無造作に掻きあげただけで、油っ気がない。

「札幌は雪のようですよ」

「ええ……」

紙谷は少し暗い表情でカウンターのほうを見た。ロビーのマイクの声が、「札幌行五一三便は、ただいま千歳《ちとせ》空港の天候調査をおこなっておりますので、もう少々お待ちください」と告げる。

「出るにしても、少し遅れるようですね」

「向うで、お茶でも飲みましょうか」

紙谷がカウンターと反対側の喫茶室のほうへ歩き出す。

ロビーはますます人で溢れていく。二人は喫茶室の奥の、空いたばかりの席へ向いあって坐って、コーヒーを頼んだ。

「ここでも出発はわかりますか」

「アナウンスが入るから大丈夫でしょう」

紙谷がコートのポケットから、煙草をとり出し、火をつける。薄く毛の生えた大きな手である。

「雪が降っていると、滑走路が滑るのでしょうか」

「それと、視界が問題なのでしょう」

「出発がとり止めになったら、どうなさるのですか」

「多分、夜までには晴れるでしょう」

紙谷は楽観しているらしいが、美砂は心のなかで飛ばなくなることを願っている。

「昨夜はあのまま、お休みになったのですか」

「少し本を読んで眠りました」

美砂は家に戻ってから、ずっと紙谷のことを考えて眠れなかった。

「わたし、流氷が去っていくとき、もう一度紋別に行くことにしました」

「そうですか」

紙谷はうなずいただけでコーヒーを啜った。

「行ってよろしいですか」

「そりゃかまいません」

「じゃあ、きっと行きます。流氷が動き出すのは、三月の終りごろでしたね」

「三月の末から四月の初めです」

紙谷が答えた時、アナウンスがきこえてきた。

「天候調査中でした札幌行十三時十分発、五一三便、ただいまより搭乗ご案内いたします」

一瞬、美砂の体から力が抜けた。

紙谷は煙草を揉み消し立ち上った。美砂は、この人はいま、行かないで欲しい、といっても、やはり行くのだろうと思った。

「それじゃ」

ロビーへ出ると、札幌行の客が、二階の第二出発ロビーのほうへ入っていく。

手荷物検閲所の境い目のところで、紙谷が振り返った。

「お気をつけて」

「ありがとう」

ふと紙谷が手を差し出す。美砂は吸われるようにその手を握った。温かく、大きな掌《てのひら》だった。

「途中で吹雪になって、降りられなくなったら、また戻ってきてください」

「大丈夫でしょう」

「吹雪になるよう祈っています」

「それは困る」

紙谷が小さく笑った。そのまま手を放すと、もう一度「じゃあ」といって、ゲートの奥へ消えた。

美砂は紙谷が去った方角を、なおしばらく見てからロビーを抜けて外へ出た。

空は晴れていたが、風はまだ冷たい。

美砂はいま少し前、紙谷に握られた手をコートにつつんで、その光る風のなかをモノレール乗り場のほうへ向って歩き出した。


美砂が両親に北海道行のことを告げたのは、その日の夜であった。

「また行くの……」

母は驚く以上にあきれたらしい。

「そんなに流氷って素敵なの？」

「素晴らしいわよ、ママも一度見に行ったら」

「そんな寒いところ、結構ですよ」

氷ときいただけで、母は首をすくめている。

「それで、また一人で行くつもり？」

「そうよ、そのほうが面倒くさくなくっていいもん」

「そんなに何度も行って、向う様はご迷惑でないのかね」

「わたし、迷惑なんかかけないわ」

「どなたか、好きな人でもできたんじゃないでしょうね」

「ぜんぜん、ご心配なく」

美砂は、極力平静を保ってみせる。

「このごろ、あなたのやろうとしていることは、さっぱりわからないからね」

せっかくの良縁を断わったり、一冬に二度も北海道の果てまで行こうとするなど、母はこのごろ美砂の気持を摑《つか》めきれないことに、少し苛立っているらしい。

「それとママ、もう一つ相談があるんだけど」

美砂はお茶を一口飲んでから母に顔を近づけた。

「わたし、明峯先生の秘書になろうかと思って」

「秘書ですって」

一瞬、母は頓狂《とんきょう》な声をあげた。

「先生の秘書といったら、北海道に住むことになるじゃありませんか」

「もちろんよ」

「なにをいってるんです」

母は坐り直して、美砂を見た。

「あなたはこの家から逃げだすつもりなの？」

「そんな大袈裟なものじゃないの。ただそろそろ年齢《とし》だし、たまに一人で独立して生活してみたいと思っただけよ」

「だからといって、なにも北海道まで行く必要はないでしょう」

「でも、ずっと明峯のおじさまのそばにいるのよ」

「お父さん」

それまで黙ってきいていた父に、母は助けを求めた。

「あなたも少し意見をしてくださいな」

父の喜一郎《きいちろう》とは、このごろはあまり話したことはないが、いつも静かななかに優しさがあって美砂は好きである。ものの見方も、母よりは大きな視点から見てくれるような気がする。

「その秘書になること、明峯はいいといっているのかね」

仕方なさそうに父がきいた。

「この前、先生が僕の秘書をしないかって、仰言《おつしや》ったんです。まさか冗談じゃないと思うわ」

「もし、お前が本気なら、務まるものかどうか、明峯によくきいてみなければいかん」

「あなた、まさかそんなお仕事のために、美砂を北海道にいかせるつもりじゃないんでしょうね」

「本人が行きたいというのなら仕方がないだろう」

「冗談じゃないわ」

母はすっかり慌てている。

「たとえ明峯先生がいいと仰言ったって、わたしは絶対反対ですよ。お嫁入り前の娘がそんなところに行って、どうするのです」

「まあ、落ち着きなさい」

父がゆっくりと茶を啜った。

「とにかく、明峯に、よくきいてみてからのことだ」

「明峯のおじさまがイエスと仰言ったらいいのでしょう」

美砂の頼りは、いまは父だけである。

「北海道は寒いぞ、そんなところで一人でやっていけるのか」

「だって、明峯のおばさまもいるし……」

紙谷にだって近くなると、美砂は心のなかでつぶやいた。

「お母さんは、今度の流氷を見に行くことにも反対だわ」

母は思い直したようにいった。美砂が北海道に住む気持があると知って、態度を硬化させたらしい。

「北海道で秘書なぞやっていて、お婆さんになったらどうするの?」

「あら、明峯のおばさまが、いい縁談を世話してくださるっていってたわ」

「北海道なんかにお嫁に行って、寒がりのあなたが務まるものですか」

「わたし別に寒がりじゃないわ。それに北海道は、お家のなかは、むしろ東京より暖かいのよ」

「勝手にするといいわ」

「させてもらうわ」

どうしてこんなに母に逆らうのか。同じ家を離れるにしても、もう少し優しいいい方があるように思う。そう思いながら突っかかるのは、母が強く反対するからなのかもしれない。

母が絶対反対などというから、それに対抗して、美砂はさらに強く出るのかもしれない。

雪晴《ゆきばれ》

一

「流氷が離岸しはじめました、再訪を待っています」

藤野から速達を受け取ったのは、美砂が紙谷と別れて一カ月経《た》った三月のなかばすぎだった。

十二月から港も海もびっしりと白一色に埋め尽していた流氷が、春の息吹きとともに、ようやく動き出したらしい。

美砂は東京から、北の海に浮いている流氷を思った。青というより群青《ぐんじょう》に近い、深い青味をたたえた海に浮いている氷は、たとえば波間に揺れる白鳥に似ているのだろうか。

果てしない海原を、白く研ぎすまされた流氷がゆっくりと流れていく。きこえてくるのは遠い潮騒《しおさい》だけで、他に音はなにもない。

美砂はその氷塊の上に、紙谷と二人で乗っている姿を想像した。前と後ろに、あるいは並んで二人は腰をおろし、膝《ひざ》を抱えたまま、ぼんやり海の彼方《かなた》を見詰めている。

なにも話をしない。身動き一つしない。動くとすれば時たま、紙谷が煙草《たばこ》を口に咥《くわ》える手の動きだけである。天と地と、すべての静寂《しじま》のなかで、二人は黙ったまま、寄り添っている。

ここまでくれば、もはやどんな追手もこない。適齢期とか、見合とか、世間体とか、そんなものはここではもはや意味がない。人間が自分の思うままに素直に生きていく、そんな世界が拡《ひろ》がっている。

「行ってみたい」

口のなかでつぶやく。

するとすぐ、それが、「行くのだ」という決心に変っていく。

いや、それは初めから、そう決っていたことである。心で決めながら、実行に移すために、さらに一つの決断を必要としただけである。

「わたし、やっぱりもう一度、オホーツクへ行くわ」

美砂がはっきりと母に宣言したのは、その三日後であった。

「お母さんは知りません、行きたければ勝手になさい」

札幌で明峯教授の秘書になりたい、といい出して以来、母とは冷戦状態が続いている。

「じゃあ切符を買いに行ってくるわ」

美砂も負けてはいない。ここで母の軍門にくだっては、世間ばかり気にする大人の世界に巻きこまれるだけである。

「あなたは、その藤野さんとかって方に、逢《あ》いに行くつもりですか」

どうやら母は、このごろしきりに手紙を寄こす藤野を怪しいと睨《にら》んでいるらしい。

「変なこといわないでよ」

「お母さんを馬鹿《ばか》にしているのですか」

「違うんだなあ」

これはあきらかに母の勘違いである。美砂にとって、藤野はただのメッセンジャーボーイに過ぎない。本命は紙谷である。

しかし母の見方がまったく違っているともいいきれない。すくなくとも、美砂がしきりに北海道へ行きたがるのは、誰《だれ》か好きな人が出来たせいだ、という見方は当っている。

「流氷を見に行くのはあなたの勝手です。しかし向うに住むことは絶対に許しません」

母はもう一度釘《くぎ》を刺す。

明峯教授の秘書になる件は、美砂がいい出して以来、もめ続けている。

話がでてから、父が直接、電話で問い合せてくれた時には、教授は美砂さえその気なら、喜んで引き受けるといってくれたらしい。

だがそのあとすぐ、母が反対だと伝えたために、教授も消極的になったらしい。いまとなっては、余計なことを喋《しやべ》ったと、いささか後悔しているらしいのである。

でも美砂は札幌に住むことを、まだあきらめてはいない。むしろ反対されて、かえってファイトを燃やしている。

今度のオホーツク行も、途中、札幌で明峯教授に会って、もう一度相談してみる目的もある。母はともかく、父は一応、納得してくれているのだから、もう少し頑張れば、うまくゆくかもしれない。

「とにかくわたしは行くわ」

美砂は急に自分がいままでと違って、逞《たくま》しく大人になったような気がしていた。

三日間、母との間にさらに冷たい戦争が続いた。

だが美砂はその間に、藤野にオホーツクへ行く連絡をし、飛行機の切符も手に入れた。

母は美砂の旅行の準備を知りながら、われ関せず、といった態度をとり続けている。

もう手に負えない、あきれ果てたといった表情である。

それでも出発の日になると、さすがに、まだ寒いから厚い毛糸のセーターを持っていけとか、お土産《みやげ》は東京といっても、特に名産はないから着いてから、なにかを買ったほうがいいとか、いろいろと口出しをする。

「ちょっと、お小遣いが足りないんだけど……」

美砂が頭を下げて手を出すと、

「ねだるときばかりは、小さくなって」

文句をいいながらも三万円をくれる。表面は冷たく装っても、やはり気になるのであろう。

「仕事を持ったらママにねだらなくても済むでしょう」

今度の旅行のために、美砂は貯金の十五万円をすべておろしてしまった。

「大体、一冬のあいだに二度も札幌に行くなど、あなたは費《つか》い過ぎですよ」

母にそういわれると一言もないが、美砂にとって今度の北海道行は、大袈裟《おおげさ》にいえば運命を変えるかもしれない重大な旅である。


三月の最後の金曜日に、美砂は羽田を発《た》つことにした。金曜日の旅とはあまり縁起はよくないが、その日は札幌の明峯家に泊り、翌土曜日に紋別へ行く予定である。

藤野の便りで週末は暇で、みんな退屈しているから、その時に来てくれるのが一番いい、というのに合せたのである。

「早く帰ってくるんですよ」

出かける日、母はそういってから、さらに念を押すようにいった。

「いいですか、札幌に勤めることなどは考えるんじゃありませんよ」

母にとっては、それが最も気にかかることらしい。

「わかったわ」

それほどまでいわれては、さすがに美砂もうなずかざるをえない。とにかく、いまはこの場を切り抜けられれば、それでいいという気持である。

「じゃあ行ってくるわ。お土産買ってくるわね」

美砂は少し優しい言葉をかけて、家を出た。

札幌行の便は十二時十分発で、この前、紙谷が帰ったのより一便早い。美砂はタラップを昇り、座席に坐《すわ》って、はじめて自分がずいぶん大胆なことをしようとしているのに気がついた。

ただ一人旅を楽しむ、といってしまえばそれだけのことだが、それにしてもこれは普通ではない。女が一人で、三カ月の間に、二度にわたって北海道の果てまで行こうとしている。その費用だけでも馬鹿にならない。他の人からみたら、大変な贅沢《ぜいたく》である。

行く前に康子に話したら、「あなた頭がおかしくなったの」といわれたが、たしかに少し可笑《おか》しいかもしれない。

「どうかしているのかな……」

美砂はとんとんと、自分の頭を叩《たた》いてみる。自分で自分がわからなくなってきているのかもしれない。

「でも行きたいんだから仕方がないわ」

いまさら考えたところで仕方がない。すでに矢は放たれたのだ、とにかくいまは進むだけである。

飛行機がゆっくりと滑走路に向って移動していく。やがて定位置に着いて滑走をはじめる。次第にスピードがあがり、ふっと浮き上る。たちまち白い滑走路が遠ざかり、眼下に海と東京の街が拡がる。

北へ……。

機体が大きく旋回し、機首が北へ向いた時、美砂は自分の恋がいま、新しく動き出したのを知った。

雲が急速に流れ、やがて明るい光の空間に出た。飛行機が雲を突き抜けたのである。

美砂はその光のなかで、そっと眼《め》を閉じた。このまま飛んで一時間半後には千歳に着き、夕方には札幌に入る。そして明峯家に一泊し、明日の夕方には紋別にいる。そこには藤野がいて、紙谷がいる。

藤野の話では、土曜日の夜は、美砂のために、歓迎コンパをやってくれるとのことだった。

コンパといって、どんなことをやるのか。この前のように、また鍋《なべ》を囲んでお酒を飲むのか。しかし今度は趣向をこらしているというから、少し違うかもしれない。

「康子はこんな楽しさを知らないんだわ」

七月の末の結婚の日取りも決り、許婚者《いいなずけ》と逢ってばかりいる康子に、なにか一矢を報いたような気持でもある。

だがそれにしても今度の旅行について、紙谷からはやはり一言もいってこなかった。流氷が動き出したことも、歓迎コンパのことも、みな藤野が報《しら》せてくれたのである。

東京から帰ったあとも、ハガキの一枚もくれない。もっとも、東京で逢ったことについては、特に手紙を出さなければならないほどのことでもなかった。美砂の方から勝手に押しかけて、かえって夕食をご馳走《ちそう》になったのだから、礼状をよこさないからといって文句をいえた義理ではないが。

しかしそれにしてもハガキの一枚ぐらいくれてもいいではないか。美砂は紙谷から手紙がきたら返事を書こうと待っていたが、結局こないままに、今日になってしまった。

冷たい人だわ……。

一人で考えている時には、文句をいってやろうと思っているが、いざ逢うと、なにもいえなくなる。特別、親切な言葉をかけられたわけでもないのに、なにか優しくされたような気持になる。

変な人……。

いまの美砂にいえるのは、それだけである。

飛行機はほぼ定時に千歳に着いた。一月に来て、千歳を発つ時は小雪であったが、いまは晴れている。

三月の末ともなるとさすがに暖かい。空港のまわりの原野には雪が残っているが、滑走路やビルの近くは乾いたアスファルトが顔を出している。美砂は空港ロビーに出ると、まず赤電話の前に立った。

今日、美砂が着くことは明峯家にはすでに連絡済みだが、千歳に着いたら、さらに電話をすることになっていた。

美砂は十円玉をいれて、明峯家のダイヤルを廻《まわ》した。すぐ夫人の陽気な声がきこえてくるかと思ったら、呼出音だけで一向に出てこない。

美砂はもう一度廻してみてから、今度は大学のほうへ電話をしてみた。

「低温科学研究所の明峯教授のお部屋」というと、すぐ内線に電話が廻される。教授の声がかえってきた。相変らず、ががらがらした声である。

「いま千歳です。お宅に電話をしたんですけど、誰もいらっしゃらないみたいなので」

「そうなんだ、今日は婆《ばあ》さん達の集まりがあるとかで街へ出かけてね。五時には戻るはずだから、よかったらまっすぐ、こっちへ来ないか」

「大学へ行ってよろしいんですか」

「構わん構わん、将来の秘書だからな。あ、こういうことをいっちゃいけないんだったな。せっかく大人しくしている娘に変な刺激を与えるなとお母さんに大目玉をくらったからな」

「ご免なさい」

「いや、久しぶりに君のお母さんの説教をきいて楽しかった」

例によって教授は屈託がない。

「とにかく、こっちへ来いよ」

「じゃあ行きます」

美砂は受話器を置くと、バッグを持って、札幌行のバスの乗り場へ行く。

二

千歳から札幌までは、車で約一時間かかる。美砂が札幌に着いたのは、午後三時を少し過ぎていた。

途中の広大な原野は、なお雪におおわれていたが、市内のメインストリートは、ほとんど雪がとけていた。雪どけ水が路《みち》の左右を流れ、それが車にはねられて道は汚い。

冬から春へ、札幌はいま、再生の苦しみを味わっているようだった。その街を美砂の車は北へ向って走る。

北海道大学は札幌駅の北西の一角にある。全国の大学でも最大の敷地を誇り、そこに十二の学部が集まっている。エルムの学園といわれるとおり、夏は広い芝生のあちこちに楡《にれ》の巨木が長い影を落すのだが、いまは、巨大な枝だけが手持無沙汰《てもちぶさた》に空につき出ている。

明峯教授の勤めている低温科学研究所は、その北大の北の一隅にあった。かつて雪の研究で有名だった中谷宇吉郎《なかやうきちろう》先生がいたころは、構内のほぼ中心に、赤い煉瓦《れんが》の建物であったのが、その後手狭になって、いまの白い四階建ての、瀟洒《しょうしゃ》な建物に移ったのである。

美砂はタクシーを降りると、あたりを見廻した。

正面に拡がる芝生は、まだ残雪が斑《まだら》で、その先に学生の集会所らしい建物がぽつんと見える。左手は裸木が続き、右手はポプラ並木の果てに雪をかぶった山並みが午後の光に輝いている。春休みのせいか、集会所へ続く道にも学生の姿はほとんどない。春の薄《うす》陽《び》のなかで学園は静まりかえっている。

「広いなあ」

美砂は溜息《ためいき》をつき、改めて北海道へ来たことを実感する。

研究所には特に受付はない。入口の左手に研究所内の講座名と、所員の名札だけが掲示されている。「海洋学教室」という名札の左に、教授・明峯隆太郎《りゆうたろう》、助教授・今井正浩《いまいまさひろ》、となり、以下、講師、助手と続く。藤野の名前は助手の三番目に並んでいる。

だが紙谷の名はない。美砂が探すとその次の、「紋別流氷研究所」という表示のすぐあとに、紙谷誠吾という名札が下っている。

やはり紙谷は流氷研究所の専属らしい。名札を見て、美砂はなにかほっとして、正面の階段を昇った。

明峯教授の部屋は、三階の右手にあった。入口に「明峯教授室」と書かれ、ドアの行先指示板に「在室」と出ている。

美砂は一瞬ためらい、それからそっとドアをノックした。

内側から返事がきこえ、美砂は自分からドアを開けた。

すぐ衝立《ついたて》があり、奥は見えない。

「竹内美砂です」

「おうっ、いらっしゃい」

教授の声がして立ち上る気配がする。美砂はコートを脱ぎ、衝立の前に出た。

瞬間、一人の婦人が美砂の視線にとびこんできた。

部屋は手前に応接セットがあり、窓際に教授の大きな机と書棚が背中合せに並んでいる。婦人はその応接セットのソファのほうに教授と向いあって坐っていた。

美砂はなにか悪いことをしたような気がして一歩退《さが》ったが、教授は気にとめる様子もない。

「疲れたろう、さあ坐りなさい」

「でも……」

美砂が躊躇《ちゆうちよ》すると、婦人も立ち上りかけた。

「いやいや、かまわん、そうだ紹介しよう」

そこで、美砂ははじめて正面から婦人と向いあった。婦人は浅黄色の紬《つむぎ》に若草色の帯を締め、髪をうしろにまとめている。細面《ほそおもて》の美しい人である。

「こちら、僕の学生時代の友達の娘さんで、竹内美砂さんという。東京からいま着いたばかりだ」

美砂はゆっくりと頭を下げた。

「こちらは仁科杏子さん、前にここに勤めていて、僕の秘書をしてくれていた人だ」

美砂は出かかった声を呑《の》んで婦人を見た。

「ちょっと近くまできたので、寄ってくれた」

「あのう、それではわたくしはこれで……」

「まあいいだろう、僕もいま一緒にでるから」

教授にいわれて、仁科杏子は素直にうなずくと、改めて腰をおろした。

「美砂君は東京に住んでいるが、流氷がすっかりお気に入りでね」

教授の話に、仁科杏子は笑ってうなずいた。二十八、九なのか、北国の女らしい肌の白さのなかに、人妻の落ち着きがある。

「今度は紋別に流氷を見に行くために、わざわざやってきた」

杏子の表情が動き、おしかぶせるようにきいてきた。

「いつ、いらっしゃるのですか」

「明日です」

「明日ですか……」

杏子は低くつぶやくようにいうと窓を見た。斜陽に夫人の顔の左半面が、暗く翳《かげ》って見えた。

「今度は何日ぐらい行ってくるのかね」

代って教授が尋ねる。

「二泊の予定ですけど、いってから変るかもしれません」

「まあ暢《の》んびりしてくるといいや」

パーコレーターの湯が沸いて、教授はスイッチを止めると、コーヒーカップにコーヒーとクリームをいれた。

「砂糖は君が適当に入れたまえ、仁科君も飲むか」

「いえ、わたくしはもう結構です」

二人は美砂がくる前に、すでに飲んでいたらしい。

美砂は角砂糖を一ついれ、ゆっくりとかきまぜた。

なにか夫人に見詰められていると思うと息が詰る。いまは嫁いで、紙谷とも関係ないとは思いながら緊張する。

「紋別にはいらしたことがありますか」

美砂はコーヒーを一口飲んでから思いきって夫人にきいてみた。なにか尋ねて、夫人の反応をたしかめたかったのである。

「はい」

「いまごろですか」

「ええ……」

うなずきながら夫人の答えは、どこか要領をえない。あまり気がすすまないようである。美砂はそれ以上、尋ねるのを止《や》めて、もう一度コーヒーを啜《すす》った。

「じゃあ、そろそろ出かけようか」

教授が立ち上って机の前に行った。そこで文献や書類を鞄《かばん》におさめている。

「安井《やすい》君の病気も思わしくなくて困った」

教授が独り言のようにいう。

「やっぱりいけないのですか」

「この前、お母さんが見えて、あまり長く休むのも悪いから辞めたいといってきた」

美砂にはわからない会話が、教授と杏子のあいだで交される。

「どうも、君が辞めてから、いい秘書にめぐり合わん」

「そんな……」

杏子は軽く首を左右に振った。

「それで、この美砂君を秘書にしようかと思ったが、お母さんに叱《しか》られちゃってね」

そこまできいて、美砂は、安井という人が仁科杏子のあとに、教授の秘書になっている女性の名前だと知った。

「そうだよな、美砂ちゃん」

「いいえ、あれは母の一方的意見です。父は必ずしも反対じゃないんです」

「しかし親の身になってみれば、いくら知っている所でも、東京から北海道の果てまで娘を離す気にはなれないのは当然かもしれない」

教授は鞄のなかに書類をおさめ、書棚のガラス戸を閉めた。

「結婚のため、とでもいうんなら別だがね」

杏子は立ち上り、汚れたカップと皿を流しに運んだ。

「ああ、いい、それはそのままにしておいてくれ」

「でも、秘書の方がいらっしゃらないのですから」

「着物を着ているのに、汚されちゃ大変だ」

杏子はかまわず、手早く蛇口の湯でカップを洗うと、棚に並べた。教授がカーテンを閉めて、部屋は急に暗くなる。

「さあ、出ようか、ここで着ていったほうがいい」

教授はグレーのスプリングを着て、杏子は臙脂色《えんじいろ》の道行きを着た。

二人が教授をはさんで階段を降りていく。背丈は教授が一番高く、杏子と美砂はそれより頭半分低い。

外へ出ると斜陽が枯れた芝生にあふれていた。

「少し歩けば車を拾えるだろう」

行き合った研究所の職員らしい人が、そっと頭を下げていく。

「これは両手に花だ」

教授は照れたのか、少しおどけた調子でいう。

ポプラ並木へ続く道を二百メートルほどいった先で、タクシーが停《とま》り、学生らしい男性が降りた。その客といれかわりに、三人はその車に乗った。うしろに教授と美砂が乗り、杏子は初めから助手席のほうに坐った。

「じゃあ、まず先に仁科君を送ろう」

「いえ、わたくしは途中で別の車を拾いますから」

「まあいい、どうせたいして遠廻りじゃない、円山だったね」

車は雪解け道を南へ向って走っているらしい。

前の座席に坐った仁科夫人の、うしろにまとめた髪が西陽を受けて黄金色に輝いている。美砂は話しかけたい衝動をおさえて、その形のいい襟足を見ていた。

「街が汚いので驚いたろう」

教授が話しかけてくる。

「一番悪いときに来たものだ」

「紋別はどうでしょうか」

美砂は今度も注意深く杏子の襟足を見ていたが、動いた気配はなかった。

「向うも、とけはじめると汚いぞ」

「流氷はどうですか」

「今日の連絡では、かなりなくなってしまったらしい」

「じゃ、もう駄目なのですか」

「明日から、また海風になるので、戻ってくるだろうといっていた」

「せっかく見に来たんですから、いてくれなくちゃ困ります」

「大丈夫だよ」

二人の会話をききながら、杏子はなにを考えているのか、一言も口をはさまない。

やがて車は道庁の前を過ぎ、右へ曲った。広い通りの先に山が見え、そこに白い一本の筋が見える。冬季オリンピックのおこなわれたジャンプ台である。

その山の彼方に沈みかけた陽が、鋭い斜光を投げかけている。運転手が眩《まぶ》しげに、陽《ひ》除《よ》けを下げた。

会社の退《ひ》け時のせいもあって、道はかなり渋滞している。左右の車は、どれも汚水を受けて、汚れている。十分もして渋滞を抜けると、車はスムースに走りはじめた。遠くに見えた山が次第に近づき、それにつれて陽が急速に翳っていく。

右手に大きな木立ちが見え、その一角を過ぎたところで、杏子がいった。

「それじゃすみません、その先の信号を左へ曲ってください」

いわれたとおり、車が左へ曲ると、斜光で明るかった車内が、急に、陰になった。

「そこで結構です」

車が停った左手に大きなクリーム色のマンションがあった。

「じゃあ、お先に失礼します」

杏子が教授に挨拶《あいさつ》をする。

「あ、ご苦労さん、とにかく、そのことはあまり気にしないで」

「はい」

夫人はうなずき、奥に坐っている美砂に、かすかに微笑《ほほえ》んだ。美砂は、それに応《こた》えて軽く頭を下げた。

「このまま伏見にやってください」

杏子がもう一度頭を下げ、教授が車のなかで軽く手をあげた。

動き出して美砂が振り返ると、杏子の後ろ姿が、汚水を避《よ》けるように小さな歩幅でクリーム色の建物へ消えていく。

仁科杏子が車から降りたことで、美砂はなにかほっとした。ようやく教授と二人きりになれた、気楽さが甦《よみがえ》る。

「婆さんはもう家に帰ってるだろう」

教授は外出していた夫人のことをいったが、美砂は別のことをきいた。

「あの方、なんの用事でいらしたのですか」

一瞬、教授は戸惑ったように窓を見たが、すぐ思いなおしたようにいった。

「別にたいした用事じゃない。氷のことで相談にきただけだ」

「こおりですか」

「あの人のご主人が、室内スケート場を経営しているのでね、ちょっとききたいことがあるらしい」

美砂は実業家だという、仁科杏子の夫を想像した。

「それで、あの方のご主人と、お会いになるのですか」

「多分ね」

教授はそのことについては、あまり話したくないらしい。美砂もこれ以上きいては悪いと思って口を噤《つぐ》んだ。

車が山麓《さんろく》に近づくにつれ、陽が翳り、あたりが暗くなった。陽はすでに山の陰におちていた。

「さあ着いたぞ」

美砂は先に降り、夕暮の明るさの残っている明峯家の玄関に立った。


その夜の明峯家の夕食はなかなか賑《にぎ》やかであった。

美砂にくわえて、教授夫妻と次男の明人、それに東京の大学に行っている長男の良人も帰っていたからである。

美砂がくるというので、夫人はわざわざ二条《にじよう》市場まで行って、生きのいい鰊《にしん》を買ってきてくれたが、これが脂《あぶら》がのって美味《おい》しかった。

「昔は、こんなものは捨てるほど獲《と》れたのだが、いまは貴重品になってしまった」

教授が感慨深そうにいうと、明人が、

「また親爺《おやじ》の昔話がはじまった」

と茶化す。

「いまにお前達も、同じことをいうようになるぞ」

教授がむきになっていったので、今度は全員が笑った。

夕食のあと、みなでオセロやトランプをしたあと、二人の男の子は自分たちの部屋へ戻った。

茶の間で、明峯夫妻と美砂だけになったところで、教授がきいた。

「明日は何時で行くのかね」

「十二時十分の急行です」

「で、まっすぐ研究所へ行くわけだな」

「藤野さんが、駅に迎えに来てくださるのです」

「みんな美砂ちゃんを待っているのね」

夫人が羨《うらや》ましそうにいった。

「そうじゃないんです」

「ところで、この前、紙谷さんが見えたわよ」

ふと、夫人が思い出したようにいった。

「東京に行ったんだけど、お会いにならなかった？」

「あのう……」

一瞬、美砂は戸惑ったが、夫人はそのことにはあまり関心はないらしく、

「ところで、美砂ちゃん、本当にこちらで勤める気があるの？」

「あります」

美砂は即座に答えた。

「でも、誰もお友達のいないところで、一人で暮せるかしら」

「おばさま達がいるから……」

「そりゃわたし達は出来るだけのことはするけど、お母さまがねえ」

「母がなんといっても、わたしが出てきてしまえば、いいでしょう」

「駄目よ、そんなことしては、わたし達まで恨まれてしまう」

「可愛《かわい》い一人娘だから、手放したくない気持はよくわかる」

教授が少し、しんみりした口調でいった。

「それよりおじさま、わたしでも秘書が務まりますか」

「そりゃ大丈夫だ。さっき仁科君に会ったろう、彼女はあれで二年間、やってくれたんだ」

「わたし、あんなに綺麗《きれい》じゃないし」

「別に、顔で秘書をするわけじゃないからね」

それで三人は同時に笑った。

美砂が床についたのは、それから三十分あとだった。

部屋は例によって、以前、良人が使っていた、二階の洋間である。いまは良人が帰ってきているが、わざわざ美砂のために、明人の部屋へ行って、あけてくれたらしい。

美砂は部屋に入ると、窓際に行って、明かりに照らされている庭を見た。

この前来た時から二カ月半しか経っていないのに、庭の雪はほとんど消え、北側の軒下にわずかに残っているだけである。美砂はそれをしばらく見てからカーテンを閉め、ベッドに仰向《あおむ》けになった。

なにかひどく疲れた感じである。

お昼まえに家を出て、羽田を発ち、千歳から札幌へバスで来た。そのあと大学へ行き、そこから明峯家へ来て夕食をした。

それだけでたしかにかなりの強行軍だが、いまの疲れは、そうした体の疲れだけではなさそうである。

それよりも仁科杏子に会ったことが、美砂の心に、ある重荷となって残っているようである。

眼を閉じても、杏子の顔が、ちらちらと頭に甦る。

美しい人である。美砂の周囲にもあれほどの美人はあまりいない。美砂もそう不美人なほうとは思っていないが、あの美しさにはとても敵《かな》わない。

なにか美しさのなかに、秘めやかな翳りがある。それがいっそう、相手の気持を惹《ひ》きつける。演技とかメーキャップではなく、その人の内面からでてくる、妖《あや》しさのようなものである。

死んだ織部や紙谷が、あの人に惹かれたのは無理もない。女の自分でさえ気になるのだから、男達が惹かれるのは当然である。

考えれば考えるほど、美砂は自信を失ってしまう。あんな人にはとても太刀打《たちう》ちできそうもない。

だが彼女は、いまはすでに人妻である。もはや紙谷の結婚の対象になりうる人ではない。

「だから、あの人はもう関係ないんだわ」

美砂はそっとつぶやく。

間違いなく、そうだといいきかす。だがそのあとからすぐ不安が芽生えてくる。

もしかして、紙谷さんはまだ、あの人を愛しているのではないか。あの人のことを忘れられなくて、独身でいるのではないか。紋別に残っているのも、あの人との思い出を大切にするためではないか。

考えるうちに、次第に杏子が憎くなる。あの人さえいなければ、紙谷はもっと素直に自分に近づいてきてくれるのではないか。

美砂は眼を閉じた。闇《やみ》のなかで、また杏子の白い顔が浮ぶ。

「流氷を見に行きます」といった時だけ、その顔がかすかに動いた。

あの人に一人だけで会ってみようか……。

突然、思いがけない考えが美砂の頭に浮んだ。

会ってなにを話すという当てもない。しかしとにかく会ってみたい。

今日、すでに会っているのだから、こちらから電話をすれば、会ってくれるかもしれない。名前も住所もわかっているのだから、一〇四番にでもきけば、電話番号はわかるはずである。

今度オホーツクから札幌へ戻ってきたら、いや明日でもいい。紋別に行く前に会って、こっそり、紙谷の名前を出して反応を窺《うかが》うのも面白いかもしれない。

美砂のなかに、次第に悪戯《いたずら》な気持が頭を擡《もた》げてくる。

いや、これは単に悪戯という、生易しいものではないのかもしれない。それより自分の心に潜んでいる嫉妬《しっと》なのかもしれない。紙谷を愛している結果、仕方なく出てきた意地悪かもしれない。

明日の汽車は十二時十分発である。うまくいけば、その前に、二、三十分でも会えるといい。

もし明日会えなければ、帰ってきてからでもいい。とにかく会ってみよう。

美砂はそう決めると、ようやく安心して、パジャマに着替えてベッドに入った。

翌朝、美砂が眼覚めると、小雪がちらついていた。昨夜、黒い土が顔を出していた庭も、今日は白一面におおわれ、冬の庭に変じている。

三寒四温というとおり、春の歩みは、遅々としている。

美砂が七時半に階下に降りていくと、明峯夫人一人だけが起きて、食事の仕度をはじめていた。部屋はすでに、暖房がゆき渡って暖かい。

「あら、まだ早いのよ、ゆっくりしてらっしゃい」

「でも眼が覚めちゃったのです」

「眠れなかった?」

「いいえ、ぐっすり眠れました」

美砂はうなずいてから、

「あのう、ちょっと電話をお借りします」

「ああどうぞ、お家にでもかけるの?」

「札幌にお友達がいるはずなんだけど、電話番号を忘れてしまって、一〇四番できいてみます」

そういうと、美砂は茶の間を抜け玄関口の電話の前に立った。夫人のいるダイニングルームは茶の間の先だし、教授が眠っている奥の部屋はさらに遠い。いまなら誰にもきかれる心配はない。

美砂はダイヤルを廻して、一〇四番を呼んだ。

「仁科さんと仰言《おつしや》るんですが、住所はたしか円山だと思います」

「仁科、なんと仰言るのですか？」

「それが名前のほうはわからないのですが、スケート場などを経営なさってる方です……」

「ちょっとお待ちください」

しばらく間があって、交換手がいった。

「その方は仁科恭平《きようへい》さまですね」

「あ、そうかもしれません」

「五六一の……」

交換手がいうナンバーを、美砂は慌ててメモした。

札幌は東京からみると、街が小さいだけに電話番号も簡単にわかるらしい。美砂はそのナンバーを見ながら、仁科杏子が夫といる姿を想像した。

二人はまだ眠っているのか、それともあの人一人、起きているのか。ともかく、こんな早く家にかけては驚くかもしれない。

ドアの横の曇りガラスから、雪がちらついているのが見える。かけようか、かけまいか。どうせかけるなら、早いほうがいいかもしれない。

でも、なんといってかけるのか。突然、会いたいなどといっては、変に思われはしないか。なにか理由はないか。

迷いながら、美砂の手は自然に受話器へ向った。

呼出音が三つ鳴ったところで、受話器が外れる音がした。一瞬、美砂は緊張した。

「もしもし、仁科でございます」

低いがやわらかい声で、間違いなく仁科杏子の声である。

「あのう、昨日お会いした竹内ですが」

「竹内さま？」

「明峯先生のお部屋で」

「ああ……」

杏子は思い出したらしい。

「失礼しました。昨日はわざわざお送りいただいてありがとうございました」

「いいえ……」

「なにか」

「あのう……」

美砂は詰った。なんと切り出していいのか。一つ息を呑んでから嗄《しわが》れ声でいってみる。

「ちょっと、おききしたいことがあるのですが……、お会いできないでしょうか」

「わたくしに？」

「わたし、明峯先生の秘書になるかもしれないのですが、そのことで、少しおききしたくて……」

「ああ」と、小さくうなずく声が洩《も》れてから、

「いつがよろしいのでしょうか」

「できたら今日でも……、お昼すぎの列車で紋別に行くものですから。ご無理でしたら、帰ってきてからでもいいのですけど」

　短い沈黙があってから、杏子が答えた。

「今日で結構ですわ、列車は何時でしょう」

「十二時十分発です」

「じゃあ駅の近くまで参りましょうか、あのあたりで、どこか喫茶店をご存じですか」

「それが、少しも……」

「駅前の左手に、〝あかしや〟という、大きな喫茶店があります、そこならすぐわかります」

「じゃあそこで、十一時ごろでもいいでしょうか」

「承知しました」

「では、そのときに。朝早くから呼び出してご免なさい」

受話器を置くと、美砂の掌《てのひら》は緊張で汗ばんでいる。

「これでよし」

美砂はなにか大きな仕事を終えたような疲れを覚えて、ダイニングルームへ戻ってくる。

「どう、お電話通じた？」

「結婚して名前が変っていて、探すのに時間がかかったの」

明峯夫人に答えながら、われながら嘘《うそ》が上手になったのにあきれる。

明峯家の朝食は遅い。二人の子供は春休みだし、教授は講義がない日は、十時ごろにのこのこ出かけて行くらしい。

これでは秘書も楽だと、美砂はもう自分がなったようなつもりで考える。

九時過ぎに朝食をして、美砂は荷物を整えた。スーツケースと一緒に、ハンガーケースも持っていく。今度は一月の時ほど寒くないだろうから、少しおしゃれをしたい。もっとも、それも部屋のなかだけで、外に出るとコートは離せない。十時に荷物を揃《そろ》えて、美砂が階下に降りていくと、ネクタイを結んでいた教授が振り返った。

「おや、もう出かけるのか？」

「ちょっと、お友達に会っていくものですから」

「どこで?」

「駅の近くで、十一時に待合せをしたんです」

「そうか、じゃあ、おじさんと一緒に出かけようか」

「でも、その時間でよろしいのですか」

「いや、僕のほうはかまわないんだ、それとも爺《じい》さんと一緒じゃいやか」

「そんなことありません」

結局、美砂は教授と一緒に出かけることになった。

まさか、仁科杏子に会うのを知られるわけはないと思いながら、なんとなく落ち着かない。

十時二十分に二人は揃って、家を出た。相変らず小雪が降っているが、一月のような粉雪ではない。暖気のせいか、大粒の雪がゆっくりと陽の輝く空から舞うように落ちてくる。

明峯家からバスの停留所までは歩いて五分ほどである。そこからバスで都心部の四丁目まで行き、教授はそこで地下鉄に乗り換える。

「じゃあ、わたしはここから駅へ行きます」

「きみきみ、駅に行くのも、この地下鉄でいいんだ、ここの次だからね」

教授にいわれて、美砂は仕方なく、一緒に地下鉄にのる。

「じゃあ、行ってきます」

札幌駅に着いたところで、美砂は早々に教授から逃げ出す。

「気をつけてな、向うで氷になんか乗っちゃいかんぞ」

「わかりました」

美砂はうなずきながら、最後の言葉は少しひっかかる。

階段を昇り、地上に出ると、すぐ前に「あかしや」という看板が見えた。道路に面したところが菓子店で、奥が喫茶店らしい。

土曜日の午前で、人通りはさほど多くないが、駅前という地の利のせいか、店はかなり混んでいる。美砂はその右手の壁際の席に坐って、コーヒーを頼んだ。

時計を見ると十一時だった。

美砂はコーヒーを飲み、入口のほうを見た。

相変らず、雪は降り続き、それが窓際で、コーヒーを飲んでいる人の上に降りかかっているように見える。やわらかく、少し気怠《けだる》げな雪である。

やがて十一時十分になる。

もしかして来ないのではないか。美砂が不安になって、また入口のほうを見たとき、ドアが開いて女性が現れた。臙脂色の道行きを着て、雪の積った傘を折り畳んでいる。

仁科杏子である。

瞬間、美砂はそ知らぬふりをして壁のほうへ眼を向けたが、杏子はすぐ見つけたらしく、まっすぐ美砂の前にすすんできた。

「お待たせしました。遅れてご免なさい」

「すみません、お忙しかったんじゃありませんか」

「出がけに偶然、人が見えたものですから」

杏子は、そういうと、道行きを脱ぎ、美砂と向い合って坐った。

すぐ近づいてきたウエイトレスにレモンティを頼むと、軽く乱れた前髪を掻《か》きあげた。

今日の杏子は藍色《あいいろ》の琉球紬《りゅうきゅうつむぎ》に塩瀬《しおぜ》の帯を締めている。白く頼りなげな顔が、藍色の着物から浮き出て、美砂は一瞬、流氷のようだと思った。

「突然、お電話して驚かれたでしょう」

「どこかでおききしたようなお声だとは思ったのですが、明峯先生のお宅からですか」

「そうなんですが、わたしが今日お会いしたこと、先生には仰言らないでいただきたいんです」

「もちろん、いいません」

仁科杏子は優しく、うなずいた。

ウエイトレスがレモンティを持ってくる。杏子は華奢《きやしや》な手でスプーンを持ち、ゆっくりとかきまぜながらきいた。

「で、お話というのはなんでしょう」

「わたし、明峯先生の秘書になろうかと思うのですが、務まるでしょうか」

「そりゃあなたでしたら、大丈夫ですわ。わたくしのようなものでも務まったのですから」

「仁科さんは立派な秘書だったと、先生は口癖のように仰言っています」

「先生は退屈しのぎに、ご冗談を仰言ったのでしょう」

「いえ、本当です。昨夜もあのあときかされたのです」

杏子がそっと紅茶を飲む。

「秘書のお仕事というと、どんなことをするのでしょう」

「わたくしのときは、先生への電話を取り次いだり、文献を揃えたり、タイプを打ったり、大体そんなことでした」

「わたし、タイプは苦手なのです」

「簡単な文献を打つだけですから、そんなに上手でなくても平気です」

「時間は？」

「一応、朝九時から夕方五時までということになっていますが、先生はあのとおり暢気《のんき》な方ですから、とても気楽です」

「でも、教室に助手の方達もいらっしゃるのでしょう」

少しずつ美砂はききたい方向へ引っ張っていく。

「みなさん、いい方達ばかりですから」

「その方達のお仕事を手伝うこともあるのですか？」

「それも文献を調べたり、簡単な調査をお手伝いするくらいですから」

「紋別のほうへ行くようなこともあるのでしょうか」

「仕事といっても、遊びのようなものですから……」

杏子が軽く眼を伏せる。昼の光のなかで、額が白く浮き出ている。美砂はふと、その白い額をさらにいじめたい誘惑にかられた。

「わたし、紋別がすごく気にいっているのです」

「…………」

「この前、行った時、紙谷さんという方に、氷原の先まで案内していただきました」

瞬間、杏子の表情が揺れたが、すぐ窓の方へ顔をそらした。

「紙谷さん、ご存じですか」

「ええ……」

「とても優しくて、親切な方ですね」

杏子は答えず、雪の降る窓を見ている。一見乗気なく無関心に見えるが、その冷ややかな表情が、かえって心の動揺を思わせる。

この人はまだあの人を忘れてはいない……。

女の勘で美砂は素早く察する。

「今度逢えるので、嬉《うれ》しいのです」

そのまま短い沈黙のあと、杏子がいった。

「今日はまっすぐ紋別に行かれるのですか」

「ええ、なにか?」

「いいえ」

杏子は軽く首を振ると、少し淋《さび》しそうに笑った。

「今度、紋別から帰ってきたら、また会ってくれますか」

「ええ……」

「なにかお土産を買ってきましょうか」

「いいえ、結構です」

「わたし、なにか気にさわることをいいましたか」

「ちっとも」

杏子はそういうと、優しい笑いを浮べて、

「お帰りになったら、紋別のことなど教えてください」

「じゃあ、会っていただけますね」

「お待ちしています」

うなずく杏子の顔をみながら、美砂はその上に紙谷の顔をダブらせていた。

三

美砂が紋別に着いたのは、その夜六時過ぎだった。日の短い北の果てのオホーツクはすでに陽が沈んでいたが、落日のあとの明かりが、なお空の片隅に残っていた。

駅には約束どおり藤野が車で迎えにきてくれていた。

美砂は改札を出たところで、藤野に駆け寄って手を握った。

こういう地方では若い男女が公衆の面前で手を握り合うのは珍しいらしく、みながじろじろと見ていく。美砂が都会風の粋《いき》な恰好《かっこう》なのでいっそう、目立つのかもしれない。

美砂は人目に気がついて、慌てて手を放す。

「みんな待っていますから、すぐ行きましょう」

「わたし、荷物を先に旅館に置いていきたいのです」

この前来たときも、同じ旅館に泊っているので勝手は知っている。

一月に来た時からみると、ずいぶん雪は減っている。通りの両側に一メートル近く積みあげられていた雪はほとんど姿を消し、ところどころペーブメントが顔を出している。

日中には陽気でかなり溶けたようだが、夜に入ってまた凍っているので、あまりスピードは出せない。

「今夜はなにかやるのですか」

「例によってごった鍋で酒を飲むくらいのことですが、今日は美砂さんの歓迎会と紙谷さんの誕生祝いと、二つを兼ねてやろうということになっているわけです」

「今日、紙谷さんの誕生日なのですか」

「正式には明日なんですが、ついでだから一緒にということで」

そうと知っていれば、なにかプレゼントを持ってきたのに、美砂はいま教えてくれた藤野が恨めしい。

「じゃあ、なにか差しあげなくちゃ」

「そんなこと構いませんよ、僕達で適当に渡しますから」

「なにを差しあげるのですか」

「マフラーです。あの人は古くさい、よれよれのしか持っていませんからね」

そういえば、東京に出てきたとき、紙谷は背広の上にすぐコートを着て、襟元にはなにもつけていなかったような気がする。

「でも、もう春になって、マフラーはいらなくなるんじゃありませんか」

「いいえ、紙谷さんはこれから北極海のほうに行きますから、必要なんです。それに冬物一掃のバーゲンセールで安いときているから、一石二鳥です」

藤野はにやりと笑う。氷を求めての男達の友情は気取らないで気持がいい。

「わたしにも、いくらか出させてください」

「もう買っちまったんだからいいんです。あなたが来てくれたってことが、紙谷さんにとってはプレゼントなんですよ」

「でも……」

「いや、紙谷さんはあなたがくるというので、とても喜んでましたよ」

「本当ですか」

「だって、今日の帆立は、あなたに食べさせるために、自分でわざわざ雄武《おうむ》まで行って買ってきたんですからね」

「オウム……」

「この少し北で、車で二、三十分のところですが、そこの吉川《きつかわ》という漁師と、紙谷さんは親しいんです」

もし藤野のいうことが本当だとしたら、二人だけになったときの紙谷の無愛想さはなんだろうか。あれは単なる照れ隠しだったのだろうか。

車はすぐ旅館に着いた。

この前のお手伝いさんがすぐ出てきて、前と同じ奥の部屋を用意してくれた。

美砂は部屋に入り、いったん荷物を置き、鏡の前でもう一度、髪と顔を整えた。洋服はハンガーケースで持ってきた紺に白のチェックが入ったシルクのワンピースに着替えて、耳に小さな真珠のイヤリングをする。

「これなら負けないわ」

美砂は一瞬、仁科杏子の顔を思い出して、コートを着た。

「お待ち遠さま」

旅館の玄関に降りていくと、藤野が時計を見ながら待っていた。

「みんな腹を空《す》かして待ってますよ」

美砂はなにかこれから、自分が女王様になって村の舞踏会にでも行くような錯覚にとらわれた。

車が流氷研究所に着いたとき、あたりはすでに夜になっていた。この前来た時、丘から夜目にも白く見えた氷原は、いまは氷がとけ、黒一色の闇である。

研究所の食堂に美砂が入った途端、みなが一斉に拍手で迎えてくれる。ここまで来て、いまさら気取っても仕方がない。

「また来ちゃったんです。よろしくお願いします」

美砂はそういってぺこりと頭を下げた。

「もう帰らなきゃいいんだよ」

二度目とあって、初めからみなうちとけている。

「いらっしゃい」

最後に紙谷が手を差し出した。

「またお邪魔に来ました」

紙谷は美砂の手を握りながら、眼でうなずいた。

「それでは早速、歓迎晩餐会《ばんさんかい》に入る。それぞれ着席して」

今日は加賀が司会役らしい。

がらんとした食堂に大きな鍋と一升瓶がおいてある。他に帆立の塩焼きらしいのと、ドンブリが並んでいるだけである。どうみても大衆食堂といった感じなのに、晩餐会などと大袈裟にいうところがおかしい。

「まず、主賓は中央に並んで、紙谷さんと美砂さん」

「おいおい、俺《おれ》はいいよ」

紙谷が逃げだそうとする。

「駄目だよ、紙谷さん、さあここに美砂さんと坐って」

いやがる紙谷を藤野達が無理に、主賓の席に坐らせる。

「さあ、美砂さんも。紙谷さんの横じゃ不満でしょうが」

それでまた爆笑がわく。笑いのなかで、紙谷と美砂は少し間をあけて坐った。

「それではこれより、竹内美砂さんの歓迎、および紙谷誠吾氏の三十歳の誕生日を祝して乾盃《かんぱい》する」

「おいおい、二十九だよ」

「あ、これは失礼、二十九歳」

また笑いがまき起るなかで司会者が叫ぶ。

「乾盃」

「カンパイッ」

みなが一斉にビールを飲み、また拍手が起る。

「ダン、ダダダー」

誰かがウエディングマーチのメロディを口ずさむ。

「間違っちゃ駄目だよ」

「しかし似合いですよ」

「おい止《よ》せ」

笑いのなかで、突然、紙谷が強くいった。その声で男は頭をかき、照れたように笑った。

「それじゃ、紙谷さんに第二十九回目の誕生日を祝して、記念品の贈呈を致します」

拍手のなかで紙谷が司会の加賀から細長い箱を受けとる。

「ありがとう」

「最高級品です」

「見せてもらってもいいかな」

「あとにしてよ」

「もらったんだから俺のものだろう」

紙谷は包装紙を破り、箱をあける。

「おっ、こりゃ豪勢だ」

「皮肉はいわないことにしてください」

それでまたみなが笑う。紙谷は紺と薄い赤の交ったマフラーを首に巻いて立ち上る。

「サンキュー」

「北極に忘れてこないでくださいよ」

「旗のかわりに置いてこようか」

冗談をいい合っているうちに、鍋が煮えてくる。あとはみんなてんでに食べはじめる。

六人の男が一度に鍋をつつくさまは壮観である。

「その帆立がうまいですよ」

紙谷が美砂にそっとささやく。

「とってあげましょうか」

紙谷は皿に帆立をとって、美砂の前に置いてくれた。

「ここで獲れたのですか」

「この少し先の雄武というところです」

紙谷はそれだけいって、コップ酒を飲む。自分でわざわざ買いに行ってきたことはいわない。やはり紙谷は照れ屋なのかもしれない。

だがそれにしても、さっき、誰かが二人に「似合いですよ」といった時、「止せ」といった紙谷の言葉は厳しかった。いわれた当人は頭をかいたが、一瞬、座が白けたような気がした。

あれはたしかに、紙谷が本気で怒ったような気がする。いった当人は悪気ではなさそうだったが、紙谷にとってはかなり気になることだったのかもしれない。

紙谷の横にいると、美砂はつい余計なことを考えてしまう。少し深刻に考えすぎるような気がするが、これも恋する女として仕方がない。

座は次第に賑やかになってくる。オホーツクの果てにもようやく春の息吹きが伝わってきて、人々の気持も、どことなく華やいでくるらしい。

一時間もすると、みな勝手に歌を歌ったり、議論をしている。議論は学術調査隊のあり方や、教室の研究体制の問題など、かなり堅い話である。紙谷はこの研究所の実質的な責任者だけに、みなに取り囲まれて、次々と話しかけられている。

「その点をはっきりいってやってくださいよ」と一人がいうと、別の男が「断固追及すべきですよ」とテーブルを叩く。どうやら若い研究員が紙谷をつきあげているらしい。

美砂はそんな話になると皆目わからない。なにか疎外された感じでぼんやり坐っていると、紙谷が若い仲間から離れて戻ってきた。

「とっても美味しかったわ」

「帆立はどうでした？」

他の人と議論をしていながら、紙谷は美砂を気にしていたらしい。そんなところが紙谷の優しさなのかもしれない。

「おい、プレーヤーを持ってこいよ」

紙谷が藤野にいう。

「なんですか、ここできくんですか」

「レコードでもきいたほうが、ムードがでる」

藤野がうなずいて部屋を出ていく。酔いで顔は真っ赤だが、足元はしっかりしている。

藤野が出ていくのを見送ってから、美砂は紙谷にそっといってみる。

「明日お暇ですか」

「日曜日ですから……」

「お願いがあるんですけど、わたしを明日、流氷にのせてくれませんか」

「流氷……」

「いけませんか？」

「いけないわけじゃないけど、危ないから」

「いいんです。わたし落ちたってかまいません」

瞬間、紙谷は眼を瞠《みは》った。それからゆっくりと顔に振りかかってくる髪を右手でかきあげた。

「それは、止めたほうがいい」

「どうしてですか」

「駄目です」

紙谷はきっぱりというと、ぐいと酒を飲みこんだ。その閉じた唇には、なんといってものせないという決意が表れていた。

「それじゃ、今日、帰りに送ってください」

酔いの勢いをかりて美砂は一気にいった。いまいわねば、もう二度といえないかもしれない。

「旅館まで、いいでしょう」

「ええ……」

今度は低くうなずく。

藤野がプレーヤーを持って現れ、テーブルの端にセットする。
「今日は紙谷さんの誕生祝いだから、紙谷さんの希望曲からにしよう」
加賀にいわれて、紙谷がリクエストする。
「じゃあ、アダモの〝雪が降る〟」
「出ましたあ」
加賀が叫び、端の方で「ひえっ」という声がおこった。紙谷はよほどこの曲がお気にいりらしい。
「雪は降る　あなたは来ない……」
アダモの暗く、やや切なげな調子が、酒で乱れた座をしんとさせる。
「雪は降る　重い心に
むなしい夢
白い涙
鳥はあそぶ
夜は更ける
あなたは来ない……」
ふと見ると、紙谷がレコードに合せて歌っている。軽く眼を閉じ、祈るように歌っている。

会が終りに近づいたのは午後九時頃だった。もうみなかなり酩酊《めいてい》して、なかには少し呂律《ろれつ》の怪しい者もいる。

それでもみな気をつかって、次々と話しかけてくれるので美砂は退屈しない。流氷のことから北海道の冬、東京、そして外国へと話は目まぐるしく移り変る。九時を過ぎた時、藤野が美砂の横にきてささやいた。

「これから飲みに行きます。一緒に行きましょう」

「どこへですか」

「駅の近くの〝オホーツク〟という飲屋です。そこまで行けば旅館もすぐです」

美砂は右手のほうをふり向いた。そこでは紙谷がレーダー技師と向い合って話している。

「他の方達は？」

「みな一緒ですよ」

さっきの約束では、旅館まで紙谷に送ってもらうつもりだったが、この分では難しそうである。ともかく紙谷が一緒なら従《つ》いていこう。

「お伴《とも》します」

「雪が降っているし、みな酔っているのでいまタクシーを呼びます。歩いては、せっかく酔ったのが醒《さ》めてしまいますからね」

雪の夜道を紙谷と歩ければどんなに素敵だろうか、美砂はいま少し前にきいたアダモの歌を思い出す。

十分ほどで車が来て、全員が二台に分乗する。特に意識したわけではないが、美砂は紙谷の横に坐った。

〝オホーツク〟という店は、入った左手にスタンドがあり、右手にボックスが四つほど並んでいる。地方のせいか全体にゆったりしていて、東京のような狭苦しさはない。

客はスタンドに五、六人いただけだが、研究所員達はみな馴染《なじ》みらしい。軽い挨拶を交して二つのボックスに七人が一緒に坐る。

今度は美砂は意識して紙谷の横に坐った。

「ここは食物も簡単なものなら出来ますが、なにか食べませんか」

紙谷がメニューを見ながら美砂に尋ねる。

「いえ、もうお腹《なか》はいっぱいです」

「じゃあ飲むのは？」

いままでの酒に変って、男性達は今度はウイスキーを頼んでいる。

「じゃあ、わたしもウイスキーをいただきます」

美砂は挑むようにいった。研究所でお酒はかなり飲んだはずだが、一向に酔ってこない。紙谷に送ってもらうことが頭にあって、緊張していたせいかもしれないが、こうなってはヤケ酒である。羞《は》ずかしいけど少し酔ったほうが気持が楽になりそうである。

座はまた、賑やかになる。もう前のような難しい話はなく、研究途中での愉快な失敗談などを話している。酔ってはいても、若い男性達の席はすかっとして気持がいい。

「で、美砂さんは、明日はどうしますか」

斜め前に坐っていた藤野が、酔った眼でいう。

「よかったら車で枝幸のほうまで行ってみませんか、ここから北の海岸も広々として、なかなかいいですよ」

「ええ、でも……」

美砂はそっと紙谷のほうを見てからいう。

「できたら流氷にのってみたいんです」

「適当な氷があればいいんですが、うっかり乗って流されたりしたら大変ですからね」

「オールのようなものを持ってたらどうでしょう」

「そんなもの持っていても、風が強ければ無意味ですよ。鹿《しか》のように流されちゃかないませんからね」

「鹿ですって」

「この前、山から餌《えさ》を探しに出てきた鹿が、流されたんです」

「で、どうしたんです？」

「多分、知床の先あたりで、沈んだんじゃないかな」

可哀想《かわいそう》に。だが、流氷に一頭だけ乗った鹿はどんな顔をしていたのか、それを思うと可笑しくなる。

「このごろは旅行者にも乱暴なのがいましてね、この前なんか、知床まで氷に乗っていきたいんだが、どれがいいだろう、なんてききにくるんですよ」

「流氷で行けるんですか」

「流れる方向は、ほとんど知床のほうですから。でもちょっと風向きでも変れば、ソ連のほうに行っちまいますからね」

大胆というか、無謀というか、あきれた旅行者である。

「乗るとなると、舟を出さなければいけないなあ」

藤野が隣の加賀にいったとき、それまで黙っていた紙谷が振り向いた。

「流氷に乗るのは止めたほうがいい」

「でもこの前は、今度来たら乗せてくれると仰言ったでしょう」

美砂はくいさがる。

「今年の氷は例年より離岸が早かったから危険なのです」

「そんなに長い間、乗っていようというのではありません。ただ二、三十分でいいのです」

「それなら舟に乗っても同じです」

「違うと思うわ」

「いいからお止めなさい」

「わざわざ来て、損したわ」

初めはそれほど逆らう気はなかったのに、酔いのせいか、つい口が滑る。誰かにとりなしてもらいたかったが、みなどうしたらいいものか、戸惑っているらしい。

「じゃあ、いいわ」

美砂は自分にいいきかせるようにいうと、急に涙がこみあげてきた。別に理由はないが、なにか泣きたい気持である。

美砂は立ち上り、トイレへ行った。

顔をなおして戻ってくると、みなは静かにウイスキーを飲んでいる。かなり酔っているはずなのに先程のような賑やかさはない。紙谷と美砂のいい争いが座を白けさせたのかもしれない。

「わたし、失礼します」

美砂は座席に戻らずにいった。このままいると、またなにをいい出すかわからない。紙谷のいうことが正しいだけにいっそう辛かった。

「まだいいでしょう」

藤野が引き止めてくれるし、みなも残念そうな眼を向ける。

「でも、もう遅いですから」

「大丈夫、旅館はすぐそこですよ。これからせっかく紋別の街を飲み歩こうと思っていたのに」

「我儘《わがまま》いってご免なさい」

「旅館まで送りますよ」

「じゃあ、俺が送ろう」

突然、紙谷は立ち上ると、今夜贈られたばかりのマフラーを首に巻きつけた。

「ご馳走《ちそう》さまでした」

改めて美砂が頭を下げたが、みなは呆気《あつけ》にとられたように、見送っている。


外に出ると先程降りかけた雪は止んでいたが、温度はさらに下ったようである。

美砂は紙谷の右側に並んで歩いた。まわりは飲食店街だが、小さな街だけにネオンや提灯《ちようちん》がぼつぼつ出ているだけで、人影はほとんどない。星も月もない、どんより曇った空の下で、道の両側に積みあげられたままの雪が、闇のなかに白く浮き出てみえる。

「ご免なさい」

百メートルほどいってネオンが跡切《とぎ》れたところで美砂は小さくつぶやいた。

「さっき、あんな我儘をいって」

「いや……」

紙谷はコートのポケットに両手をつっこんだまま歩いていく。一歩一歩ゆっくりと、美砂に合せて歩いているのがわかる。

やがて行手に明るい光が見えた。そのあたりが駅前通りらしい。そこから旅館はじきのはずである。

風が冷たいと思ったのは店から出た一瞬で、いまはもうほとんど寒さを感じない。暗い北の果ての夜に、二人だけが閉じ込められているようである。

「あのう、お願いがあるのですけど」

美砂は道の先の白い雪を見ながらいった。

「海へ連れていって欲しいのです」

「海へ……」

「夜の海を見たいのです」

紙谷は立ち止ると、一瞬考えるように暗い空に眼を向けてからうなずいた。

「行きましょう」

「すみません」

紙谷はそこで向きを変えるといま来た道を戻りはじめた。

美砂は紙谷から半歩遅れて歩いていた。酔った男の二人連れが、なにかわめきながらすれ違っていく。彼等が通りすぎると道はまた雪のなかに静まり返った。

やがて小路を右へ曲る。やや広い道に出たが、そこはさらに冷えびえと静かだった。

「ここから海は遠いのですか」

「このすぐ裏手です」

ポケットに入れた紙谷の肘《ひじ》のあたりが、美砂の腕に軽く触れる。

歩いていくうちに夜が次第に透けてくる。左右の家が跡切れ、左へ曲ったところで海の匂《にお》いがした。優しく泣いているような波の音がする。

冷たいと思った風にも春の甘さがあった。残りの雪のなかにも、春の暖かさがあるようだった。

左手に黒々とした倉庫らしい建物が続く。思い出したように立っている電灯が、それをいっそう淋しげに浮び上らせる。

倉庫が跡切れ、一本だけ残った電灯の先を曲ったところで海が拡がった。一月には果てしなく氷におおわれていた海が、いまは黒い平面としか見えない。

だが眼をこらすと、黒一色と見えたなかに小さな波がある。その波が突堤に当り、小さな音をかえす。

「寒くはありませんか」

「いいえ」

美砂は夜の静けさをこわさないように、そっと答えた。

「向うに、ところどころ白く見えるのがあるでしょう」

紙谷が海の彼方を指さす。暗い水平線の果てに、淡く白い斑《まだら》が浮んで見える。

「流氷です」

「あんなに遠くへ行っちゃったのですか」

「今日は海風が弱かったから……」

流氷は彼方で止ったまま、まだ行方《ゆくえ》を定めずにいるらしい。

「静かだわ」

港の左右に灯が続くが、どれも死んだように動かない。流氷の街は、もう眠りについているのかもしれない。

美砂はふと、紙谷の前に体を投げだしたい衝動にかられた。このままどうなってもいい。暗い闇のなかで抱きすくめられたら、それで息絶えてもいい。その願いはおそらくいま突然、起きたものではなかった。以前から美砂のなかで育まれながら、いまようやくその素顔を現したまでのことである。

夜の海と、春の息吹きが、美砂の心をかきたてたのかもしれない。

美砂は一つ呼吸《いき》をのみ、それからそっと紙谷の顔をうかがった。夜のなかで紙谷はまっすぐ海の彼方を見ている。

「抱いてください」

いってから美砂は自分の大胆さに驚いていた。誰がいったのか、自分でいっていないながら自分がいったとは思えない。

気がつくと紙谷の顔が眼の前にあった。怪訝《いぶかし》そうな、たしかめるような眼が、まっすぐ美砂を見詰めている。

それからの短い時間を美砂は憶《おぼ》えていない。一瞬の空白があって、美砂はしっかりと紙谷の腕のなかに抱かれていた。

「いや……」

かすかな逆らいのあとで、美砂は眼を閉じて紙谷の接吻《せっぷん》を受けた。

闇のなかで唇を奪われながら、美砂はなぜか涙が出てきた。

涙が夜目に光ったのか、紙谷は大きな指で美砂の目頭をそっと拭《ふ》いてくれた。

それからもう一度、思い出したように美砂を抱きしめた。

優しく大きな腕である。豊かで広い胸に顔をうずめながら美砂は波の音をきいた。北の果てまで紙谷を求めてきたことが、いま改めて現実となって美砂の頭に甦ってきた。

四

「戻りましょうか」

紙谷がつぶやいたのは、それから数分経ってからだった。

その声で美砂は、ゆっくりと紙谷の腕のなかから顔を離すと、海を見た。闇と見えた海の果てに、いまははっきりと氷が見える。

二人はまたいま来た道を、同じ足取りで戻った。時々雪道がうずまって美砂がよろけたが、今度は素直に、紙谷の腕に凭《もた》れることができた。

行きと帰りと道は同じなのに、美砂にはまるで違う道に思えた。それまでは死んでいた夜が、いまは静寂のなかに息づいていた。

接吻を交した優しさが、美砂の五感を亢《たか》ぶらせているのかもしれなかった。

海へ行く時には果てしなく思えた道が、いまははっきりと方向が定まっていた。再び倉庫の横を過ぎ、幅広く人影のない道へ出る。思い出したように立っている街灯が、そのまわりの雪だけを明るく映し出している。

人々はどこへ行ったのか、道の左右は息を潜めたように静まりかえっている。真冬には凍《しば》れて、きくきくと鳴った靴の音が、いまは溶けかけた雪にうずまって、さくさくときこえる。

夜のあいだも、どこかで溶けているのかもしれなかった。

美砂は紙谷に話したいことが沢山あった。逢ったら、あれもこれも相談してみようと思っていた。だがいまはもう尋ねる気持はなかった。いま話しかけると、二人の間にようやく生れた絆《きずな》がきれそうな気がする。

そのまま二人は歩き続けた。やがて明るい道に出て、その先に旅館のネオンが見えた。そこで紙谷ははじめて口をきいた。

「明日はどうします？　藤野達の話では、スキーにでも行ったらどうかというのですが」

「行きたいけど、すごく下手《へた》なんです」

「そんなのはかまいません。すぐ近くの紋別山の麓《ふもと》にスキー場があります。そこなら貸しスキーもあるから」

「紙谷さんもいらっしゃるのですか」

「もちろんです」

「じゃあ、連れていってください」

「昼少し前に、僕か藤野が迎えに行きます」

「待っています」

気がつくと、眼の前に旅館の入口があった。まわりの商店街はすでにほとんどが戸を閉めている。

「じゃあ」

紙谷がコートからそっと手を出した。美砂はそれをしっかりと握りかえした。温かく大きな手である。

「お休みなさい」

美砂はその掌の感触をたしかめながら、小さくつぶやいた。

「お休み」

紙谷はそういうと、もう一度美砂を見詰め、それからふり切るように手を放した。

美砂は紙谷の後ろ姿が雪道の先に消えるのを見届けて、旅館に入った。

翌日は見事な快晴であった。

窓を見ると、陽を浴びて、雪が溶けはじめている。

「昨夜はお食事をとらなかったのですね」

九時にお手伝いさんが朝食を運んできていった。

「研究所でいろいろなものをいただいて、お腹が一杯だったのです」

「お飲みになりましたか」

「少し……」

美砂は答えながら、昨夜接吻を受けたことを見破られたような気がして、顔を伏せた。

食事を終え、家に手紙を書いていると電話が鳴った。出てみると藤野だった。

「紙谷さんからきいたのですが、今日はスキーでいいんですね」

「はい」

「お昼少し前に迎えに行きます」

「すみません」

「氷にのるのはもうあきらめたのですか」

「そんなことはないのですが……」

いまは氷にのることに何故《なぜ》あんなにこだわったのかわからない。たった一夜の間で、美砂の心は豹変《ひょうへん》したようである。

それから小一時間ほどして、藤野が迎えにきた。車は前回のとき、網走まで乗せていってもらったライトバンである。

美砂は紺のズボンに赤いセーターを着て、首にマフラーを巻いた。流氷にのる時の心づもりで持ってきたのだが、スキーに行くことになるとは思っていなかった。

「こんな恰好でいいでしょうか」

「今日は暖かいから大丈夫です」

車はそのまま研究所に集まっていた男達を乗せ、スキー場に向った。美砂を入れて総勢四名である。

紙谷は遅れてくるということである。他の二人も昨夜は遅くまで飲みすぎてダウンしたらしい。美砂は紙谷がいなかったことで、ほっとしながら、淋しさも覚えた。

スキー場は紋別山の麓を切り開いた広々とした斜面である。美砂は下手なので、上まで登れなかったが、途中まで登っただけでスロープの先に海が見渡せた。

蒼《あお》一色の海面に点々と流氷が浮いている。昨夜程度の風では、流氷が岸まで戻るのは無理らしい。美砂はその陽に輝く海を見ているうちに、昨夜の接吻を思い出してまた顔を赤らめた。

「紙谷さんは、昨夜はひどく飲んだから、今日はこられないかもしれませんよ」

海を見ていると、藤野が話しかけてきた。

「そんなにお飲みになったのですか」

「あなたを送ってきてから、また凄《すご》く飲みましたからね、一人ではもうほとんど歩けないくらいでした」

「そんなに……」

「自分でスキーに行こうといい出して、今朝になっても起きられないんですから、呆《あき》れちまいますよ」

「お酒はお強いんでしょう」

「あんなことは珍しいんです」

別れるときはさほど酔っているとは思わなかったが、そのあとなぜそんなに飲んだのか、美砂は少し気になる。

研究所の男性達はみなスキーが上手だが、なかでも藤野が最も上手《うま》い。

一時間ほど滑って、四人はスキー場の下にあるロッジに行って、昼食をとった。

「さあ、もう少し滑ろうか」

若い加賀達はまだ二時間ぐらいは滑るらしい。

「行きませんか」

誘われたが、美砂は紙谷のことが気になる。

「わたし、少し休みます」

「じゃあ、われわれはもう一度」

加賀達はまたスキーを担いで上っていく。

「どうするんですか」

残った藤野が少し困ったようにいう。彼一人、美砂と残っているのは気がひけるらしい。

「わたし、ちょっと紙谷さんをお見舞に行ってこようかしら。もう起きていらっしゃるでしょうね」

「どうですかねえ」

藤野はどっちつかずの顔をして腕時計を見た。午後一時半である。

「とにかく行ってみます」

紙谷のアパートは研究所の先の通りに面したところにある。大体の見当だが、「富士《ふじ》見荘《みそう》」という名前を知っているので行けるはずだった。

「じゃあ、送りますよ」

「大丈夫です。一人でいけますから」

「歩いては大変ですよ」

藤野は少し無愛想にいうと、スキーをロッジの前に立てかけたまま、車のほうへ歩きはじめた。

陽はまだ高い。日曜日のスキー場は午後からも人が詰めかけてくる。北国とはいえ、スキーを楽しめるのは、この一、二週間なのかもしれなかった。藤野と美砂はその人達と反対に街のほうへ向った。歩くと遠いといったが、車でいくと数分で行ける。

富士見荘は木造モルタルの二階建てだった。

「ここの二階の右端です」

藤野は車のなかから部屋を指さした。

「一緒に行きませんか」

「いや、僕はもう少し滑ってきます」

一瞬、藤野はひどく生真面目《きまじめ》な顔をした。美砂はそれ以上なにもいわず車を降りた。大分前に貼りつけたらしく、紙谷の部屋の入口には、白い紙に「紙谷」と書いた紙片が貼《は》りつけられていた。大分前に貼りつけたらしく、紙はすでに黄ばんでいる。

美砂はあたりを見廻してからベルを押した。

そのまま待ったが、出てくる気配がない。もう一度長く押してみる。

「どなたですか」

少し嗄《しわが》れているが紙谷の声である。

「竹内美砂です」

ドアに近づけて答えると、内側から開いた。

「ご免なさい、突然伺って」

紙谷は丹前姿のまま、突っ立っていた。髪はぼさぼさにして、顔色は少し蒼ざめている。一目で起き抜けであるのがわかる。

「具合が悪いらしいとおききしたものですから、お見舞に来たんです」

「ありがとう、どうぞ」

「でも……」

「いま起きようと思っていたところです」

紙谷は自分からドアを閉めた。入口の靴脱ぎに長靴と並んで、大きな防寒靴がある。

美砂はそれを片側に寄せてから靴を脱いだ。

入口を入って、すぐの左手がキッチンになっていて、キッチンのまわりには汚れたグラスやビール瓶がひとまとめに置かれている。部屋は八畳ほどはある。中程に簡単な応接セットがあり、端に机があるが、どこも本や煙草などが雑然とおかれている。灰皿も喫殻《すいがら》であふれている。

どうみても女っ気のある部屋ではない。

「ちょっと待ってください、すぐ着替えます」

紙谷はそういうと奥の間との境いの襖《ふすま》を閉めた。いままで紙谷はそこで寝ていたらしい。

美砂は改めて部屋のなかを見廻した。机の左手に、本棚が並んでいる。奥の棚は仕事に関する学術書らしいが、手前のほうには小説や画集などが、ぎっしり詰っている。棚の手前の空間には、ホッチキス、ガスライターのボンベ、鳥の羽根、ラッコの皮でつくったらしい皮袋などが雑然と置かれている。

それらを眼で追ううちに、美砂はふと奥の本棚の上段に写真が立てかけてあるのを見た。

写真は本を出す時にでも曲げられたのか、少し斜めになってこちらを向いている。やはり氷原らしいところで、男がコートを着たまま立ち、女がその前に蹲《しゃが》んでいる。

美砂はそっと近づき、その写真をたしかめた。男は紙谷で、女は仁科杏子である。夕方に近かったのか、二人の影が氷の上に長く落ちている。

美しい写真であった。なんの変哲もない、ただ二人並んで写した写真のなかに、ある優しさが滲《にじ》んでいる。

「すみません」

襖が開く音をきいて、美砂は慌ててソファに戻った。

「昨夜は少し飲みすぎてしまいました」

紙谷は黒のズボンに紺のセーターに着替え、部屋の中程にあるガスストーブに火を点《つ》けた。

「寒いでしょう」

紙谷はキッチンへ行き、ガス台の上にヤカンを置く。

床には紺の絨毯《じゆうたん》が敷いてあったが、あまり掃除もしないらしく小さな塵《ちり》が落ちている。

「スキーはどうでした?」

「とても面白かったわ。みなさんまだ滑っています」

美砂は答えながら、自分の表情が強張《こわば》っているのがわかった。

「僕も行くつもりだったのですが」

「どうして、そんなにお酔いになったのですか」

「つい、調子にのって……」

紙谷はごしごしと頭を掻いた。それから思い出したように、「ちょっと顔を洗います」といって、立ち上った。

五

洗面器にとった水でごしごしと顔を洗う。二、三度掌で洗い、そのあと手拭《てぬぐい》で拭くだけで終りである。ずいぶん簡単な洗い方である。

冷水を浴びて紙谷はようやく眼覚めたようである。

「コーヒーを淹《い》れましょうか」

「どうぞお構いなく」

紙谷はインスタントコーヒーとクリープを揃えたがコーヒーカップがない。みな使ったまま汚れているらしい。紙谷がキッチンの横にあるのをとって洗い出す。

「あ、わたしがします」

「いや、お客さんはじっとしていてください」

紙谷は手早くカップを洗うと拭きもせずテーブルの上に並べた。すぐ湯が沸いてくる。

「わたしにやらせてください」

美砂は危なっかしい手つきの紙谷からヤカンを取って湯を入れた。ガスストーブの熱が部屋にゆきわたり、ようやく暖かくなる。そのなかで淹れたばかりのコーヒーの香りが漂う。

カップの受皿もないが、温かくて美味しい。

「紙谷さんは、お酔いになることなどないのだと思っていました」

「いや、しょっちゅうです」

「酔うと、どんなことをお考えになるのですか」

「別になにも……」

美砂はそっと左手の本棚のほうを見た。上段にある仁科杏子の写真が、じっとこちらを見ている。

「お掃除をしましょうか」

「いいんです。僕がやりますから」

「駄目だわ、こんなに汚くしていちゃ」

美砂は勝手に立ち上ると、いま飲んだばかりのカップを流しに運んだ。流しのまわりはビールの空瓶やグラスで溢《あふ》れている。

「あとでまとめてやりますから」

「お掃除は女の子のほうが上手いんです。紙谷さんは休んでいてください」

「でも……」

「じゃあ、机の上でも整理してください」

美砂はかまわず湯沸し器を捻《ひね》り、食器類を洗いはじめた。スキーをするため、セーターとズボン姿で出てきたので仕事はやり易い。多少汚れても心配はない。

それにしてもずいぶんと汚い部屋である。流しも棚も、よく見ると埃《ほこり》だらけである。

美砂は食器を洗うと、ステンレスの台と棚を、隅から隅まで拭き、そこへ洗ったばか
りのグラスを並べた。紙谷はいわれたとおり机のまわりを整理している。

「電気掃除機はありますか」

「それがちょっと調子が悪くて」

寝室に使っている部屋の押入れの下から紙谷がとり出してくる。さほど古いものでは
ないが、スイッチを入れてみるとやはり吸い込みが弱い。

「おかしいでしょう」

美砂は掃除機のなかをあけてみると、大量の埃があふれ出る。

「これ、なかを掃除したことないでしょう」

紙谷は怪訝《けげん》な顔である。

「あきれたわ」

美砂はドアの外へ出て入口の近くのポリバケツの前で、掃除機にたまった塵をとり払ってから使ってみる。

「ほら、よくなったでしょう。なかを時々掃除するものよ」

小言をいいながら美砂は窓をいっぱいに開き、掃除をはじめる。雪の野面を越えてくる風は冷たいが、もう真冬のような厳しさはない。冷たさのなかに優しさがある。

美砂は歌でも口ずさみたい気持で、掃除をしていく。好きな人と、田舎《いなか》で小さな部屋を借りて一緒に棲《す》む。掃除をしている間、彼は窓際でぼんやり煙草を喫《す》いながら外を見ている。それは美砂が夢見ていた世界である。

「ちょっとこっちへ移ってくださる？」

男はなにもしない。邪魔だから右へ左へと追い払う。だが掃除が終ったあとはしっかりと抱いてくれる。二人の新しい愛のために部屋を綺麗にする。

美砂はずっとそんな情景を空想していた。

それがいま現実になっている。いまたしかに美砂は部屋の掃除をし、紙谷は少し手持無沙汰に、煙草をふかしている。この部屋には間違いなく二人しかいない。

掃除機をかけ終ったところで、今度はバケツに湯をとって拭き掃除を始める。

「ありがとう、もういいですよ」

「いいの、あなたはそこに坐っていてください」

いま美砂は自分が紙谷の妻になったような気持である。掃除をし、きれいにしていくのは自分達の部屋であり、愛の巣である。大きな赤ん坊の紙谷が散らかしたあとを片付けてあげる。そう思うだけで満足できる。

一枚だけあった雑巾《ぞうきん》を絞って、紙谷の机から拭いていく。整頓《せいとん》しなさいといったのに、書類と本を一カ所に集めただけだ。本当に困った坊やである。

美砂は書類を脇《わき》に除《の》け、机を拭いていく。机を終ったところで窓際の桟を拭く。そこで本棚を振り返る。

美砂の眼に再び、仁科杏子の写真がとび込んできた。

どうしてここにこんなものを置いておくのか、美砂は紙谷の無神経さに急に腹が立ってきた。

突然、自分のほうからのり込んできて、勝手に部屋を掃除して、そこに女性と二人の写真があったからといって怒るのは筋違いである。もし紙谷が美砂が来たからといってその写真を隠すようなら、かえって問題である。

だがいまの美砂にはそんなことを冷静に考える余裕はない。勝手な思い過しとはいえ、自分達の部屋のようなつもりで掃除を始めただけに、いっそう口惜《くや》しい。なにか急に掃除をする意欲が失《う》せてくる。

写真を見詰めながら、美砂は独り言のようにいってみる。

「わたし、この人知っています」

瞬間、紙谷はソファから腰を浮して本棚のほうを見た。

「仁科杏子さんと仰言るのでしょう。お会いしたんです、明峯先生のお部屋で……」

紙谷は黙ったままポケットから煙草をとり出して火をつける。

「とてもきれいな方だったわ」

言葉では褒めていながら、声には敵意を込めていた。

「こちらにいらしたことがあるのですか」

「………」

「好きなのですか」美砂はその一言を辛うじておさえていた。それをききたいがいい出せない。

もしきけば、紙谷は案外あっさり、「好きです」と答えるかもしれない。もしそんな答えが返ってきたら美砂の立場がない。そのままここへへなへなと、崩れそうな不安がある。美砂はゆっくりと本棚の前を離れキッチンにあるバケツのなかで、雑巾を洗った。

「その方、もと明峯先生の秘書をなさっていた方でしょう」

美砂は憎しみをぶつけるように、雑巾を強く絞った。

「もうご結婚なさっているのでしょう」

「………」

「札幌にいらっしゃる実業家の方と、ご一緒になられたのですね」

やはり返事がない。美砂はバケツの水を流し、手を拭いて振り返った。

紙谷がソファで、右手を頰《ほお》に当てたまま窓を見ている。明るい晩冬の陽を受けて、その横顔は淋しげに見える。

黙っている横顔を見ているうちに、美砂の心にさらに残忍な気持が湧《わ》いてきた。

「わたし、その方のお家も知っています、明峯先生と一緒に、車であの方をお送りしたのです」

「………………」

「あの方、なんのために明峯先生のところに見えたかご存じですか」

紙谷が振り返った。眼は不思議そうに美砂を見つめている。

「スケート場の氷のことを教わりに来たのです」

教授からちらときいただけのことを、美砂は断定的にいった。

「あの方のご主人は、札幌で屋内スケート場を経営なさっているのでしょう」

「そうですか」

「ご存じなかったのですか」

「ええ……」

紙谷の声は少し嗄れていた。

「いい氷の造り方を教わるために、あの方のご主人が明峯教授にお会いになるそうです」

「………」

「スケート場のことをあんなにご心配なさっているところをみると、あの方、ご主人をよほど愛していらっしゃるのですね」

紙谷は答えず黙って煙草の先を見ている。煙はゆっくりとあがり、紙谷の胸元で左右に割れていた。

美砂は自分の言葉が着実に、紙谷の心を打ちのめしていることに、秘《ひそ》かな快感を覚える。仁科杏子を忘れきっていない男は、もっともっと苦しめばいい。苦しんで地獄の果てに堕ちるといいのだ。

「わたし、帰ったらまた、あの方にお会いします。ご主人と一緒にお食事をしようと誘われているのです」

いま美砂は悪の愉《たの》しさに酔っていた。

「ご主人はまだ若いのに、大変なお金持の方のようです」

「………」

「なにかあの方に、お伝えすることはありませんか」

「いいえ、別に……」

そのまま紙谷は、窓から雪晴れの外を見ていた。明るい午後の陽が、紙谷の影を長く部屋の絨毯の上に落していた。その後ろ姿を見ながら、美砂は自分が少しいいすぎたような気がした。

「お茶でも淹れましょうか」

美砂は気をとりなおすようにキッチンへ戻ると、ガスに火を点けた。左手の棚に、茶筒と急須《きゆうす》がある。湯呑《ゆの》み茶碗《ぢやわん》は三つあるが、どれも飲み口が少しずつ欠けている。美砂はそれに茶を注ぐとソファの前のテーブルに置いた。

「どうぞ」

「ありがとう」

紙谷は窓から振り返ると、ソファへ戻ってきた。

「わたし、本当は紙谷さんに相談があったのです」

「………」

「この前、ちょっとお話ししましたけど、やはり北海道へ来て、明峯先生の秘書になろうかと思うのです」

紙谷はいったん、美砂の顔を見てから、お茶を飲んだ。

「いつまでも親元で、家事のお手伝いみたいなことをしていても、仕方がないし……」

美砂はさらに、自分にいいきかせるようにいった。

「もうそろそろ、自分で自分の道を切り拓《ひら》いていくべきだと思うのです」

「それで、お家《うち》では許してくれたのですか」

「母はいろいろ縁談などもってきて、お嫁にゆくようにすすめるのです。でもわたしはまだ結婚はしたくないのです。こういうの、紙谷さんはどう思いますか」

「僕にはよくわかりませんが、でも、いい縁談があれば、女の人はやはり結婚をしたほうがいいんじゃないですか」

「紙谷さんも、そういうように考えられるんですか」

「やはり、女の人は結婚したほうが幸せなんじゃないかな」

「紙谷さんは、わたしに好きでもない人のところへ、お嫁に行けと仰言るのですか」

「無理にすすめているわけではありません。ただ女の人は結婚する前は、いろいろ不満があっても、したらしたなりに結構うまくやっていけるような気がするのです」

「わたし、そんないい加減な女じゃありません……」

そこまでいって、美砂はふと、紙谷がいっているのは仁科杏子のことかもしれないと思った。

もしかして、杏子もかつて紙谷に、結婚をしても、うまくやっていけそうもないと訴えたのかもしれない。だがその杏子は、いまは夫の仕事のために、わざわざ明峯教授のところまで出向く女性に変っている。

口ではうまくいきそうもないといいながら、その実、結婚したら夫へ合せていく女へ、この人は不信を抱いているのかもしれない。

「そりゃ、いろいろな人がいるでしょうけど、でもわたしは違います」

美砂はそこだけははっきりいっておきたかった。仁科杏子ほどの美貌《びぼう》でなくても、心だけは違うことを知ってもらいたかった。

紙谷はまた窓のほうを見た。急に陽が翳ったのか、部屋のなかは少し暗くなっていた。

美砂はその窓を見ている紙谷の横顔を見ながら、彼がまだ杏子を愛しているのを知った。

美砂が仁科杏子のことをいろいろいっても紙谷は一言もいわない。ただ黙って聞いているだけである。動きといえば、時たま窓を見るだけである。

だが黙っていればいるほど、紙谷が杏子を愛していることは明確になってくる。これだけ乱雑な、男だけの臭《にお》いの部屋に、杏子との写真を大切においてあるのも、その表れに違いない。

「わたし、こちらに来て、ご迷惑だったでしょうか」

突然、美砂の心に哀《かな》しみが湧いてきた。なんのために、こんな最果ての地まできたのか、紙谷がいまだに杏子を愛していることを知るために、わざわざ来たのだろうか。

「お邪魔でしたら帰ります」

「そんなことはありません。あなたに来てもらって、僕達は嬉しいのです」

「僕達ですか？」

ここでどうして僕達といわねばならないのか。どうして「僕は」といってくれないのか。美砂は藤野や加賀や、みなのために来たのではない。紙谷一人に喜んでもらいたくてきたのである。他の人が喜んでくれようが、くれまいが、そんなことはいまの美砂には関係ない。

「ご迷惑だったら、迷惑だと、はっきり仰言ってください」

「そんなことはありません」

突然の美砂の乱れに、紙谷は驚いたようである。こんなことで難癖をつけるなど、美砂もおかしいと思いながら、走り出した感情は止らない。

期待してきただけに、裏切られた哀しみはいっそう深い。

二人はそのまま、体だけ向い合って眼は窓の方を見ていた。陽が雲から抜けたのか、再び明るい光が部屋に溢れた。その陽だまりを見ながら、美砂は紙谷から優しい言葉をかけられるのを待っていた。

「君が好きだ」という一言でいい。もし言葉でいうのが照れくさければ、肩にそっと手をおいてくれるだけでもいい。

昨夜はたしかに接吻をしてくれたではないか。夜目に白い流氷を見ながら、その広い胸元にしっかり抱き寄せてくれた。

それがいまは何故できないのか……。

杏子の写真の前では、それはできないというのか。それとも昨夜のように、美砂のほうから「抱いてください」といわなければ、しないというのか。

それでは美砂があまり哀れすぎる。そんなことを、女が二度も頼めるわけがない。そんなことは、男がするべきではないか。それが男の礼儀というものである。

どうして、それがわからないのか。

「わたし、失礼します」

美砂はそれを最後の甘えとしていった。そうすることによって、紙谷が優しい言葉をかけてくれることを待っていた。言葉は冷たかったが、心は優しさを求めていた。だが紙谷は戸惑った表情のままなにもいわない。

「明峯先生のところにお勧めすることは、もう一度よく考えてみます」

「…………」

「わたし、もしかして、今夜帰るかもしれません。ちょっと、用事を思い出したのです」

「でも、これからじゃ……」

美砂は手袋を持って玄関口へ行く。紙谷はなにもいわず、あとを追ってくる。

この人はどうして止めてくれないのか。

あと靴をはいてしまったら出るより仕方がない。出てしまったら、必然的に帰ることになる。美砂は帰りたくない。まだまだ残っていたいと一生懸命訴えているのに、どうしてわかってもらえないのか。

「いろいろお世話になりました」

「どうしても、帰るのですか」

「ええ」

「じゃあ、何時の列車で？」

「わかりません」

「時刻表を見ましょうか」

「旅館に戻ってから決めます」

美砂のいうことはすべて口から出まかせであることを、この人はどうしてわかってくれないのか。どうしていま一言「帰るな」と命令してくれないのか。馬鹿で鈍感で間抜けな人。

「時間が決ったら教えてください。これ電話番号です」

紙谷が小さな紙片をくれる。

「このまま帰られちゃ、みんながっかりします」

「みなさんに、よろしくお伝えください」

「困ったな」

困るなら摑《つか》まえておけばいいではないか。意気地なしめ、頓馬《とんま》、美砂は叫びたい気持をおさえて頭をさげた。

「さよなら」

美砂はドアの把手《とって》に手をかけた。

「さよなら」

美砂はもう一度小さくいうと思いきってドアを開けた。一瞬、眼の前に白い世界が拡がる。

「馬鹿、馬鹿、馬鹿……」

アパートの階段を駆け降りながら、美砂は口のなかで叫んだ。なんて鈍くて、頓馬な人なのか。女心をなにも知らない、一人よがりで、自分勝手な奴《やつ》。あんな男はもう知らない。意地でも今晩帰ってやる。

美砂はつぶやきながら雪道を、旅館のほうへ歩き出した。

少し意固地すぎると思いながら、美砂はその日、夕方四時の列車に乗った。

列車は途中の遠軽《えんがる》まで各駅停車だったが、そこから先は網走からくる特急「オホーツク」に接続して、札幌には十時に着く。

「おばさま、今夜遅くなるけど帰ります」

出発の前、旅館から明峯夫人に電話をかけた。

「あら、ずいぶん早いのね、なにかあったの？」

「ううん、もう充分楽しんだの。とにかくお宅に着くのは十一時ごろになるけどお願いします」

美砂はそれだけいって電話をきった。

まったく思いがけないことから急に帰ることになってしまった。初めの予定では少なくとも二泊はする予定であった。気が向けば四、五日いて、雄武《おうむ》から網走まで、ゆっくり見たいとも思っていたが、すっかり予定が変ってしまった。

しかし正直なところ、美砂はこの慌ただしい別れに未練を持ちながら、一方で納得している部分もあった。

ふとした感情のもつれから、帰ることになったとはいえ、それは紙谷と二人だけの間で生れた秘密である。争いの良し悪《あ》しはともかく、その経過は二人だけしか知らない。

それに紙谷が駅まで送りに来てくれた。

美砂はいつか、駅前で紙谷に送られる情景を想像したことがあるが、それがいま現実となっていた。

「さっき、なにか気を悪くしたのですか」

さすがに鈍感な紙谷も、急な美砂の帰りが気になるのか、見送りに来てたずねた。

「ううん、とっても楽しかったわ」

別れるのは辛かったが、紙谷が急いで駅に駆けつけてくれたことで、美砂は満足していた。

「これは今朝方とれた毛蟹《けがに》です。面倒かもしれませんが、よかったら途中で食べていってください」

新聞紙につつんだ大きな毛蟹を、無造作につき出す。

「ありがとう」

美砂が帰る電話をしてから時間がほとんどなかったはずなのに、紙谷はどこかで手に入れてきてくれたらしい。

「今度、また来てください」

「本当に来てもいいのですか」

「ええ」

紙谷が大きくうなずく。

いまの美砂はそれを信じようと思う。

そのまま美砂はなにもいわず紙谷の横に立っていた。紙谷は少し照れたように咳払《せきばら》いをした。やがて発車のベルが鳴り、マイクの声が見送り客は白線の内側へ退るようにいった。

「それじゃ」

美砂は自分から手を出した。紙谷の大きな手がしっかりと握り返してくれる。

「さよなら」

美砂はもう一度、たしかめるように紙谷の顔を見た。紙谷の少し苦しげな眼がまっすぐ美砂を見ている。昨夜誕生祝いにもらったマフラーの上にジャンパーを着ている、その無造作な姿が、妙に淋しげに見える。

「さよなら」

美砂はその大きな幅広い胸を見ながら、昨夜、その胸のなかに抱かれたのを思い出した。しっかりと抱きしめられ、唇を奪われながら波の音をきいた。その思い出をえただけでも来た甲斐《かい》はあった。

別れのきっかけは、ちぐはぐであったが、別れの瞬間は昨夜と同じである。

本当はまだこのままいたい。紙谷も少しもの足りなさそうな顔をしている。その満たされない、心残りのまま別れることに、いまの美砂はむしろ満足を覚えていた。

六

「北海道で働こう」

紋別の帰り、美砂の心がそうはっきり決ったのはどのあたりなのか。遠軽か、あるいはすでに旭川に近いのか、列車は夜の闇のなかを、ひた走りに走っていた。

遠くぽつんと灯が一つだけ見える。北海道は駅と駅の間が長いので、夜の車窓には、明かりがなにも見えない。つい、少し前まで見えていた灯も次第に遠のき、外は漆黒の闇である。

列車のなかはほぼ満席に近い。初めは立っていた人もいたが、いまはみな坐っている。もう母がなんといおうと、絶対に家を出よう……。

正直いって、今度の旅行で、紙谷がまだ仁科杏子に心を残していることを知ったのは、ショックだった。あるいはと思ったが、現実に二人の写真を見せられてはそう思わざるをえない。瞬間、こんな最果ての地まで来た自分が、馬鹿げて哀れに思えた。

だがこの旅で、紙谷と接吻を交したことも忘れがたい。紙谷の心がどうであろうと、二人が夜の海を前に唇を交したことは、揺るぎない事実である。それは美砂の心というより体が、しっかりと覚えている。

美砂はいま、過去より現実を大切にしたいと思う。紙谷に、過去の思い出の女性がいたとしても、それはそれでいい。大切なのは「いま」である。

そこまで考えて、美砂はようやく気持が落ち着いてきた。

「さあ、頑張るぞ」

自然にそんな言葉が口から出る。新しい未来が、これから拓けていくような予感がする。


その夜、美砂が明峯家に着いたのは、午後十時半だった。

息子達はいなかったが、夫妻は二人とも起きていて、茶の間でテレビを見ていた。

美砂は紋別の話をする前に、自分の決心を告げた。

「わたし絶対におじさまのところに勤めさせていただきます」

「まあ、それはいいが、お母さんのほうは……」

「とにかく、もう決めたんですからお願いします」

「しかし、お母さんに恨まれるのは困るからね」

「そのことなら、わたしから母と父にいいます。それよりおじさま、いつから採用してくださるの？」

「そうだなあ……」

教授は困惑したように夫人のほうを見た。

「現在、空席なんだから、いつからでもいいんだが」

「じゃあ、来月から採用してください、来月は四月で新年度だから丁度いいでしょう」

「新年度といっても、もう何日もないぞ」

「いったん家に帰って、荷造りをしてすぐ戻ってきます」

「そんなことをして大丈夫？」

夫人が心配そうにきく。

「こういうことは決心したときに、一気にやらなければ駄目なんです」

明峯夫妻にいっていながら、その実、自分自身にもいいきかせている。

たしかに気持が盛り上ったいまを逸しては、もう二度と出てこられないような気がする。はたからみると少し可笑しいかもしれないが、そんなことはがむしゃらにすすまなければ、できることではない。

「いいでしょう」

「まあ、こちらは悪くはないがね」

「じゃあ、わたし明日、アパートを探しに行きます」

「あら、美砂ちゃんはうちから通うんじゃなかったの？」

「初めはそのつもりだったんですけど、でも、やはりご迷惑でしょうから」

「そんなことはないわ。わたしは美砂ちゃんがうちにいてくれるんだと思って安心していたのよ」

「でも、やはり家を出てきた以上は、一人で生きていきたいんです」

明峯家に一緒にいたほうが万事好都合なことはよくわかっている。母もそういう条件なら、あるいは許してくれるかもしれない。

だが美砂はどうせ家を出るなら一人で部屋を借りて、住んでみたいと思う。誰も知らない札幌で、一人で住むのは淋しいが、そのほうが気楽だし自由を楽しめる。それに場合によっては紙谷を招待することだってできる。

「でも、新しくお部屋を借りるんでは、家具から暖房器具まで大変よ」

「とにかくやってみます」

「うちにいてくれたら、食費もいらないのに」

「まあ、いいから。美砂ちゃんのいいようにやらせたらいいだろう」

「とにかく、おじさま、本当によろしくお願いします」

美砂は改めて教授に頭を下げる。

勤めるとなると、教授はもはや、おじさままでなく上司である。明峯家にいるときはいいが、他の場ではけじめをつけて、きちんとしなければならない。

「しかし、お母さま、本当に離してくださるかしらね」

「駄目といったって出てきます」

「それじゃ、一応、履歴書を書いておいてもらおうか。大学のほうに出さなければならないからね」

「それ、どういうように書くんでしょうか」

「じゃあ、サンプルを見せてやろう」

教授は立ち上って書斎へ行くが、夫人はなお心配そうに、

「でも本当に大丈夫かしら、どうして急に札幌にくる気になったの？」

「わたし前から憧《あこが》れていたのです」

「それはわかっているけど、もしかして、誰かを好きなんじゃないでしょうね」

「誰かって？」

「どなたか、札幌にいる男性を」

「まさか。わたしここに住んだこともないのに、好きな人ができるわけはないでしょう」

「それもそうね」

夫人は首を傾《かし》げながらうなずく。

翌日は朝から雪だった。もうすぐ四月だというのに、また冬がぶり返したようである。もっとも冬がきたといっても、一月の時のような寒さはすでにない。降る雪も大きく、ゆったりと舞うような降り方である。

美砂は昼近く、夫人の眼を盗んで、仁科杏子に電話をかけた。

「あら、もうお帰りですか」

電話の杏子の声は、気のせいか少し冷たくきこえた。

「思いきりオホーツクの自然を楽しんできました。よろしかったら今日でもお会いできませんか」

「そうですね……」

「わたしは何時でもかまいません」

結局、午後二時にこの前の喫茶店で会うということにして電話を切った。

美砂はあと二日ほど、札幌にいることにした。この間に、アパートもきめ、東京に帰ったら、すぐ荷物を送れるようにしたい。

部屋まで決めてしまったといったら、母はもうあきらめるかもしれない。

美砂は昼少し過ぎに明峯家を出てバスに乗った。

雪は相変らず降り続いているが、降った雪はすぐ車や靴にふまれて、溶けてしまう。どんなに降っても、もう冬のような積り方はしない。

バスで南一条まで出た時、停留所の前に不動産屋があった。ガラスの向うに、沢山の貼り紙が並んでいて、そのうえを大粒の雪が落ちてゆく。

美砂は途中で降りて、その不動産屋に入ってみた。

六畳に四畳半の台所がついて、二万五千円というのがある。風呂がつくと四万円はする。かなりの値段だが、それでも東京からみると大分安い。

「いまは異動の時期で、いい部屋がありますよ、よかったら案内しましょうか」

四十年輩の男がいろいろな物件を説明してくれる。大体、部屋代としては三万円前後を考えればよさそうである。

「あとでまた来ます」

美砂は自分の求めている部屋の説明だけして店を出た。

アパートを探しただけで、なんとなく一人立ちしたような気がする。これで自分は独立するのだ、といった気持が、心を亢ぶらせる。美砂はそこでバスにのり、駅に向った。

約束の喫茶店についたのは二時五分前だった。美砂が髪にかかった雪を払い、ガラスのドアを押して入ると、正面の奥に仁科杏子が坐っていた。

今日は白いニットのワンピースに、首にグリーンのスカーフを巻いていた。和服の時とはまた違った落ちつきがある。

「ご免なさい、お呼び立てしたりして」

「いいえ、お帰りなさい」

二人は一度、立ち上って挨拶を交してから、向いあって坐った。

「大分、お待ちになりました?」

「ちょっと、早く用事が終ったものですから、久しぶりに、こういうところで暢《の》んびりするのもいいものです」

杏子の前にはすでにコーヒーが置かれている。美砂はそれに合せてコーヒーを頼む。

「お忙しいのでしょうね」

「なんとなくあたふたしているうちに日が経ちます」

青年実業家の妻で、なに不自由ない暮しをしているようにみえるが、なにか気がかりなことでもあるのであろうか。美砂はそんないい方をする杏子が不思議だった。

「ところで、紋別はいかがでした？」

「丁度、流氷が動き出すところで、とてもきれいでしたわ」

「もうすぐ四月ですものね」

「行った日が、偶然、紙谷さんの誕生日の前日で、みんなで浜鍋を囲んでパーティを開いたのです」

「…………」

「その晩は遅くまで飲んで、とても愉快でした」

杏子がかすかにうなずく。美砂はその取りすました顔を見ているうちに、再び嫉妬を覚えた。

「あの方、酔うととても面白いんです。大声で歌を歌ったかと思うと、急にロマンチックになったりして」

「ロマンチック？」

「わたしに海に行こうなんていい出して」

「で、行かれたのですか」

「ちょっと……」

われながら意地悪だと思いながら、美砂はうっとりとした眼差《まなざ》しをして、杏子の反応を見た。

「次の日はみんなでスキーに行ったのですが、あの人一人、二日酔いで倒れてしまったんです」

「…………」

「それで仕方なくお見舞に行ったら汚い部屋に一人で寝ているのです」

杏子の眉《まゆ》がかすかに動いた。

「あの人は駄目ね、だらしがないし、けじめがなくって。前はもっと、しっかりしていたんでしょうか」

「さあ……」

「わたし、仕方がないから、全部お掃除をしてきてあげたのです」

眼を伏せている杏子の顔に、ふと苦しげな表情が走る。

やはりこの人はまだ紙谷を愛しているのだろうか。すでに自分は結婚し、相手は北の果てにいるというのに、なお思い続けているのであろうか。

「わたしの話、きいていただけますか」

「どうぞ」

杏子が顔をあげた。その少し苦しげな眼を見ながら、美砂は低いがはっきりした声でいった。

「わたし、紙谷さんを好きになったのです」

仁科杏子の顔が一瞬ひきつり、それからゆっくりと顔をそむける。美しい鼻が下を向き、広い額が蒼い蛍光灯の光で映えている。

美砂の一言はたしかに効き目があったようである。美砂はその言葉の効果をたしかめるように、杏子の顔を見ながらいった。

「わたし、今度紋別へ行ったのも、紙谷さんにお逢いしたかったからです」

「…………」

「あの人、帰るとき駅まで送りにきてくれました」

杏子はしばらく黙っていたが、やがて思い直したように顔を上げた。

「今度、明峯先生のところにお勤めになるのも、そのためですか」

「それもあります。でもそれだけではありません。わたし誰も知らないところで、一人で生きてみたいと思ったのです」

「…………」

「今度、勤めたら、本当によろしくお願いします。いろいろと教えていただかなければなりませんから」

「わたくしが、お教えすることなぞ、なにもありません」

「だって、仁科さんは先輩ですから」

「いいえ、わたくしは秘書としては落第でしたから」

「そんなことはありません。仁科さんという立派な前任者がいらしたので、わたしはかえってやりにくいのです」

「やめましょう、こんなお話」

杏子は振り切るようにいうと、スプーンでゆっくりとコーヒーをかきまぜた。

「一度、仁科さんのご主人にお逢いしたいわ、立派な方なのでしょうね」

「…………」

「スケート場を経営なさっていらっしゃること、明峯先生からお聞きしました。今度、そこへ行ってみたいわ」

「どうぞ」

「仁科さんはスケートはなさらないのですか」

「わたくしは、スポーツは駄目なのです」

「スケート場の経営なんて、素敵だわ。そこでは、競技もできるのですか」

「今度、できるように変えるらしいのです」

「じゃあ、そのことでこの前、明峯先生のところへ相談にいらしたのですか」

「わたくしは主人の仕事のことはよくわからないのですが、ちょっと頼まれたので……」

二人が別れたのは、それから数分経ってからだった。喫茶店を出たとき、まだ小雪が降っていたが、杏子は買物があるといって、雪のなかを一人でビルのほうに消えた。

美砂は地下鉄への階段を下りながら、杏子に、紙谷を愛していると告げたことを悔いていた。

そんなことはいわないほうが、今後もスムースにつきあっていけたような気がする。あの一言で杏子が急によそよそしくなったような気がする。

やはりあの人はまだ紙谷さんを好きだったのか……。

「もしそれなら許せない」と、美砂は雪の中を歩きながら考えた。

昼間のせいで、地下鉄は空いていた。美砂はそれに乗って、南一条まで出ると、来る時に寄った不動産屋に行ってみた。

先に頼んでおいたので、手頃だという物件を二つほど用意してあった。一つは大学の近くの北二十条で、もう一つは明峯家に近い円山だった。北大のほうは六畳と四畳半で三万円、円山のほうは同じ大きさで三万五千円である。

「とにかく見てみませんか、車で案内しますよ」

誘われるままに、美砂は車に乗った。

二つを見てまわると違いがよくわかる。

住む環境だけからいえば、山の手で緑が多い円山のほうがいいが、それだけ割り高になっている。円山なら明峯家にも近いが、大学に通うことを考えると、北大の近くのほうが便利である。

もっとも北大のほうはまわりに家が建てこみ、狭苦しい感じだが、贅沢はいっていられない。どうせ家を出るときは、喧嘩《けんか》同然になるのだから、仕送りはあまり期待できない。考えた末、美砂は北大の近くのアパートに決めた。

一応、内金として二万円だけ置き、連絡場所を明峯家にして不動産屋を出た。一人になって、美砂は自分の性急《せっかち》さにあきれて、可笑しくなった。

市内の北と西、両端のアパートを二軒見て廻ったせいか、すでに夕方に近い。いつのまにか雪は止んで、雪のあとの空が茜色《あかねいろ》に焼けている。

美砂は明峯家に帰りかけたが、思い出して杏子の夫のやっているという屋内スケート場に行ってみることにした。

この前は車で通っただけだが、大体の場所はわかる。美砂は夕暮の街を、札幌の住人のような顔をして歩いてみる。

賑やかな広い通りを渡ると薄野である。その渡りきった右手に、大きな蒲鉾《かまぼこ》を伏せたような形の建物があった。

それが札幌スケートセンターらしい。

美砂は入口で立ち止り、なかをうかがった。

この前見た時は、まわりも入口も、煌々《こうこう》と明かりがつき、人々で賑《にぎわ》っていたが、今日は入口を閉じたまま、ネオンもついていない。休みなのか、不思議に思って近づくと、玄関の右手に貼り紙が出ている。

「此度《このたび》、当スケートセンターは閉鎖し、新たに宮《みや》の森《もり》に、より大規模な北欧タイプの本格的アイススタジアムを建設することになりました。御利用の皆さまには、しばらくご迷惑をおかけしますが、新館のできる九月まで、お待ちくださいますようお願いいたします」

説明文はそれだけで、そのあとに、「札幌スケートセンター社長　仁科恭平」となっている。

美砂はそれを読み、しばらく死人のように静まりかえったドームを見てから、また地下鉄の乗り場のほうへ戻りはじめた。

その夜の明峯家の夕食は、水炊きが中心だった。教授が鍋物が好きなので、冬になるとよくつくるらしい。

夕食を終え、あと片付けも終ったところで美砂は明峯夫妻に、アパートを決めてきたことを告げた。

「なんですって」

夫人は驚いて、大きな声をあげた。

「そんなことまでして、本当にいいの？」

「さっさと決めちゃったほうが、母もあきらめがつくでしょう」

「あなた、大丈夫かしら」

夫人が心配そうに教授のほうを見る。

「まあ、決めたのなら、仕方がないだろう」

「おじさま、わたし本当に来るわよ」

「こちらはOKだから、せいぜいうまく逃げ出してくるんだな」

「あなた……」

夫人がまた咎《とが》めるが、教授は男だけにあまり気にした様子もない。

「こうなったら、せいぜい長く勤めてくれるように頼むよ」

「もうずっと、こちらにいることにするわ」

「別に無理しなくてもいいがね」

夫人はあきらめたようにお茶を飲んでいるが、気持は落ち着かぬようである。

「おじさま、今日、街で仁科杏子さんに会ったわ」

「ほう……」

「お買物の途中とかで、今度おじさまのところに勤めることになりましたって、ご挨拶したの」

「こっちに住むんだから、彼女とも友達になっておいたほうがいいかもしれないな」

「帰りに、あそこのご主人がなさっているスケートセンターに寄ってみたら、閉鎖していたわ。今度、宮の森に大きなのをつくるとかって」

「いまの場所を売って、別に建てるつもりらしいが、それでちょっと困っているんだ」

「どうしてですか」

「まあ、たいしたことじゃないが……」

教授は煙草に火をつけてからいった。

「どうせつくる以上は、世界選手権もできる立派なものにしたいというんでね」

「お若いだけあって、さすがに考えることが違うわね」

「夢はでかくてもいいんだが、いざつくるとなるといろいろと問題があってね。ただの屋内スケートリンクをつくるのなら簡単だが、競技会もできるリンクをつくるとなると、床のパイプの配管一つにも、相当神経をつかわなければならない」

「床下にパイプを入れるんですか」

「塩化カルシウムを通したパイプで冷やすからね」

「じゃあ、それで床の上にたまった水を、下から……」

「理屈はそうだが、世界に通用する氷をつくるとなると、屋内の冷却設備から蒸溜《じょうりゅう》装置までそろえなければならない」

「蒸溜装置をなにに使うのですか」

「スケート場に撒《ま》く水をつくるんだよ」

「撒くのは普通の水じゃいけないんですか」

「それだと不純物がまじるから。スケート場の氷は下から凍らせるから不純物が上にあがってきてしまう。それを除くために表層を何度も削りとらなければならん」

「それはどうしてとるんですか」

「ザンボっていう整氷機がある。これで氷の上をならす」

「氷をつくるのも、大変なのね」

「そりゃ、冷蔵庫で氷をつくるようなわけにはいかんよ」

教授は苦笑すると、茶を啜《すす》った。

「このごろでは、大きな競技はほとんど屋内リンクでおこなわれるからね」

「屋外はいけないんですか」

「いけないというわけじゃないが、やはり気温によって、条件が変りやすいから。屋内なら温度や冷却度も自由に調節がきくから、いい氷をつくりやすい」

「スケートにいい氷というのは、どういうのをいうんですか」

なんでも勉強である。美砂はすでに低温科学研究所の職員になったつもりできいてみる。

「まあ簡単にいえば、純粋で、時間によって変化しないということだが、大体、氷温が零下二度から三度くらいのが競技には一番いいらしい」

「氷にも温度があるのですか」

「そりゃあるよ、零度の氷から、マイナス三十度をこえるものまで、さまざまさ」

「氷といえば、どれでも同じ冷たさだと思ったわ」

「調べてみると大体、いままでの世界記録は圧倒的に、この零下二度から、三度くらいのところで出ているんだ」

「へえ……」

氷の学者というのは、ずいぶん変ったところまで調べるものである。

「じゃあ、仁科さんのご主人は、そういう立派な氷のスタジアムをつくりたいと仰言るわけね」

「希望はそうなんだが、そのためにはずいぶんお金がかかる。それに競技会がいつもあるわけではないから」

「それ以外のときはどうするんですか」

「もちろん一般に公開する」

「でも、年に一度か二度の競技会のために、そんなに大がかりな設備をつくるのは、もったいないわね」

「そこなんだが、やはり名が欲しいんだろうな」

「名というと？」

「そこのリンクで全日本選手権がおこなわれたり、世界記録がでたということになると、有名になるからね」

「おじさまはその計画に反対なのですか」

「反対ではないが、個人が企業としてやるのなら、競技会など考えず、単なる一般用のリンクとしてやるべきじゃないかと思うんだが」

くわしいことはわからないが、どうやら仁科恭平は、リンクの名声とともに、一般客も呼ぶという、一石二鳥を狙《ねら》っているらしい。北国に住む青年実業家らしい雄大な構想だが、その計画には専門家からみると、多少の危険もあるらしい。

「杏子さんは、どう考えているのでしょう」

「あの人は、ご主人の仕事については、いっさい口出しをしない主義らしい。今度も、僕に主人が会いたがっているから、会ってもらえないか、といいにきただけだ」

「じゃあ、杏子さんのご主人は、研究所にも見えるのですね」

「これからは、ときどき来ることになるだろう」

うなずきながら美砂は、自分が杏子の夫と二人で会っている状態を想像した。

樹影《じゅえい》

一

美砂の新しい生活がはじまった。

五月の初め、美砂はついに北海道へ来た。

初めの予定は四月からだったが、さすがにそれは無理だった。四月から札幌で勤めるには、北海道から帰って、数日をおいて、すぐ戻ってこなければならなかった。

その間に両親を説得し、荷物を纏《まと》めるのは難しかった。

だが一カ月の余裕があったおかげで、美砂は父にも母にも、充分説明して納得してもらうことができた。

もちろん初めは母は大反対だった。ものわかりのいい父も、美砂が家を出るときにはさすがに淋《さび》しそうな顔をした。

「あとで後悔したって、わたしは知りませんよ」

母はそんないい方をしたし、親友の康子も、北海道行には反対だった。

「なにもいまさら、そんな北の果てまで行く必要はないでしょう」

康子は変なものでも見るような眼《め》で、美砂を見た。

「でも、わたしはいくの」

美砂はそうとしかいえなかった。

いま、「北へ行きたい」という気持は、どう説明したところでわかってもらえそうもない。

だがまわりが反対すればするほど、美砂は勇気が湧《わ》いてきた。自分一人が孤立している、その悲壮感が、美砂の決心をさらに堅いものにした。

以前ならこんなことはなかった。心では反発していても、父や母が「こうだ」といえば、結局はその意見に従った。一人だけで、自分の道をすすむ大胆さも勇気もなかった。

結局、両親が美砂の北海道行を許したのは、根負けしたからである。

どうしてこんなに強くなれたのか。よくここまで押し通すことができたものである。

美砂は自分で自分が不思議だった。知らぬうちに自分が思いがけない変貌《へんぼう》を遂げている。一つの恋が、自分を変えたのかもしれない。ただ一度の接吻《せっぷん》が美砂を逞《たくま》しくしたようである。

五月の札幌は花の季節だった。

まず梅が咲き、桜が咲く。札幌ではこの二つの花の間にほとんどずれがない。心もち梅が早いというだけで実際には二つの花が同時に咲く。

美砂のアパートは駅から陸橋を渡って、北へ約二キロほど上ったところにある。正確には北二十条西七丁目である。

札幌の中心部は街のつくりが碁盤の目になっていて、大通りと創成川《そうせいがわ》という小さな川の交叉《こうさ》するところを基点としている。ここからワンブロックごとに、南北へは条で、東西には丁目で表示される。したがって美砂のいるところへは、その基点から北へ二十ブロック、西へ七ブロック行けば到達するというわけである。

このあたりは戦後開かれた住宅地だが、この数年の宅地ブームですっかり家が密集してしまった。いまではここより先に、大麻《おおあさ》とか、新琴似《しんことに》という団地ができて、このあたりまで都心部に入ってしまった。

以前はこのあたりから都心部に向うには路面電車しかなかった。初めは電線にポールが触れていたのが、パンタグラフになり、最後には二両連結の郊外電車のようなタイプに変った。それでも乗客を処理しきれなくなって、オリンピックを機に、地下鉄になっている。

美砂のアパートは、その地下鉄の北十八条駅から歩いて五分である。電車に乗れば都心部まで五分だから、待つ時間もいれて二十分もみれば充分である。

もっとも美砂が毎日通うのは都心部のほうではない。そのアパートから西へ、二、三分も歩けばすぐ北大の構内にぶつかる。

札幌の北西部、条と丁目で表すと南北は北七条から二十三条、東西は西五丁目から十四丁目におよぶ広大な地域のほとんどが北大のキャンパスである。このなかには各学部の建物とともに、農園から馬の厩《きゆうしや》舎まである。大学のキャンパスとしてはさすがに全国一の広さである。

低温科学研究所はこのキャンパスの北の端にある。以前は学園中央通りの理学部のすぐ向いにあったのだが、手狭になってこちらに移ってきたのである。鉄筋四階建ての、白い瀟洒《しようしや》な建物である。

美砂のアパートから、その研究所まではゆっくり歩いて十二、三分で行ける。朝、通勤の人達が都心部をめざして、地下鉄の駅へ向うのに、美砂一人は反対に北へ向う。

花曇りの陽気のなかを、広い緑のキャンパスを横切っていくのは心地よい。朝は九時の出勤で、美砂は八時半にアパートを出るが、ゆっくり歩いて悠々と間に合う。

早い時間は構内にはあまり学生の姿はなく、大学に勤めている職員が主だが、それも広いキャンパスに散らばって、さほど目立たない。

北大はエルムの学園と呼ばれるように、楡《にれ》の樹《き》が多い。それも大人が両腕を拡《ひろ》げて、二人がかりで辛うじて届くくらいの大樹で、それがようやく芽生えかけてきた芝生に濃い影を落している。

その朝の空気を吸うとき、美砂はたしかに自分が北海道にいることを実感する。家も、緑も、空気も、すべてが本州と違う。すべてが爽《さわ》やかで、乾いている。

美砂の勤務は朝、九時からはじまる。美砂のいる部屋は、三階の図書室の一角である。そこは十畳ほどの大きさで、中央に大きなテーブルと黒板がある。図書室とはいっても、ここは研究員や学生達が休憩のために集まる部屋も兼ねている。

この南向きの窓の横に、美砂の専用の机がある。朝くると、美砂はまずこの机の横のロッカーで白衣に着替える。

それを着て鏡で見ると、自分が急に偉くなったような気がする。突然、美容師か、医者の卵になったような気持である。

美砂自身は、特に研究するわけではないので、白衣は必要ないようだが、研究所にいる以上、それを着るのが一応のしきたりのようである。

小柄で少しおでこの美砂に白衣はよく似合った。

「おっ、可愛《かわい》い研究者だな」

明峯教授がすぐ冷やかしたが、たしかに自分が見ても可愛いと思う。白一色なのに、妙な色っぽささえ感じられる。

美砂は鏡を見ながら、仁科杏子が白衣を着ていた姿を想像した。美砂でさえこれほど愛らしく見えるのだから、杏子の白衣姿は、知的でさらに美しかったに違いない。

九時に白衣に着替えてから、美砂は図書室の掃除をはじめる。グリーンの床を軽く掃いて、テーブルの上の拭《ふ》き掃除をする。それから鍵《かぎ》をあけて隣の教授室に入り、同じように片付ける。

美砂が掃除を終ったころに、研究員達がやってくる。

低温科学研究所のメンバーは、明峯教授を筆頭に、今井助教授、講師は細野《ほその》、平山《ひらやま》とほかに三人の助手、それに吉岡、秋葉等の大学院生達がいる。みなは研究所に来ると、いったん図書室に顔を出してから各々の部屋に引き揚げる。

海洋学教室は、他に助教授室と二つの研究室があって、そこに、各々の机が置いてある。

日中の美砂の仕事は、教授や教室にかかってくる電話を取りつぎ、頼まれた文献を探したり、タイプを打つ。他に朝とお昼にお茶を淹《い》れたり、小さな雑用をするだけでさほど難しいものではない。

みな気さくで、すぐ親しくなった。とくに教授はいつも、美砂に気をつかってくれる。

初めの日、美砂の顔を見ると、いきなり「昨夜は眠れたか」ときいた。

「一人で淋しくて、泣いていたんじゃないか」

「いいえ、ぐっすり眠れました」

美砂は陽気に答えるが、その実、淋しかったことは否めない。夜、明峯家から戻り、暗い部屋に電気をつけて、床についたときには、さすがに自分がとてつもない、遠いところへきたような気がした。

いまごろ父や母はどうしているか、それを思っただけで泣きたくなった。いままで憧《あこが》れていた一人身の自由が、孤独と背中合せなのを知って驚いた。

どうしてこんなところまで来たのか。どうしていまこんなところに、一人でいるのか。美砂は一瞬、自分が夢を見ているような気がした。アリスの冒険のように、眠っているうちに、見知らぬところへ連れてこられたような錯覚さえおぼえた。

しかし、夢でないことはすぐわかる。遠く車の音もきこえ、かすかな風の音もする。美砂が動けば、それにつれて小さな影も動く。

間違いなく美砂はいま一人で北の街にいる。一人の孤独に耐えて、じっと一人の部屋に坐《すわ》っている。

それもこれも、すべて紙谷誠吾のためである。少しでも紙谷に近づきたい一心のため、こんな果てまで来てしまった。考えるうちに、美砂は急に、自分が可哀想《かわいそう》になってきた。こんなにまでして追ってきた自分が切なくて、哀れだった。

あの人は、こんなわたしの気持をわかっているのだろうか……。

あの人に、わたしの心が通じますように。最後に美砂はそれを祈りながら眼を閉じた。紙谷のことだけを考えていると、孤独を感じないで眠ることができる。

明峯教授は、美砂のそんな心の内側までは知らない。

「なにか足りないものがあったらいいなさい。今晩ご飯を食べにこないか」

「いいえ、今日は止《や》めます」

美砂ははっきりと断わる。

独立した以上、いつまでも明峯家に甘えていてはいけない。一日目からのこのこ行くようでは、北海道まできて部屋を借りた意味がない。

美砂にはまだまだしなければならない仕事が沢山ある。まずアパートに戻ったら、届いたままの荷物を整理しなければならない。衣服も食器も、まだ充分に整理がついていない。

それにフロアーに絨毯《じゅうたん》も敷きたいし、カーテンも少し厚めのものに替えたい。壁も、もう少し女性らしいインテリアで飾りたい。一人で住むとなると、これで結構忙しい。

仕事のほうは、みな気をつかって優しく教えてくれる。文献の出し方やタイプの使い方にも、じき慣れそうである。

いままでは家のなかだけにいて、話をするといったら、母や、せいぜい友達だけだった。実際に外に出て働いたことがない。

それだけに、美砂には大学で見るもの、聞くもの、すべてが新鮮に映る。こんな生き生きとした世界があったとは知らなかった。

その意味で、美砂は札幌にまできて勤めたことを悔いてはいない。夜、床につくとき、一人の淋しさが襲ってきても、それは昼の充実した生活を思えば我慢できる。

眠って、朝、眼が覚めれば、あとは淋しさを忘れるような、楽しい時間が待っている。正直いって、研究所は教授をはじめ、みな男性で美砂を大切に扱ってくれる。

「北へ来たのは間違っていなかったわ」

明るい五月のキャンパスのなかで、美砂は大きく息を吸いながら、もしここに紙谷がいてくれたら、どんなにいいだろうかと思う。

二

札幌には梅雨《つゆ》がない。その梅雨のない六月の街のあちこちに、ライラックの花が咲いている。ライラックは英語名で、フランス語ではリラという。日本語名はムラサキハシドイと名付けられている。せっかく日本名があるのに、リラという言葉のほうが似合うのは、この花が外国から移し植えられたせいなのかもしれない。

美砂のアパートから北大の低温科学研究所へ通う道にも、到るところにリラの花があふれている。美砂はこのリラの花の香りが気に入っている。パステルカラーの淡い紫色の花とともに、その香りも、どこか秘めやかで慎み深い。

美砂はその花の並木の横を通って研究所へ入る。

六月の最初の月曜日の明峯教授の日程は、十時半に学術会議についての打合せが研究所の会議室であり、午後は三時から理学部で合同教授会がある。そのあと四時に地方紙の記者が、七月の初めに出発予定の、北極圏合同調査隊についての取材にくる。

十時に教授が現れると、美砂はすぐその予定を告げた。

「わかった。ところで昨夜、仁科さんから電話があって、今日五時頃《ごろ》に見えるというんだが」

「仁科さんって、杏子さんのご主人ですね」

「例のアイススタジアムのことだろうが、新聞社のほうの取材は、二、三十分もあれば終るだろうから、もし遅くなったら、図書室で待ってもらってくれないか」

教授はそれだけいうと、午前の会議の打合せに出かけていった。

美砂が教授を見送って図書室に戻ると代りに、ひと月前に紋別から帰ってきた藤野が入ってきた。

「どこに行ったの？」

藤野は右手の拇指《おやゆび》をつき立てた。この教室では拇指は、明峯教授のことを指すことになっている。

「学術会議の打合せです」

藤野はうなずくと自分で湯を沸かしながら、

「俺《おれ》も行きたいなあ」

「今度は、紙谷さんお一人ですか」

「低温科学研究所では一名の枠しかないのでね。もう一人くらい増えるのを期待しているんだが、無理だろうな」

藤野は今回の学術調査隊のメンバーから洩《も》れたことが残念らしい。流氷を研究している以上、やはり一度は北極の氷にとりくんでみたいのだろう。

「今度のは、日本だけじゃないんですね」

「アメリカ、カナダ、フィンランド、日本と四カ国の合同研究で、日本側のスタッフの人選は学術会議がとりしきっているからな」

「T3というのは、なんですか」

美砂は、教室に廻《まわ》ってきた調査隊に関する書類のなかにその文字を見たが、意味がわからなかった。

「島の名前ですよ」

「そんな島があるんですか」

「ないと思うでしょう。実際それは地図には載っていないけど、島全体が氷でね」

「じゃあ、溶けてしまうじゃありませんか」

「それが溶けないんだよ。というのは北極海に注ぐ大氷河が海に流れてできた島だから、大体五キロ平方くらいはあるんだ。島全体が大氷塊だから、夏にはいったん溶けて小さくなるけど、溶けきらないうちにまた冬がきて大きくなる。これをくり返しながら、絶えず北極海を浮遊しているってわけさ」

「それで、地図に載らないわけね」

「氷だけだから、いわゆる島という概念とは違うけど、外観だけ見ればどの島も雪や氷に閉ざされているから、同じわけでね」

「氷の厚さは？」

「厚いところでは、四、五十メートルはあるだろうな」

「じゃあ、調査隊の方達は、その氷の上で生活されるんですか」

「合同調査隊の目的は北極圏全域の海洋や環境の調査だけど、今回は特にＴ３を中心に調べるらしい」

「その氷の島、割れたりしませんか」

「それがたまにあるんだな。この前まであったＴ１も、中央で裂け目《リード》ができて二つに割れちゃったらしい」

「じゃあ、危険じゃありませんか」

「あまり安全とは、いえないな」

「怖いわ」

美砂は叫んでから、慌てて口をおさえた。

そんなところに紙谷が行って、どうするのか。美砂は不安を隠すように、沸いた湯でコーヒーを淹れた。毎日、朝のコーヒーはこうして研究所の誰《だれ》かとお喋《しゃべ》りしながら飲むが、明峯教授がいないと、やはりどことなく寛《くつろ》ぐ。

「そこに何カ月もいるのですか」

「七月と八月の二カ月でしょう」

美砂の気持としては、そんな危険なところなら紙谷が行かず、藤野に代ってもらいたい。藤野には悪いが、彼自身が行きたがっているのだから、そのほうがいいと思う。

「紙谷さんが行かれることは、もう決定しているのですか」

「やはり、彼は流氷に関しては、ナンバーワンだからね」

美砂はここに勤めてわかったのだが、教室のスタッフが、みな氷だけを研究しているわけではなかった。教室の名が海洋学というように、実際はもっと広く、教授は海流を、助教授は海水の性質を、平山講師はプランクトンの生成というように、それぞれ得意の分野が分れている。

「今度は、流氷を研究なさっている方達だけが、集まるんですか」

「そんなことはありません。海洋学の専門家はもちろんだけど、他に地質学や考古学、生物学の連中まで行くんじゃないかな。氷といっても氷河だから、それを調べれば古代のことや植物分布のことも、みなわかるからね」

　氷河がすべり出して海に浮いている。その上で学者達がさまざまな研究をしている。美砂はそのなかに紙谷の姿をおいてみた。

「その島へは、どうやって行くのですか」

「まずアラスカのアンカレッジに行って、そこからバローに行く」

　藤野が後ろの壁に貼《は》ってある地図を指差した。アラスカの最北端、北緯七十度線のさらに先にＢＡＲＲＯＷと書かれた地名がある。

「そこからはヘリコプターで飛ぶわけです」

「でも、その島は動いているんじゃありませんか」

「動いていても、海流に沿って動くわけだから、大体の見当はつくのです」

「寒いでしょうね」

「そりゃ、北極だから。でも夏だからほとんど白夜《びゃくや》でしょう」

　日がな明るい氷の上で暮す研究者達の生活とはどんなものなのか、いまの美砂には想像がつかない。

「風邪《かぜ》などひかないでしょうか」

「大丈夫ですよ、みんな慣れているから。美砂さんは紙谷さんのことが心配なんだな」

「いいえ、そんなこと」

「あやしいぞ」

藤野は悪戯《いたずら》っぽく笑ってから、

「T3に行けるし、美砂さんには心配してもらえるし、紙谷さんはついてるなあ」

冗談とも本気ともつかぬことをいって、藤野が部屋を出ていく。

一人になって、窓の外の芝生を見ながら、美砂は改めて紙谷のことを思った。

東京を逃げ出して札幌に着いた夜、美砂はアパートの電話を借りて紙谷に報告した。

「明日から大学に勤めます」

それに、紙谷は「ほう」と、一言いったきりだった。

「これからよろしくお願いします」というと、「いや、こちらこそ」と答えてくれたが、それ以上、「どこに住むのか」とも、「淋しくないか」とも、たずねない。

美砂は自分のほうからアパートの住所と電話番号を告げてから、きいてみた。

「今度、いつ札幌に見えますか」

「まだはっきり決っていませんが、六月には行きます」

「七月には北極のほうに発《た》たれるのですね」

「その打合せがありますから」

紙谷のいい方は、一カ月前、流氷の浮ぶ夜の海辺で接吻をしたことなど、忘れたように淡々としている。

「お見えになるの、お待ちしています」

美砂はそれだけいって電話をきった。

きっと喜んでくれると、期待をかけて電話をしただけに、なにかはぐらかされたような気持だった。

それからほぼ一カ月経《た》っているが、紙谷からはなにもいってこなかった。教授や教室あてに郵便はくるが、それは事務的な書類や報告書だけで、個人的なことはなにも書いていない。

美砂は窓の外の緑のポプラを見ながら、自分が惨めに思えてきた。

親の反対をおしきって札幌に来たのは、少しでも紙谷に近づきたい一心からであった。アパートで一人の淋しい夜を送るのも、すべて紙谷と逢《あ》えるという期待からである。だが当の紙谷は一向に、そんなことには気付きそうもない。

せめてわたしが思っている十分の一でも、思ってくれたら……。

美砂は口惜《くや》しさを振り払うように窓を離れると、自分の机に戻った。

昼から午後にかけて、仕事はさほど忙しくはなかった。電話の取次をし、教授に頼まれた文献を中央図書館に取りに行き、その一部をタイプした。その間に三人の来客があってお茶を出した。

夕方、約束どおり記者が取材に来たが、教授会が長びいて、明峯教授が戻ってきたのは四時半だった。それから取材がはじまったが、五時になっても終らない。

「美砂君、五時になったから帰っていいぞ」

途中で教授が席をはずして、わざわざいいに来てくれたが、美砂は首を横に振った。

「わたし、別に帰っても用事はありませんから」

「そうか」

教授はそのまま自分の部屋に戻った。

美砂は昼休みに藤野から、「帰りに生ビールでも飲みに行かないか」と誘われたが断わっていた。

他に用事があったわけではないが、夕方、仁科杏子の夫が研究所を訪れることを思い出したからである。

「親爺《おやじ》はまだいるの?」

五時すぎに藤野がまた顔を出した。美砂がうなずくと、藤野は肩をすくめて去っていった。それといれ代るようにドアがノックされた。

出てみると長身の男性が立っていた。

「仁科さまですね」

美砂は一目で、それが仁科恭平だとわかった。

「明峯先生、ただいまちょっと来客中で、すぐ終りますから、どうぞこちらでお待ちください」

仁科恭平はうなずき、あたりを見廻しながら入ってきた。

学生時代、運動でもしていたのか、がっしりした体で百八十センチ近くはある。

美砂はテーブルの前の椅子《いす》を示すと、すぐお茶を淹れた。仁科恭平は一礼して顔をあげると、すぐきいてきた。

「竹内さんですね」

「はい」

「あなたのことはワイフからきいています」

美砂はどぎまぎして頭を下げた。三十五、六歳か、同じ大きくても紙谷とは少し違う。女性を見詰めて照れるところがない。見方によっては少し図々しいが嫌味はない。気さくで人懐《ひとなつ》っこい感じで、これも北海道の男性のタイプの一つなのかもしれない。

「いつから、こちらにお勤めですか」

「五月からです」

美砂は答えながら、グレーの縞《しま》のスーツに、黒のネクタイをした、お洒落《しゃれ》な胸元を盗み見た。

仁科恭平は一口、お茶を飲むと立ち上り、美砂の坐っている横の窓にきて、外を見廻した。

「夕暮の北大はいいですね」

美砂は誘われるように、窓をのぞいた。

右手の山並みの空が赤く焼け、楡の巨木が緑の芝生に長い影を落している。学園はいま初夏の一日を終え、ようやく夜の静けさに戻ろうとしている。

「僕はこういうものです」

ふと仁科は思い出したように、胸のポケットから名刺をとり出した。

「仁科興産代表取締役　仁科恭平」と書かれている。

「今度アイススタジアムをつくるのでお伺いしたのです。スケートはやったことがありますか」

「いいえ」

「今度完成したら来てください、御招待しますよ」

仁科がいったとき、教授室のドアがあいて記者達が出てきた。

教授室と図書室はドアでつながっていて、教授への来客は、みな図書室を通って行くことになっている。

「どうぞ」

記者とカメラマンが部屋を出てから、美砂がうながすと、仁科は一礼して教授室へ入っていった。

美砂はその大きな後ろ姿を見送りながら、杏子のことを考えた。

紙谷も仁科も、男っぽく、さっぱりしている。だがどちらかというと、仁科は明るいスポーツマンタイプだが、紙谷には少し翳《かげ》がある。それがときに淋しげに、ときに冷ややかにうつる。

杏子は本当はどちらを愛していたのか……。

いまさら、そんなことは考えるまでもないと思いながら、つい考えてみたくなる。

教授室から仁科がでてきたのは、それから二十分ほど経ってからだった。そのあとを明峯教授が、右手に鞄《かばん》を持って続いてくる。

「そうだ、あなたも一緒に行きませんか」

出しぬけに仁科がいった。

「これから先生をお誘いして、食事に行こうと思うのですが、いかがです?」

美砂が戸惑っていると、

「薄野に美味《おい》しい寿司屋《すしや》があるのです。もう勤務時間は終ったのですから、よろしいでしょう」

「行ってみるか?」

明峯教授にいわれて、美砂は従《つ》いて行くことにした。

「そうだ、ワイフも呼んで、四人で食べましょうか、お電話を借りていいですか」

仁科は電話の前に行くと、ダイヤルを廻した。美砂は慌ててハンドバッグを整え、鏡の前で髪をなおす。

「明峯先生も、秘書の方もご一緒だ。……来ないか……」

仁科が話している。別に声を低めたり、照れる様子もない。

「そうか、じゃあ今度にしよう」

仁科はそういって受話器を置くと、少し済まなさそうな顔をして、

「どうも、ワイフはちょっと疲れているらしくて、今日は失礼するということですが」

「それは、無理をしないほうがいい」

教授がそういって、三人は部屋を出た。

研究所の正面に出ると、白塗りの外車がとまっていた。仁科が運転してきた車である。すでに山の裾《すそ》にかかった落日からの斜光が、その白い車体を赤く浮び上らせている。

「どうぞ」

仁科は教授と美砂を後ろに乗せると、自分は運転席に坐った。

真っ直《ます》ぐ仁科は薄野のビルの一階にある寿司屋へ案内してくれた。

仕事の話は終ったというのに、仁科は刺身をつまみながら、新しくつくるアイススタ

ジアムのことを熱っぽく語った。

「五年以内に、そのスタジアムで世界選手権をやりたいのです」

教授は主にきき役だった。二人はまだ会って日がなく、スケートや氷の話ぐらいしか共通の話題はないらしい。

一時間ほどで三人は店を出た。

「もう一軒どこかバーでもご案内したいのですが、いかがでしょう」

仁科がいったが、教授は、

「もうすっかりご馳走《ちそう》になりました。明日までにちょっとまとめなければならないものがあるので、これで失礼します」

断わると、仁科は「ではまた今度お付きあい下さい」といって頭をさげた。

美砂と二人だけになって教授が、家に寄っていかないか、と誘った。美砂はこれから一人でアパートに帰るのが淋しくなって、うなずいた。

すぐタクシーが来て乗ると、教授は煙草《たばこ》に火を点《つ》けてから、つぶやいた。

「しかし、ああいう坊ちゃんも困ったもんだな」

「坊ちゃんって、仁科さんのことですか？」

「気持はわかるんだが、少し簡単に考えすぎている。大学のときは、かなり有名なスケートの選手だったが、やはり本当の苦労をしていないからね」

美砂は横で話をきいていただけだが、たしかに、仁科はスポーツマンらしく純粋だが、少し自分の考えに酔っているようなところがあった。

「あれじゃ、杏子君も大変だな」

「でも、奥様としてはなんの不自由もないんだから、いいんじゃありませんか」

美砂がいったが、教授は答えず、前を見たまま煙草をふかしていた。

三

札幌は六月の十五、六日の、北海道神宮の祭日を境いに、一斉に衣替えをする。それまでは黒いセーラー服を着ていた女学生が、白い半袖《はんそで》のセーラー服に替り、着物は袷《あわせ》から単衣《ひとえ》に替る。北の国も、住む人も、最もいきいきと、美しく見える季節である。

美砂はもうすっかり、この街に慣れてきた。市内なら大体どこへでも行けるし、住所をきいただけでおおよその見当はつく。

友達も、藤野や斎藤《さいとう》など研究所の男友達のほかに、他の教室の秘書の、野田栄子《のだえいこ》や、横山良美《よこやまよしみ》などの女友達とも親しくなった。それにアパートにも友達ができた。みな美砂が東京から一人できたというので、親切にしてくれる。

おかげで初めのころのような淋しさはもうない。

紙谷が紋別から出てきたのは、この六月の最後の週の水曜日だった。

紙谷は予告もなく、この日の午後に、もっそりと図書室のドアを押して現れた。

「あらっ」

美砂が驚いて声をあげると、紙谷は「やあ」とだけいって、右手をあげた。

背中には大きなリュックサックを背負い、ワイシャツ一枚の胸元ははだけている。ズボンは少しだぶだぶで、登山靴のような重そうな靴をはいている。

「どうしたんですか」

「いま、着いたんです」

紙谷はリュックを床におろすと、腰にぶら下げていた手拭《てぬぐい》で顔を拭いた。

「教授は？」

「いま、大学本部のほうへ行っています。もう一時間くらいで戻りますけど」

「じゃあ少し休ませてもらおう」

紙谷は机の前の椅子に坐ると、リュックをあけて、なかから新聞紙につつんだ蟹《かに》をとり出した。

「食べませんか、今朝とれたやつです」

新聞紙の上には、大きな毛蟹が十ぱい近く、積み重ねられている。

三月に紋別で逢ってから三カ月ぶりである。あれから東京へ戻って、五月から札幌に来たのに、紙谷とはいままでずっと逢えなかった。

「いよいよ、北極へ行くのですね、いつ発たれるのですか」

「明後日です」

「明後日……」

「明日の夜、東京で結団式があって、明後日の夜に成田《なりた》を発ちます」

「じゃあ札幌には、今夜だけ」

「そう」

紙谷は旨《うま》そうに喉《のど》をならして、水を飲む。

なんという暢気《のんき》な人なのか。明後日から、この世の果てともいえる北極海に出かけるというのに、わずか二日前に、のこのこ紋別から出てくる。これでは札幌でも東京でも、ゆっくりする暇はない。ぎりぎりに東京にかけつけて、その足ですぐアラスカに飛ぶつもりらしい。

「準備はできているのですか」

「大体……」

「なにか買いものは……」

「別に、ありません」

紙谷は自信ありげにうなずくと、自分の持ってきた蟹を食べはじめた。

「生きがいいから、うまいですよ」

「今晩はどういう予定ですか」

いくら生きがよくても、美砂は蟹より紙谷のことのほうが気にかかる。

「まだ決めていません。藤野のところにでも泊りこみます」

「そんな……」

美砂はいいかけて口をつぐんだ。出来たら新しいアパートに来て欲しいが、ここでそんなことはいいかねる。

「今晩、あなたは暇ですか」

「わたしはもちろん……」

「じゃあ一緒にメシを食いましょうか」

「でも、藤野さんは」

「彼が一緒でもいいでしょう」

「わたしはかまいませんけど」

旅立つ最後の夜くらい二人だけで食事をしたいが、紙谷にはそんな気持はないのだろうか。

「僕はこのあと教授にあって、低研の他の教室を廻って、またここに戻ってきますから」

「わかりました」

約束ができたところで、美砂は安心して、みなを呼びにいく。

研究所には藤野や秋葉など、四人しかいなかったが、みな紙谷が来たというので図書室に集まってきた。

「おっ、ついに出てきましたね」

「蟹をかついでくるとは、殊勝な先輩」

「前祝いですね」

みんな勝手なことをいいながら、むしゃむしゃ食べだす。図書室で蟹など食べて、教授が戻ってきたら叱《しか》られはしまいかと、美砂は心配だが、みな平気な顔をしている。フィールドに出る研究者というのは、こんなところは案外ルーズなのかもしれない。

美砂も食べてみるが、たしかに旨い。札幌の薄野あたりで売っているのとは生きが違う。

「これがいいですよ」

紙谷が身の沢山入っているところを美砂のためにとってくれる。

「早くとらないと、みなに食われてしまうからね」

たしかにみなの食べ方は早い。十ぱい近くあった蟹の山が、たちまち崩され、紙の上は殻だらけになる。

「親爺に一ぱいくらい残しておけよ」

紙谷の提案で、藤野が大きめの二はいだけよける。

「しかしいいなあ。Ｔ３には、何日に着くんですか」

藤野が羨《うらや》ましそうにきく。

「七月六日にバローを発つというのだから、七日ころじゃないかな」

「じゃあ七夕《たなばた》は北極ですね」

「今年は裂け目《リード》ができてＴ３はかなり小さいらしい」

「着いたころは消えてるんじゃないの」

「なければ、Ｔ４でも見付けるさ」

男達は屈託なく笑う。今年は氷の島がとけて、小さくなっているらしい。美砂は心配だが、彼らは一向に気にかける様子はない。

「今夜はどうしますか」

蟹の足を食べながら藤野がきく。

紙谷はちらと美砂のほうをみて、

「彼女と飯でも食おうかと思ってるんだ」

「じゃあ、われわれは遠慮しましょうか」

「おい、変に気を廻すのはよせ」

「でも、美砂さんだって迷惑でしょう」

「いいえ、そんなこと……」

美砂は首を振りながら、悪戯っぽい藤野が憎らしい。


その夜、みながいったのは、道庁の北側の小路《こみち》を入った〝サラウンベ〟という焼きもの専門の店だった。入ってすぐ左手に大きな炭火の炉があり、そこでホッケ、カレイ、帆立などが威勢よく焼かれている。

みな学生時代からの馴染《なじ》みらしく、人の好《よ》さそうな親爺が気持よく迎えてくれる。

全員で六人なので、スタンドの席がなく、奥の小上りにテーブルを囲んで坐った。

早速、酒とビールが運ばれてきて、みなで乾盃《かんぱい》する。魚はまず親爺の推奨するときしらずが出される。親爺の説明によれば、ときしらずは本来鮭《さけ》なのだが、秋の最盛期でなく、初夏に獲《と》れるので、この名前がついたらしい。

「いま脂《あぶら》がのって一番旨いときですよ」

親爺が自慢するだけあって、舌にのせると、とろけるような甘みがある。もちろん獲れたばかりで、塩などふっていない。

みな食べて飲みながら、話題は当然、紙谷の北極行のことになる。お土産《みやげ》にアザラシの毛皮を頼むとか、北極の氷をドライアイスに詰めて持ってきてくれ、などといっている者もいる。

お腹が空《なかす》いていたせいか、あるいは紙谷が横にいるせいか、美砂は急速に酔ってきた。

一時間半ほどで〝サラウンベ〟を出て、これから薄野へくり出していくというので、美砂はそこでみなと別れることにした。

これ以上、いくら一緒にいても、紙谷と二人だけになれる可能性もないし、このままいてはなにか余計なことを口走りそうな不安があった。

「そうか、それは残念だ」

店を出たところで、紙谷は少し淋しそうな顔をした。

「明日は何時にお発ちですか」

「千歳、十二時の便です」

「じゃあ、もうお逢いできませんが気をつけて」

「ありがとう」

紙谷は大きな手を美砂につき出した。小路の暗がりで、紙谷の顔はよく見えなかったが、少し疲れているように見えた。

それからみなと別れると、ほろ酔い機嫌のまま、美砂はアパートに戻った。

夕刊を読み、ソファに横になる。

一体、紙谷という人は優しいのか冷たいのか……。

酔いの気怠《けだる》さのなかで考えているうちに、美砂は仮睡《まどろ》んだ。初夏の夜とはいえ、底冷えがする。十二時近く、美砂はパジャマに着替えて床についた。

それからどれくらい経ったのか、突然、美砂はドアを叩《たた》く音に眼を覚まされた。

木造モルタルのアパートで、ドアを叩く音はよく響く。美砂はとび起き、パジャマの上にガウンをまとってドアの端に近づいた。

「どなたですか?」

「僕です、紙谷誠吾です……」

声はそこで跡切《とぎ》れて、ばたっと、体ごとドアに当るような音がする。

美砂は慌てて内側から鍵をはずし、ドアを開いた。

途端に、紙谷の大きな体が倒れ込むようにころがり込んできた。

かなり酔っているらしく、首を垂れ、垂れてきた髪が顔をおおっている。紙谷はそのまま入口の靴脱ぎの端に寄りかかった。

「少し飲みすぎて。水を一杯……」

美砂は急いでグラスに水をとり、紙谷にさし出す。それを一気に飲み干すと、大きく溜息《ためいき》をつく。

「すみません」

「どうしてここへ?」

「急に、逢いたくなって……」

「とにかく、靴を脱いでください」

紙谷はそのままよろけるように部屋へ入ると、入口の先の板の間に坐り込んだ。

「今夜、泊めてもらえますか」

「かまいませんが……」

「この端でいいのですが、明日、早く出ていきます」

こんなに酔っていては、とても帰すわけにはいかない。が、といって、女一人の部屋に男性を泊めるのは、気がひける。

美砂は紙谷を好きだから、泊めることに異存はないが、二人が一緒の部屋に寝るのは怖いような気がする。それは好きとはまた別の感情である。

「なにもいりません、ここで結構です」

いいながら、紙谷はまた水を飲む。

「駄目です、そんなところ。こちらで休んでください」

美砂の部屋は一ＤＫで、入口を入ってすぐのところにキッチンのついた四畳半があり、その奥に六畳の和室がある。美砂はその和室に絨毯を敷き、シングルのベッドを置いて休んでいる。

美砂はふらつく紙谷を支えるように、ベッドの前まで連れていく。

「どこでも……かまわんのです……。いつも氷の上で、寝てるんだから」

「早く休んでください、服を脱いで」

「いや、大丈夫、絶対大丈夫……」

口でいいながら、ジャケットから腕を抜くのも容易ではない。美砂は後ろにまわって袖口をひいてやる。まるで赤児のようである。

「寝巻きがないのですが」

「そんなものは、いらん、いらんですよ」

紙谷はジャケットとズボンだけを脱ぎ捨てると、のめりこむようにベッドに落ち込んだ。

「すまん、すいません」

譫言《うわごと》のようにいいながら、すぐ軽い寝息をたてはじめた。美砂は乱れた毛布を整え、胸元にかけてやる。

こんな遅くまでどこで飲んできたのか、時計を見ると、午前二時である。

夜中の突然の来訪で驚いたが、こんなに酔って、訪ねてきてくれたことを思うと、少し賞《ほ》めてやりたい気持もする。

泥酔のなかで、なお自分のことを覚えていてくれたかと思うと、嬉《うれ》しい。

だがそれにしても藤野達はどうしたのか。まさか彼等は、紙谷が今夜ここへ来たことを知っているわけではないだろう。もし一緒に泊ったことが藤野達に知れては大事である。

美砂の気持も知らぬ気《げ》に、紙谷はもう軽い鼾《いびき》を立てている。

「呆《あき》れた人だわ」

美砂は紙谷の脱ぎ捨てたジャケットとズボンをハンガーに掛けてから、あたりを見廻した。

これから眠るとして、まさかシングルベッドに紙谷と一緒に休むわけにはいかない。布団は家から一組しか持ってきていない。

考えた末、美砂は押入れから、あまっているタオルケットをとり出し、それを体に巻いたまま、部屋の隅でうずくまった。

六月の末の明方には、軽い底冷えがあるが、ガウンにタオルケットをかぶっていれば、風邪をひくことはない。美砂は再び電気を消し、ベッドの足側の部屋の隅で、壁にもたれた。

初めは妙に眼が冴《さ》えて眠れなかったが、そのうち、うとうとしたらしい。

それからどれくらい時間が経ったのか、ふと気がつくと、ベッドの上で黒い影が動くのが見えた。

「どうしたのですか」

「水を……」

美砂は慌てて起きあがり、冷蔵庫に冷やしてあった麦茶を持っていった。紙谷はグラスをわし摑《づか》みにすると、一気に飲み込む。酔い醒《ざ》めで、余程喉が渇いているらしい。

「うまい」

「もう一杯あげましょうか」

「いや……」

闇《やみ》のなかで紙谷は軽く首を振ったが、次の瞬間いきなり太い腕が伸びてきて、有無をいわせず、美砂の小さな体が引き寄せられた。

「だめ……」

美砂は小さく叫びながら顔を振った。紙谷の腕から逃げ出そうと、身を縮めた。

だが紙谷の腕の力は強く、鎖にでも縛られたように身動きできない。

まだ酒臭《くさ》い臭《にお》いのする顔が迫ってくる。

「やめて……」

美砂は顔をそむけたが、紙谷は揺るがずさらに腕の力を強めると、いきなり唇をおおってきた。

「あっ……」

小さな悲鳴のあと、美砂は息もつけず、唇を奪われていた。

そのまま美砂の脳裏に、遠い潮鳴りと、白い流氷が見えた夜が甦《よみがえ》ってくる。二度目の接吻であることが、美砂にある優しさと安心を与えていた。

美砂がもう一度逆らったのは、ベッドのなかで、紙谷の手が胸元へ伸びてきたときだった。手の動きは静かで、戸惑い勝ちだったが、たしかで揺るぎなかった。

ここまできた以上、もう離さないといった強さと、決意があった。

再び美砂は身を縮め、逃げ出そうとしながら、一方でこれでいいのだというあきらめに似た気持もあった。それは自分の納得であり、一つの期待でもあった。

そのまま、美砂にははっきり思い出せない時間がすぎた。羞《は》ずかしさと驚きで、一つ一つ思い出すのも怖い。

ただすべてが終ったあと、夜明けの早い初夏の窓際が、ほのぼのと白んでいたのだけを覚えている。

そのまま美砂は軽くうたたねをした。

小さなベッドで、美砂はしっかりと紙谷の胸に抱かれていた。離れ離れになっては、どちらかがベッドから落ちてしまう。抱き合っているのは仕方がないことだともいえた。

抱かれながら、美砂は男の肌がこんなに優しく、温かく感じられるのが不思議だった。いままで毛むくじゃらで、なにか粗暴な感じを抱いていたのがまるで違う。

わずか一夜で、美砂の感覚は変貌したのかもしれない。

紙谷はまだ軽い寝息を立てて眠っている。もう研究員の紙谷ではない。自分の肌に馴染んだ紙谷である。

美砂は白んでくる部屋を見ながら、何故《なぜ》ともなく涙が出た。

翌朝、美砂がベッドを起き出したのは、午前七時を少し過ぎていた。紙谷はまだ眠っている。

美砂は紙谷を起さないようにそっとベッドを抜けると、鏡台の前で顔をなおした。寝不足のせいか、顔全体が少しむくんで見える。眼の縁にも薄い隈《くま》ができている。だが気持はむしろ引き締っている。新しい一日が始まるといった緊張がある。

美砂は顔をなおし、キッチンに立って朝食の仕度をはじめた。まず冷蔵庫にある野菜でサラダをつくる。他にハムがあるのでハムエッグをつくりトーストを焼く。ミルクもあるのでコーヒーを沸かせばいいだけである。キャベツを刻みながら、美砂はいつのまにかハミングしていた。全身に気怠さが残っているのに、気持は華やいでいるようである。

紙谷は何時に出かけるつもりなのか。十二時の千歳発とすると、札幌のターミナルは、遅くとも十時半には出なければならない。

荷物をなにも持っていないところをみると、どこかに預けているのだろうか。

まだ八時前だが、もうそろそろ起したほうがいいかもしれない。美砂は炊事で濡《ぬ》れた手を拭き、ベッドのかたわらへ行く。

「紙谷さん、紙谷さん……」

呼びながら紙谷の肩口をそっと叩く。叩きながら美砂は、これでは夫に囁《ささや》きかけているようだと急に羞ずかしさを覚えた。

二度、呼びかけたところで、紙谷がゆっくりと眼を開いた。まだ酔いのあとの、気怠さの残った眼が、まっすぐ美砂を見詰めている。

「もう八時ですよ」

「ああ……」

紙谷は小さくうなずくと、もう一度、その大きな腕で美砂を抱き寄せた。

四

朝の食事を、紙谷はひどく生真面目《きまじめ》な表情で黙々と食べた。

一夜のうちに他人でなくなったことが、二人に戸惑いと、緊張を与えているのだった。

やがてコーヒーを飲み終えると、紙谷は「ご馳走さま」といって立ち上った。

時刻は九時である。紙谷はこれから昨夜、一時預りにおいた荷物をとってターミナルへ行き、そこからバスで千歳に行くのだった。

「大学、遅れてしまったね？」

「いいんです」

午前九時半に、二人はそろってアパートを出た。明るい初夏の陽《ひ》が、美砂には眩《まぶ》しすぎる。

アパートの前の道から、表通りに出たところで、二人は左右に別れなければならない。紙谷は街のほうへ、美砂は大学のほうへ行く。

「それじゃ……」

「お元気で」

二人はしっかりと眼を見合せ、それから軽く頭を下げた。そのまま紙谷は地下鉄乗り場のほうへ、美砂はポプラの見える農場のほうへ歩きはじめる。

数歩行き、振り返ると、紙谷も気がついたように振り返った。紙谷は照れたように小さく笑い、それからちょっと手をあげ、また歩きはじめた。ライラックの植込みのある角のところへきて振り返ると、紙谷の後ろ姿は、すでになかった。

あっ気ない別れであった。あんなふうになった以上、もう少しロマンチックに、余韻のひく別れ方がありそうだった。もっというべきことも沢山あったのに、いえたのは「お元気で」の一言である。

だが美砂は満足していた。立ち止り、眼を見交した、それだけで二人の気持は充分通じていた。結ばれたいまとなっては、言葉はもはや不要かもしれない。

その日一日中、美砂は落ち着かなかった。いまごろ千歳へ着いたろうか、もう飛び立ったろうかと、時計を見ながら考える。

頭のなかが、すべて紙谷のことでいっぱいである。

いままでも紙谷のことを思っていたが、こんなことはなかった。思い出しながらも、もう少し冷静でいられた。だがいまは頭というより、体そのものが浮き立っている。落ち着こうと思っても、体が先に華やいでいる。

なんだか美砂は自分が別人になったような気がする。いままでは自分で自分をコントロールできたのが、いまは自分のなかにもう一人の他人が入り込んできて、それが勝手に動き廻っているような気がする。

こんなことではいけないと思いながら、それに振り廻されている。

午後三時、仕事に疲れたのか、藤野と大学院生の吉岡が図書室に来た。

「おや、今日は美砂さん、どうしたの？」

「なんですか」

「ちょっと艶《つや》っぽく見えるな」

「そんな……」

美砂は慌てて流しのほうへ立った。

コーヒーが入り、みなで飲みはじめると、藤野が、思い出したようにいった。

「紙谷さん、もう東京に着いたかな」

「昨夜、紙谷さんは藤野さんのところに泊ったんですね」

「そういっていたんだけど、途中で急に降りるといい出して、大通りのあたりで降りたような気がするんだ」

「じゃあ、どこに行ったんです？」

「ちょっと知っているところがある、なんていってたけど、わかんないんだ」

「大丈夫なんですか、一時近かったでしょう」

「いや、もう二時だったよ」

「飛行機、間に合ったんでしょうかね」

藤野は少し心配そうに窓を見る。晴れていた空は、昼から雲が増してきている。

「しかし、昨夜はずいぶん飲みましたね、まだこのあたりが、しびれている」

吉岡が拳《こぶし》で頭の後ろを叩く。藤野もまだ二日酔いから、完全に醒めきっていないらしい。

美砂はそ知らぬ顔で二人の会話をきいている。察するところ、紙谷は昨日、みなと一緒に飲んで、最後に一人だけになって、美砂のところへ来たらしい。そのことはやはり誰も知らないようである。

「しかし、紙谷さんもずいぶん酔ってましたね、あんなに酔った紙谷さんを見たのは初めてですよ」

「途中から、ストレートで飲み出したからね」

「やはり北極に行くのが、嬉しかったんですね」

「いや、そうじゃないんじゃないかな……」

藤野は少し意味あり気に、煙草の灰を落してから、

「あの、仁科って、男がいたろう」

「アイススタジアムをやるとかって、いっていた人ですね」

「仁科さんがいらしたんですか」

美砂はつりこまれたように尋ねた。

「三軒目だったかな、〝ペチカ〟というバーにいっている時に会っちまいましてね。向うはなにか、会社の仲間と来ていたらしいんですが、途中で見つけて、僕らの席に来たんですよ」

「紙谷さんは、仁科さんとまだ会ったことはないんですか」

「多分、ないだろう」

「紙谷さんとあの男とは、なにかいわくがあるんですか」

吉岡は大学院の学生で、去年から教室に入っただけに、仁科杏子をめぐる過去のいきさつは知らないらしい。

「いや、別にどうということはないんだが」

「で、どうしたんです?」

美砂は早く先を知りたい。

「仁科さんは、紙谷さんに名刺を出し挨拶《あいさつ》をして、そこまではよかったんだが、北極の氷を是非持ってきてくれと頼んだんです」

「紙谷さん、承知なさったんですか」

「初めはいやがっていたんだけど、かなりしつこいんで、最後には仕方なく」

「お金はいくらでも出す、とかっていってましたね」

「それだけならいいんだけど、ワイフもとても喜ぶなんて、いいだして」

「それでお酔いになったの?」

「よくわからないけど……」

美砂は、昨夜アパートへ現れたときの、紙谷の姿を思い出した。ドアを開けて入ってきたときは、酔い、というより泥酔状態だった。

あれは、バーで仁科杏子の夫に会ったことが原因だったのか……。

もしそうだとしたら、自分のところへ訪ねてきたのは、なんなのか。初めから、来るつもりであったのか、それとも酔って急に自分のことを思い出したのか。そのことについて、今朝、美砂はなにもきかなかった。ききたいと思いながら、きくと、紙谷を困らせるような気がした。どういう理由で来たにせよ、来たことを大切にしたいと美砂は思った。

だがいまの話によると、紙谷は杏子の夫に会ったやりきれなさから、美砂のところへ来たとも考えられる。来た直接の理由は違うにしても、酔った原因がそうだとしたら、会ったことと無縁とはいいきれない。

杏子に逢えぬ淋しさを、自分のところへ来て紛《まぎ》らそうとしたのなら辛い。それなら一時の慰みになっただけである。考えるうちに、美砂は気が滅入《めい》ってきた。

「どうしたんですか、どこか具合でも悪いんですか」

「いいえ」

藤野にいわれて、美砂は笑って、コーヒーカップを洗いはじめた。

その日、美砂は五時になると真っ直ぐアパートへ帰った。階段の上り口の郵便受けに、ハガキが一枚入っている。急いで手にしてみると母からだった。

別の小包みで、夏もののブラウスと浴衣《ゆかた》を送ったと書いてある。東京ほど暑くはないだろうけど、夏はいつも夏痩《なつや》せするから気をつけるように、さらに寝冷えをしないようにと、こまごまと書いてある。

喧嘩《けんか》同然に出てきても、母はやはり心配してくれているらしい。

美砂は急に東京に帰りたくなった。いま真っ直ぐ帰って、思いきり母に甘えたい。

だがそれも、一歩部屋へ入るとまた気持が変った。

今朝がたまで、たしかに紙谷はここに眠っていた。つい七、八時間前は、ここで一緒に食事をした。紙谷の幅広い肩がすぐ眼の前にあった。

美砂はそのままベッドに仰向《あおむ》けになって天井を見た。

紙谷がどんな理由で酔ったにせよ、二人がここで結ばれたことはたしかなことである。つまらぬことを考えるより、その事実を大切にしたほうがいい。

そう考えて、美砂はようやく落ち着いた。

今度紙谷が帰ってくるときまでには、もう少し茶碗《ちやわん》やお皿を揃《そろ》えておきたい。箸《はし》も歯刷子《ブラシ》も、紙谷の分を買っておこう。ベッドは少し狭いが、せめて枕《まくら》だけでも二つにして、できたら紙谷が部屋で寛げるように部屋着も買っておこう。お料理も上手になりたい。落ち着くと、さまざまな計画が頭に浮んでくる。

紙谷がいなくて淋しいが、やがてここに来ることを考えると、そんなに淋しくはない。あれこれ紙谷と二人のことを考えるだけで、美砂は幸せになれる。

「ビロング・トゥ・ミイ」

思わずそんな英語の歌詞を口ずさんでいる。

そのまま数日が過ぎた。美砂は紙谷からの便りを待ったが、なにもいってこない。東京は一日で、すぐアラスカに飛び立ったのだから、手紙を書く暇もなかったのかもしれない。

このごろ、美砂はときどきぼんやりしていることがある。仕事を頼まれても、忘れていて、いわれてはじめて気が付くことがある。

ぼんやりしている間、頭のなかはつい紙谷のことになる。どうしてこんなに紙谷のことばかり思われるのか、他の男性にはまるで興味がわかない。横に男性がいることはわかっていても、こちらから積極的に話しかけたり、親しくなりたいという気持がおきない。

美砂はこんな、のぼせかたをする自分にいささか手古摺《てこず》っている。もう少し冷静にならなければいけないと思う。だが暇になると、頭はまた紙谷のもとへ戻ってしまう。

女の体は不思議だと、美砂は思う。たった一度、許しただけで、心から体まで、すべてがその男のものになっている。

わたしが思うほど、あの人は思っていない。あの人が考えているのはどうせ氷のことばかりだ。

そう思うと口惜しくなる。こんなに一生懸命考えてやるのが馬鹿《ばか》らしくなる。

だがやはり捨てきれない。頭だけ冷静になっても、体のなかから燃えあがるものが、紙谷を求めている。

その紙谷からようやく便りがあったのは、最後に別れて十日経ってからだった。

手紙は便箋《びんせん》に、紙谷らしい大きな字で書いてある。

「お元気ですか、いまアンカレッジにいます。ここで数日、体を寒地に慣らしながら、バロー行の飛行機を待っています。いまのところは明後日、出発の予定です。

隊はアメリカ、カナダ、フィンランドと各国人がまじって賑《にぎ》やかです。下手《へた》な英語をつかって、一緒に酒を飲んでいます。

お土産はなににしようか、アザラシの毛皮のハンドバッグなどはどうですか。それとも襟巻きにしようか。

発つ前の日、突然おしかけて、本当に申し訳ありません。別に計画的というわけではないのですが、酔ううちに急に逢いたくなったのです。その気持は、自分でもよくわかりません。

でもあの夜のことは決して忘れません。遠いアラスカに来て、いま改めて、あなたのことを身近に思い出しています。

札幌の夏は過しやすいとは思いますが、体に気をつけて。このあと、バローからＴ３

に行きますが、そこまで行っては手紙を出すのは難しいと思います。九月のはじめには帰る予定です。お元気で」

手紙はそのあとに「美砂さま」「誠吾」と書いてある。

紙谷誠吾でなく、誠吾と、名前だけ書いてくれたことに、美砂は紙谷の優しさと、親しさを感じた。

蒼海《そうかい》

一

七月の十日から大学は夏休みに入った。そのまま学生は八月いっぱい休む。研究は休みとともに、学生の姿は急に減ったが、研究スタッフは相変らず出てくる。研究は夏休み、冬休みに関係はない。

だが学生がいないと、講義もなく、その分だけ暇になる。低温科学研究所でも、教室ごとに適当にやりくりして、十日か二週間ぐらいずつ休暇をとる。

美砂は七月の末から八月の半ばにかけて、二週間休むことにした。その間は明峯教授も休暇をとるので、教授秘書の美砂はあまり用事がないのである。

休みが始まった翌日、美砂はお昼の便で千歳を発《た》った。

みな、夏休みは暑い東京を避けて北の方へ行くというのに、美砂は反対に涼しい北海道から東京へ行く。おかしな話だが、家が東京にあるのだから仕方がない。

五月の初め北海道へ来てから、三カ月ぶりの帰京である。さほど長い期間ではないが、美砂はずいぶん長く家を離れたような気がした。

久しぶりの帰京のせいか、父も母も、弟の健司も、みな優しくしてくれる。特に母は、美砂がいなかった間のことをこまごまと告げ、さらに北海道のことを根掘り葉掘りきく。

美砂はアパートや仕事のことを適当に話す。「案ずるより産むが易し」で、美砂が意外に元気なので安心している。

だがその母もさすがに、美砂が処女でなくなったことは知らない。正直に話したいと思うが、男性を知った経験がなまなましすぎて、とても告げる気にはなれない。

「それで、あなたはずっと北海道にいるつもりなの？」

改めて、母がきく。

「そうよ、もうずっと一人で生きてくわ」

「馬鹿《ばか》なことといって。女はいつまでも一人でいられるものではありません」

「古いわ、お母さん」

「古い、新しいの問題じゃないの、昔からみなさんがやってきたことに間違いはないんだから。康子さんもとっても幸せそうよ」

康子は美砂が北海道にいる間に、許婚者《いいなずけ》の医師と結婚して荻窪《おぎくぼ》のマンションに住んでいるらしい。前から手紙で東京へ帰ってきたら是非、連絡をしてくれるようにといってきている。

「一年間ということで行かせたのですからね、来年の夏までにはお嫁に行くことを考えなければいけませんよ」

久しぶりに帰ってきた娘に、母は釘《くぎ》をさすことは忘れない。

それにしても三カ月ぶりに見る東京はすべてが懐かしい。住んでいるときは、ビルと車と人の波で嫌気がさしていた街が、いかにも生き生きと鮮やかに見える。みなが閉口する暑さも苦にならない。やはり美砂は根っからの東京っ子なのかもしれない。

一日だけ自宅でゆっくりしたあと、翌日、美砂は昔の友達に会った。大学時代、仲の良かった六人グループのうち、三人は結婚して、三人はまだ独身である。どういうわけか、美砂はまだ独りでいる友達のほうに親しみを覚える。

雑誌社に勤めている相沢洋子《あいざわようこ》に会い、帽子のデザイナーをやっている川津塔子《かわづとうこ》を訪ね、それから三番目に康子に会う。

美砂が電話をすると、康子はすぐ新宿《しんじゆく》まで出てきた。そこののっぽビルのロビーで会い、地下一階のレストランへ行く。

康子は幸せそうである。夫のこと、二人で行った旅のこと、毎日の生活などを延々と話す。美砂はその話を聞きながら、康子と自分がずいぶんかけ離れてしまったのを改めて知った。

女は嫁ぐと、どうしてこう話題が狭くなるのか、康子の話はいまの美砂にはなんの興味もない。

新居に寄っていけという康子の誘いを断わって、美砂は家に戻った。

それから二日ほどなに気なく過して、週末から蓼科《たてしな》の別荘へ母と行った。

そこに一週間いて、東京へ戻ると、もう休暇は三日しか残っていない。

美砂は秋に備えて、カーディガンやスカート地などを買いこみ、家にあるコーヒーセットやお皿のあまりまで、バッグに詰めこんだ。

帰るとき、美砂の旅行鞄《かばん》はいっぱいになり、さらに大きな紙袋を二つ持つありさまだ。

「お母さん、北海道に一度ぜひ来てよ、とってもいいところよ」

「秋になったら行きますよ」

空港まで送ってきてくれた母と握手して、飛行機に乗る。

北海道へ行くのに、もう初めのときのような不安はない。北の国へ帰ったら、自分だけの部屋が待っている。

一時間半後、夕暮の千歳空港に着くと、風が冷たい。日中は三十度近い温度にあがるが、夜は高原のように冷えこむ。火山灰地を横切る平原の風には、すでに秋の気配がある。

美砂が札幌のアパートへ着いたのは、午後六時を少し過ぎていた。半月間閉めきったままにしていたせいか、部屋の中に熱気がこもっている。窓を開け、空気をいれかえて掃除をする。それから鞄をあけ、持ってきた品々を整理する。

それが一段落すると、美砂は明峯家に電話をしてみた。

「おばさま、美砂です、いま戻ってきたところです」

「そう、久しぶりにお母さんのお乳を吸って生きかえったでしょう」

「わたしはもう一人で平気よ。それより家からお土産《みやげ》をあずかってきたので、明日でも届けます」

「それはありがとう」

夫人は小さく笑ってから、ふと思い出したように、

「実は二日前に、こちらに電報が入ったんだけど、紙谷さん、むこうで怪我《けが》をしたらしいわよ」

「本当ですか」

「なにか、氷の割れ目に落ちたとかって、命に別状はなかったらしいけど、手か脚の骨を折ったらしいわよ」

「どうしたらいいんでしょう?」

「主人がいっていたので、わたし詳しくはわからないんですけど」

「おじさま、そこにいらっしゃるの？」

「いまちょっと出かけているけど、九時には帰るわ」

「じゃ、わたしこれからすぐ行きます」

美砂は叫ぶようにいうと、受話器をおいた。そのまま、いったん脱いだワンピースを着て靴をはく。

明峯家に着いたときには、九時を過ぎていた。教授は十分ほど前に帰ってきたといって、背広から浴衣《ゆかた》に着替えているところだった。

「今日、帰ってきたんだって？」

帯を締めながら教授が茶の間に出てきた。美砂は母から渡された海苔《のり》と味の素の詰合せのセットをさし出すのもそこそこにきく。

「紙谷さん、怪我をなさったんですって？」

「二日前に電報が入ったばかりで、詳しいことはわからないんだが、どうも裂け目《リード》に落ちたらしい」

「裂け目《リード》……」

「氷の裂け目で大きいのはクレバスといって、こちらに落ちたら、助からないこともあるんだが、裂け目《リード》は小さいほうで、まだよかった」

「でもどうしてそんなところに落ちたんでしょう」

「日中、晴れている時は大丈夫なんだが、ブリザードという猛吹雪《もうふぶき》がくると、小さな裂け目などわからなくなるからね。そんなときはなるたけ外出しないんだが、あいにく観測にでも出ていて、ぶつかったのかもしれない」

じっとしていてくれればいいのに、仕事をやり出すと熱中する紙谷の性格がわざわいしたのかもしれない。美砂は苛立《いらだ》つ心をおさえて、

「じゃあもうお仕事は……」

「脚の骨を折ったんだから、むろん出来ないだろう。しばらくはバローの病院へ入院して、治療を受けるらしい」

「こちらには帰ってこられないんですか」

「それもはっきりしない。ギプスでも巻いて落ちついたらすぐ帰ってくるように、昨日返事を出したんだが」

「報《しら》せは紙谷さんから？」

「一緒にいる日本隊の金杉《かなすぎ》という隊長からだが、Ｔ３にはレントゲンもないので、どの程度の骨折の状態かもわからないらしい」

「バローの病院には、外科のお医者さんが、いらっしゃるのでしょうね」

「人口、二、三千の村だから、たぶん大丈夫だろう」

だが、美砂は落ちつかない。あの人はいまベッドの上で、苦しんでいるのではないか。

そして、脚を切断することになりはしないか。考えれば考えるほど不安になる。

「アラスカといってもアメリカだからね、心配することはないよ」

「紙谷さんはずっと氷できたえてきた人だから大丈夫よ」

教授と夫人が慰めるようにいう。それにうなずきながら、美砂はふと、二人の視線が自分を不思議そうに見詰めているのに気がついた。

二人はなにもいわないが、紙谷の怪我をきいて、東京から帰る早々駆けつけてきた美砂に呆《あき》れているようである。

美砂は急に羞《は》ずかしくなって眼《め》を伏せた。

「また二、三日したら、もっと詳しい情報が入ると思うが……」

夫人がコーヒーを淹《い》れ、手製のプリンを出してくれる。東京のこと、家のことと、話が移るが、美砂はほとんどうわの空だった。

教授も夫人も、美砂の頭が紙谷のことでいっぱいなのは察したようである。

一時間ほどで美砂が立ち上ったとき、いつもなら泊っていくように引き留める夫人が、

「あまり心配しないでね」といっただけだった。

明峯家を出ると、西の黒い山並みのうえに月があった。すでに秋を思わせる微風が、人通りのない住宅街を過ぎていく。

美砂はその風に吹かれながら、傷ついた紙谷が休んでいるアラスカへ行きたいと思っ

た。

二

八月の大学はさすがに閑散としている。

教室のスタッフも半分は休み、残ったスタッフも、十時過ぎてから、のこのこやってくる。外部の人達も、どうせ夏休みで教授達はあまりいないと思っているせいか、訪ねてくる人も少ない。

明るい光の下、居眠りしそうな暢《の》んびりした時間が過ぎる。だが美砂はその暇な一日がかえって苦痛だった。

いっそのこと、仕事に追われて忙しければ、紙谷のことなど考えなくて済むのだが、退屈であることが、かえって美砂の不安をそそる。

怪我を知って一週間経《た》ったが、紙谷からはなにもいってこない。

どうしたのか、バローの病院で手術でもしたのか、それとも手紙など書ける状態ではないのか、遠い異国のことだけに気にかかる。

「紙谷さん、どうしたのでしょう？」

いうまいと思いながら、美砂はつい藤野に話しかけてしまう。

「あの人は元来が暢気《のんき》な人ですから、大丈夫ですよ」

今度のことで、藤野はついに、美砂の本心を知ったらしい。さすがにそれをあからさまにはいわないが、そっといたわるような眼差《まなざ》しを向ける。

そうした好意に甘えるのはいけないと思いながら、やはり藤野と一番話しやすい。

「アンカレッジには日本の商社や、NHKの支局もあって様子がわかるのですが、バローにはほとんど日本人がいなくて、連絡がとりにくいのです」

「どなたか、日本の人が横についているのでしょうか」

「平野《ひらの》という北大からいった隊員がついているらしいのですが、バローとの間は、飛行機の便数も少なくて、連絡が遅れるんだと思います」

それ以上、藤野に尋ねてもどうにもならない。

出来るなら美砂自身、アラスカまで飛んで行きたいが、一人ではとても難しい。

あきらめながら、美砂の脳裏に、紙谷と最後に別れた朝の情景が甦《よみがえ》ってくる。

「それじゃ」といって眼を見交し、数歩いってまた振り返った。その時、紙谷はちょっと手を振って、照れたように笑った。

そのままライラックの植込みのある角まできて振り返ったとき、紙谷の姿はすでになかった。

待っていたアラスカからの第二信が大学に届いたのは、初めの便りの十日あとだった。

発信人は、紙谷と一緒にいったんバローへ戻ったと思われた平野隊員からである。

手紙によると、紙谷の怪我は、やはり犬橇《いぬぞり》を使って観測点に進行中、ブリザードに見舞われて視界を失ったまま、氷河の裂け目《リード》に落ち込んだらしい。

この事故で、紙谷と同行していた京大の大谷隊員が顔と手に擦過傷を負い、犬橇を引いていた犬の一匹が、死亡したという。

紙谷の怪我は、右下腿《みぎかたい》の骨折と、腰部打撲《ようぶだぼく》で、右脚のほうはバローの病院で、ただちに手術をされた。

幸い手術は成功で、現在はギプスを巻かれたまま、一応、傷の痛みも薄らいでいるが、日本に帰るのは、あと十日前後入院して、傷口がふさがり、ギプスを巻き直した時点で可能だろうと、医者がいっているらしい。

紙谷はブリザードのなかを、いわゆる「とんがり岩」の観測点に急行したらしい。その一帯が、本島から分裂する危険があったので、危険を承知で器材回収に出かけたのだという。

事故を起したことで、紙谷自身は大変恐縮しているが、おかげで器材は無事に回収することができたらしい。

なお現在はまだ平野隊員が病院についているが、あとはバローに住む邦人の丸谷《まるや》氏に頼むことにして、二日後に平野隊員は、ヘリコプターでT３へ戻ることになるという。

手紙を読んで美砂はひとまず安堵《あんど》した。これで命に別状ないことはたしかめられたが、バローに収容されて、すぐ手術されたところをみると、かなりの重傷であったようである。

初め教室員の話では、アンカレッジまでは連れ戻せるのではないかといっていたが、それも無理だったのであろう。

「慎重なようにみえて、あれで紙谷さんは意外に大胆だからね」

「表面は大人しそうで、芯《しん》は強い人だからな」

藤野達が手紙を見ながら話す。

「いまになっていうのはおかしいけど、俺《おれ》はなにか、今度は紙谷さんが事故を起すような気がしていたんだ」

「どうして？」

「別に理由はないが、なにか、このところ紙谷さんは少しやけっぱちというか、投げやりな感じがしてたろう」

「そうかな」

「飲むと泥酔したり、突然、無口になったりさ」

なに気ない藤野達の会話が、美砂の心にくいこんでくる。

いわれてみると、たしかに美砂もそんな気がしないでもない。出発の前夜、立っていられぬほど酔ったのも、アパートへ押しかけてきたのも、その一つの表れなのかもしれない。

すると、美砂を求めたことも、怪我をしたことも、すべてやけっぱちな気持の結果であったのか。

でも、手紙にははっきり、「あの夜のことは決して忘れません」と書いてあった。

教室では早速みなで、紙谷に手紙を書くことにした。

移動できるようになったら一刻も早く帰国するように、さし当り必要なものがあったら、なんでも送るから、遠慮なくいってくれ。そして最後にみなで、各人が、二、三行ずつ励ましの言葉を書いた。

「日本酒で洗えば、すぐ治ります。頑張ってください」藤野はそんなふうに書いた。

美砂は「一日も早い恢復《かいふく》をお祈りします」とありきたりのことを書いた。本当はもっともっと書きたいことがあったが、他の人の手前もあるので、それだけにした。

かわりに封書の住所を写して、家に戻ってから、別に手紙を書きはじめた。

大学にいるときは、いろいろ書くことがあると思ったが、いざ筆をもつと、なにから書いていいかわからない。

結局、第一報を東京から戻った夜に知って驚いたこと、みんなが紙谷のことを心配していること、今度、アパートのカーテンをもう少し明るい色に替えたことなどを書いたあと、「一日も早いお帰りを待っています」と書きくわえた。

八月を過ぎると、北海道にはすでに秋風が吹く。

七月の末から東京へ行ったせいもあるが、暑いと思う日は、二、三日しかないうちに夏が過ぎたように思う。大学のわきにあるプールが賑《にぎわ》ったのも、一カ月に満たない期間であったようである。

九月に入ると、それを知っているように空が澄み、農場わきのトウモロコシやトマトが急に丈を増した。きりぎりすの声があちこちできこえはじめ、高みを増した空にポプラが屹立《きつりつ》する。

北の国の秋は、駆け足でやってくる。

紙谷が日本へ戻ってきたのは、この秋のさかりの九月の半ばであった。怪我をしたのが八月半ばだから、それから一カ月経ったことになる。

夕方千歳に降り立った紙谷は、膝《ひざ》から下に白いギプスを巻き、松葉杖《まつばづえ》をついていた。スチュワーデスに支えられるようにして、ロビーへ出てくる。

「ご苦労さん」

藤野と吉岡達が一斉にかけよる。紙谷は「やあ」というように軽く笑ったあと、まっすぐ明峯教授の前へ来た。

「ご迷惑かけて、申し訳ありません」

「でも、思ったより元気そうじゃないか」

教授が紙谷の手を握る。紙谷はもう一度頭を下げてから、美砂のほうを向いた。

「お帰りなさい」

「どうも……」

一瞬、紙谷は照れたように笑ってすぐ、視線を藤野達のほうへ戻した。

二カ月半ぶりにみる紙谷の顔は、入院生活のせいか、いくらかやつれて蒼《あお》ざめてみえる。

そのまま、空港ビルの前に停《と》めてあった車で札幌へ向う。紙谷の荷物はほとんどバローに置いてきてあるので、小さなショルダーバッグ一つである。

「横になりますか」

「いや大丈夫です」

紙谷は後ろの座席に、きちんと膝を折って坐《すわ》る。その横に美砂と教授が坐り、藤野が前の助手席に坐った。

車が動き出すと、早速教授が尋ねる。

「脚はどんな具合かね」

「この足首の少し上のあたりで、大骨と小骨と、両方やられたらしいのです。でも手術をして、骨を金具で留めて、その上をギプスで巻いてあるので、もう痛みはありません」

「外国で手術は大変だったろう」

「別に痛くはないのですが、言葉が通じなくて。でもみな、とても親切にしてくれました」

「バローなんかに、ちゃんとした医者がいるのかと、心配したんだが」

「それが、ドクター・ハーパーといって、カリフォルニア大学を出た、大の日本贔屓《びいき》の医者がいて、よくやってくれたんです」

「それはよかった。向うの病院はどうだ?」

「綺麗だし、看護婦も親切なんですが、食事が洋食ばかりなものですから」

「出歩くわけにもいかないしね」

「小さな村なものですから、出歩いても日本料理店がないのです」

「それで瘦《や》せたんだな」

「そうかもしれません」

紙谷はそっと顎《あご》のあたりを撫《な》でた。ややこけた頰《ほお》に、うっすらと髯《ひげ》がにじんでいる。

「でも早かった。手術をしたというから、帰るのは、まだまだ先のことかと思っていた」

「ドクター・ハーパーは今月いっぱい無理だといったんですが、なんとか帰してくれと頼んで」

「さすがの紙谷さんも、ホームシックですね」

「病院に一人じゃね」

いかに医者が親切にしてくれても、異国の病院に一人というのは、心細かったに違いない。

「完全に治るまでは、どのくらいかかる?」

「ギプスはあと一カ月ぐらいで外せるだろうというのですが、自由に歩けるようになるまでは、やはり二カ月はかかるようです」

「後遺症になるようなことは、ないんだろうね」

「一応、大丈夫だろうと……」

「なんだか、心細いな」

「ドクター・ハーパーは、僕が途中で強引に帰るといったので、少しおどかしたのだと思います」

車は広い原野をつき抜けた高速道路を行く。夕暮が近づいて、遠い山際の空が赤く焼けている。紙谷が北極へ行くころ、まだ新緑の名残りのあった樹々《きぎ》の葉も、いまは夏を過ぎて濃い繁みを見せている。

「しかしとにかく、生きて帰ってきてよかった」

教授の言葉に、紙谷も素直にうなずく。たしかにそれがみなの偽らざる実感である。一歩誤ればいまごろ、紙谷の体は氷河の下で凍っていた。

「出かけるとき、飲んだのが効いたんですよ」

「いや、あのおかげで折ったんだ」

「違いますよ。あの時飲んだから、その程度で助かったんです」

藤野が勝手な理屈を並べる。

車が大学病院に着いたのは、午後六時を少し過ぎていた。いつのまにか日は短くなり、病院の前の庭は、すでにビルの長い影におおわれていた。

あらかじめ教室員の手で、大学病院の整形外科の病室を空けてもらっていた。病室は三階の二人部屋で、隣は六十歳前後の老人である。

藤野達が入院手続きをしに事務室へ行く。二人だけになって、美砂はそっときいてみた。

「なにか買ってきましょうか」

紙谷のショルダーバッグには、簡単な着替えが入っているだけで、寝巻きも洗面道具もない。防寒具や靴や、観測に必要なものは、すべてＴ３基地に置いてきてある。

美砂は急いで病院の前の店に行って、寝巻きと洗面道具を買い、さらに果物と週刊誌を買ってきた。

部屋に戻ると藤野達はいない。

「どうしたんですか」

「あまり大勢でいると、うるさいだろうといって帰ってしまった」

紙谷はそういいながらかすかに笑った。どうやら藤野達は気をきかせて先に帰ったらしい。

「果物、ここにおいておきます」

美砂は枕頭台《ちんとうだい》の扉のなかに、グレープフルーツと、葡萄《ぶどう》を入れた。

「寝巻きの大きさ、多分大丈夫だろうと思いますが、着替えてください」

「ありがとう」

紙谷はベッドの上に坐ったまま、シャツを脱いだ。美砂はそっと窓を向いたまま、紙谷が着替えるのを待っていた。

「どうだ?」

振りかえると、紙谷が縞《しま》の寝巻きを着て、両手を拡《ひろ》げていた。

「とっても似合うわ」

「これでようやく日本に帰ってきた気持になった」

美砂はベッドの上に散らかっている紙谷の脱ぎ捨てたものを畳んだ。

「こんなことになって、なにもお土産を買ってこられなかった」

「いいんです。それより、お部屋を替えました」

「へえ、どんな風に？」

「カーテンも絨毯《じゆうたん》も。今度快《よ》くなったら、ぜひ来てください」

隣の老人が、そっと寝返りをうって背を向けた。やはり二人を恋人同士と思って気をきかせたのかもしれない。

「日本はすべて、言葉が通じるからいい」

紙谷が悪戯《いたずら》っぽく笑ったとき、ドアをノックして看護婦が現れた。

「今日はもう先生がお帰りになったので、明日、改めて詳しく診察致します」

看護婦はそういってから、美砂のほうを見た。

「あのう、面会時間は終ったのですけど」

「すみません、すぐ帰りますから」

看護婦はうなずくと、出ていった。

「叱《しか》られちゃった」

「アメリカ並みだ」

「じゃあ、わたし帰ります」

「そうか……」

紙谷は少し淋《さび》しそうな顔をした。

「明日、また来ますけど、なにか買ってくるものありますか」

「買うものはないけど、教室から『流氷』という雑誌を持ってきて欲しい」

「わかりました、じゃあお休みなさい」

「お休み」

いきなり、布団から紙谷の大きな手が突き出された。美砂はその手を力一杯握り返して部屋を出た。

三

澄みきった空に、ところどころ思いだしたように白い雲が浮いている。果てしなく拡がったキャンパスの果てに、ポプラ並木が続いている。北国の秋は、いまがたけなわである。

この爽《さわ》やかな秋の空気のなかで、美砂の心は浮き立っていた。

毎朝七時半に起きて、八時半に大学へ行く。九時からお昼まで図書室で秘書の仕事をする。そこまではいままでと変らない。

だが昼休みになると、美砂は一目散に紙谷のいる病院へ駆けつける。

大学病院は低温科学研究所と同じ、大学のキャンパスのなかにある。キャンパスの北の端にある研究所を出て中央の楓《かえで》の並木のある大学通りを南へ五百メートルほど下り、左へ曲ると病院の西棟にぶつかる。

紙谷の病室は、その三階の三〇六号室である。研究所から病室まで、急ぐと七、八分で行ける。

「はい、チリ紙とタオルと、週刊誌」

美砂は毎日、紙谷の必要なものを届ける。もっとも、タオルはまだ使えるのだが、少し汚れてきたので、美砂が勝手に買ってきたのである。

「果物はまだある？　ちっとも減ってないじゃない。果物はビタミンCがあって、体にいいんだから、食べないと駄目よ」

美砂は早速、グレープフルーツを二つに割って、スプーンをつけて差し出す。紙谷は床の上に起きあがって、いわれたとおり食べはじめる。

「今度からはこのタオルを使うのよ。あら、そのシャツ、洗濯しなくっちゃ駄目よ」

チリ紙をいれてきた紙袋に、美砂はランニングシャツとブリーフをつめこむ。

「新しいの、ここに置いとくから、あとで着替えてね」

知らない人がきいたら、まるで妻のような気の配りようである。事実、隣にいる土田《つちだ》老人は、美砂のことを「奥さん」と呼んだ。

初め、それをいわれたときは、美砂も紙谷も吃驚《びっくり》して顔を見合せ、それから急に可笑《おか》しくなって、笑い出した。

美砂はよほど訂正しようかと思ったが、それも照れくさくて黙っていた。紙谷も笑っただけで、それ以上なにもいわない。だがおかげでそれ以来、老人は美砂を見ると「奥さん」と呼ぶ。

初めのうちはくすぐったかったが、そのうち、いつのまにか本当に自分が妻のような気持になってきた。形式的にはどうであろうと、紙谷にとって美砂は妻のような存在である。

藤野達も、美砂が足繁く病院に通っていることは気がついているらしい。

「しばらく見舞に行ってないが、紙谷さんはどう?」

などときいてくる。

「別に変りありません。病院のなかは松葉杖で自由に歩いています」

美砂はとくに隠さない。隠すとかえって不自然である。

藤野達は、二人が好意を抱き合っていることは知っている。紙谷の入院ということで、いままで以上に親しくなったことも知っていた。

しかし二人の間に体の関係があることまでは、気がついていないらしい。北極へ出かける最後の夜、酔って紙谷が美砂の部屋に泊ったことは知らないのである。

二人のことについては、教授も夫人も気がついているはずだが、なにもいわない。しばらく静観しようという態度らしい。

はっきりいって、紙谷の過去を知っている教授夫人は、必ずしも、美砂が紙谷に近づくことに、賛成ではないらしい。

とくに反対というわけではないが、なにも好んでそんな過去のある男に近づかなくても、といった気持があることはたしからしい。

それは別に、夫人がはっきりいったわけではないが、そうした雰囲気はなんとなく、眼差しや、言葉の端々でわかる。

たとえば夫人の「紙谷さんはよく問題を起すわ」という言葉自体が即、紙谷を批判しているわけではないが、言外に、美砂への牽制《けんせい》が含まれているような気がする。あからさまにいわないだけに、かえって美砂には気がかりである。

だがどういうわけか、夫人のそういう視線を感じるたびに、かえって紙谷をかばってやりたくなる。

まわりの人達は、紙谷の過去にこだわっているようだが、美砂はむしろ、その過去があるところに惹《ひ》かれたような気もする。

親友を自殺のような形で死に追いやり、好きな女性とも別れた、その翳《かげ》りをいつも背負っているようなところに、せつなさを覚える。

しかし、美砂はいま最も充実している。

昼と夜、二度病院へいって、なにかと紙谷の世話をやく。紙谷はいまは美砂の掌《てのひら》の中にある。美砂がいなければ紙谷は困る。紙谷にとって美砂はなくてはならない人である。そのことで美砂は満足できるし、自分の存在感をたしかめることもできる。

札幌の街にトウモロコシの匂《にお》いが漂っている。深まっていく秋とともに、その香りはやがて訪れる冬への序章でもある。

美砂が大通りにあるベンチで、藤野と並んで、トウモロコシを食べたのは、九月末の夕方だった。

すでに肌寒く、美砂はブラウスのうえにカーディガンを羽織り、藤野は紺のスーツを着ていた。知らない人が見ると、恋人同士が暢《の》んびり秋の夜長を楽しんでいるようにみえるが、二人にはそんな気持はない。

研究所が終ったあと、藤野は街の書店で本を買う用事があり、美砂は新しいセーターを探す目的があって、二人で連れだって出てきただけである。

買物を終えてから花壇の見えるレストランで軽い食事をして、そのあと大通りへ出てトウモロコシを買った。

もしかして、藤野は美砂に好意以上の気持を抱いていたのかもしれないが、美砂が紙谷を恋していることを知ったいまは、そんな気持はさっぱりと整理したらしい。内心はともかく、外からはそう見える。

「紙谷さん、いつ退院できるの？」

トウモロコシを食べながら藤野がきく。美砂も紙谷のことを話すのに、特別こだわることはない。二人の間でそんなことに気をつかう必要はないのである。

「もう骨は接《つ》いたので、来週あたり退院してもいいんだけど、そのあとしばらく、マッサージや運動練習が必要なんですって」

「足の動きが悪いの？」

「折れたところが下のほうだったので、足首の動きが悪いらしいわ。爪先上《つまさきあが》りの坂なんか、足を横にしないと難しそう」

「じゃあ退院したら、マッサージに通うわけだね」

「でも、お家《うち》が紋別だから」

「紋別でもマッサージできるのでしょう」

「できないことはないけど、やはりいままで入院していた病院のほうがいいんじゃないかしら」

「なんなら僕のところに泊ってもいいんだけど」

「でも、まだ膝や足首が自由に曲らないから、不便だと思うわ」

美砂としては、退院したあと紙谷が自分の部屋に来てくれることを望んでいる。

「でも、よく治ったなあ」

「足首の上のあたりの骨折が、一番治りが悪いんですって」

「やっぱり、アラスカの医者はうまかったのかな」

二人はそんなとりとめもない話をして、大通りで別れた。このあと藤野は琴似《ことに》の友達の家に行く約束があるという。


一人になって、美砂は地下鉄の駅のほうへ歩きはじめた。

すでに街は暮れ、美砂の頭の上でネオンが音をたてながら輝いている。退社時のラッシュはすぎて、地下鉄への入口も人はあまりいない。

美砂がその入口の階段を半ばまで降りてきたとき、下から見上げている視線に気がついた。

「あらっ」

下からあがってきたのは仁科杏子だった。

「お久し振り」

杏子はブルーのツーピースを着て、白いベルトでウエストを締めている。上から見下ろしたせいか、少し頰がこけて見える。

「どちらへ？」

「下のお店で、ちょっと買いものをしてきたものですから。よろしかったらお茶でも飲みましょうか」

美砂も別に急ぐことはない。二人は並んで外に出ると、大通りの角の喫茶店に入った。

「ずいぶんお会いしてないわ、あれは三月だったかしら」

「多分、そうでした」

「お変りありませんか？」

「ええ……」

美砂はうなずきながら、紙谷のことを話すべきかどうか迷った。

せっかく落ちついている人を、いまさら揺さぶる必要はない。

そう思いながら、一方で紙谷のことを告げて驚かせてやりたい気もある。

「実はちょっとした事件があったのです。紙谷さんが、北極で怪我をなさったのです」

「えっ……」

杏子は持ちかけたコーヒーカップをテーブルに戻すと、改めて美砂を見た。

「いつですか？」

「もう二カ月近くになります。氷の裂け目に落ちて、脚の骨を折ったんです」

「で、いまは？」

「北大病院にいます。手術はバローというアラスカの病院で受けて、九月の半ばにこちらに戻ってきました」

「それで、治るのですか」

「骨はもう大体接《つ》いたのですが、そのあとしばらくマッサージをしなければならないようです」

杏子は心配そうに窓を見る。

美砂は少し意地悪な気持で、その美しい横顔を見ていた。

たとえ、あなたはまだ紙谷さんのことを思っていても、もう権利はないのよ。すでに人妻になった人が、以前の男のことなど考えるべきではないわ……。

美砂は心でそうつぶやくと話題を移した。

「アイススタジアムのほうは、いかがですか」

「ええ……」

「もうかなりすすんでいるのでしょう。この前、ご主人がいらして明峯先生に説明なさっていたようですけど」

杏子はそれには答えず、思いなおしたように美砂を見た。

「紙谷さん、それでまだ病院にいらっしゃるわけですか」

「いいえ、あと一週間くらいで退院なさるはずです」

「じゃあ、そのあとは？」

「紋別に帰るのかもしれませんが、まだはっきりは決っていないようです」

杏子はうなずくと、テーブルへ眼を落したまま黙りこんだ。

風花《かざはな》

一

十月の最初の土曜日に、紙谷は退院することになった。

そのまま、紙谷は真っ直《まっす》ぐ紋別へ帰ることを希望したが、医師や明峯教授達のすすめで、しばらく札幌に残って、マッサージに通うことになった。

膝《ひざ》関節は早めにギプスをはずされたので、正常に近く曲るようになったが、足首のほうはまだ動きが悪く、足首の裏側に、軽い痛みがある。その程度のマッサージは、紋別で出来ないわけでもなかったが、大事をとって大学病院へ通うことにしたのである。

それに研究所のほうも、いまは流氷もなく、比較的暇なときだった。ともかく、一カ月ほど静養をかねて札幌にいることになったが、そうなると、どこか住む場所を探さなければならない。

紙谷の実家は函館《はこだて》で、札幌には身近な親戚《しんせき》もいない。美砂は自分のアパートに来て欲しいと思ったが、それまではいい出しかねた。

教室の仲間達が、一カ月くらいなら、自分のところに来ないかと誘ったが、紙谷はそれらを断わって、昔、学生時代に下宿をしたことのある家の一部屋を借りることにした。

そのアパートは大学の正門の近くで、家主は六十をこしていたが、紙谷のことはよく覚えていて、一カ月くらいなら権利金も敷金もいらないといってくれた。

六畳間で少し狭いが、寝るだけならそれで充分である。

美砂は紙谷が同僚のアパートにゆかず、大学の近くの、一人だけの部屋に移ることになったのでほっとした。

そこなら美砂のアパートとも近いし、他の人に気兼ねもいらない。一カ月とはいえ、美砂は一緒にいられる。

紙谷の病室に、大きな果物籠《くだものかご》と、カーネーションと百合の花束が届いたのは、この退院の日取りが決った翌日の午後だった。

美砂はその日、明峯教授が東京へ出張していて不在だったので、午後一時過ぎまで病室にいた。昼休みに、病室で二人が語り合うのは、すでに毎日の日課になっていた。

一時半近くになって、そろそろ研究所へ戻ろうと思ったとき、ドアがあいて若い男性が花を持ってきた。

「三〇六号の紙谷さんですね。お届けものです」

男はそういうと、果物と花束を入口に近い丸椅子《まるいす》の上に無造作においた。

「ここに受取りのサインをしてください」

「誰《だれ》から」

紙谷は怪訝《けげん》そうに、上体を起して贈りものを見た。果物籠は両手で抱えるほど大きな籠にメロンや葡萄《ぶどう》が、美しい包装でつつまれている。

「名前は仰言《おつしや》いませんでした」

「花束は？」

「一緒に届けてくれといわれまして、代金はいただいておりますから」

店員はすぐ帰ろうとする。

「あ、ちょっと、その贈ってくださった方は、どんな方ですか」

「着物を着た、美しい人でした」

「女の方……」

「そうです、じゃあ」

店員は頭を下げると、サインを記した紙片を受け取って、出ていった。

白い壁の部屋に、華やかな花と果物籠がいかにも不似合いである。

「おかしいな」

紙谷が花を見ながらつぶやく。

美砂は白い紙に包まれた花をそっと手にとってみた。甘い花の香りが漂う……。白い百合と赤とピンクのカーネーションがよく似合う。これだけで一万円はしそうである。

「女の方だって、いってたわよ」

「………」

いつもの紙谷からみて、嘘《うそ》をついているとは思えない。本当にわからないのかもしれない。

「はっきり三〇六号の紙谷さん、と仰言ったんだから間違いないわ。どなたか、紋別から出てきたんじゃない？」

「いや……」

「美しい人だって、いってたわよ」

美砂は皮肉をこめていったが、紙谷はまだ気が付かないらしい。

「とにかく、わたしは帰るわ、お花だけ水につけとくわね」

美砂は少し邪険に花束をとりあげると、流し台の水貯めに浮べて部屋を出た。

病院を出てから研究所への道すがら美砂はずっと、花と果物の贈り主のことを考えた。いままで紙谷のまわりには、女性の影はなかった。入院してからも美砂はベッドにつききりで買物から、下着の洗濯までしているのだから、それには確信があった。

それが突然、風のように一人の女性が現れ、花を贈っていく。

はっきりしないが、美砂はその花を見たときから贈り主は仁科杏子でないかと思い続けていた。

着物を着た美しい女性は、杏子に違いない。

杏子と大通りの喫茶店で会ったのは一昨日であった。美砂はそのとき、紙谷の怪我《けが》のことを喋《しゃべ》っている。杏子は知らなかったらしく、ひどく驚いていた。美砂が別の話をしても、すぐもとに戻して病状をききたがった。

あのあと、杏子は大学病院に電話をして、紙谷の病室をきいたのかもしれない。三〇六号室にいることを知って、病院の前まできて、花束と果物を贈るように頼んでいったに違いない。

でもどうして、あの人が……。

改めて考えると、納得できないところが残る。杏子はどうして紙谷へ、あんなものを届けようとしたのか、いまはなにも関係のない過去の人へ。

病気ときいたから見舞のつもりで、というのだろうが、それなら名前を隠す必要はないはずである。

わたしに気がねしてか、それともやはり、あの人はまだ紙谷さんを好きなのだろうか……。

美砂は夕映えの窓を見ながら、いやいやをした。思いたくない不安が、美砂の頭のなかに拡《ひろ》がっていく。

「まさか」と思いながら、一方で「もしや」と思う。

すでに勤務時間の終りの五時である。藤野達の話し声が、廊下の先からきこえる。

美砂は気をとりなおすように、赤く焼けた空を見ながら、「いやだ」とつぶやいた。

夕方、美砂は帰りにもう一度、紙谷の病室に寄ってみた。花は相変らず流し台の水貯めにつけたままだが、果物籠のほうはすでにあけられメロンが一つなくなっている。

「あら、もう食べたの？」

「とてもおいしかった、ねえお爺《じい》さん」

隣のベッドの土田老人もご相伴《しょうばん》にあずかったらしく、笑顔でうなずく。

「どなたからいただいたか、わからないのに食べていいの？」

「わからなくても、僕にくれたことは間違いないんだろう。なかなか美味《おい》しいぞ、食べてごらん」

紙谷はけろりとして、新しい葡萄をつまんでいる。

「こんなところにおいて、お花が可哀想《かわいそう》だわ」

いままで、美砂はときどき花を買ってきて病室に飾ったが、百合やカーネーションを二、三本で、今度のように豪華なのは初めてである。窓際においただけで、病室全体が急に明るくなったような感じがする。美砂は花の根元を切って、窓際の棚にある花瓶にさした。

「でも、こんな立派なのをくださったのは誰かしら」

花瓶にあふれる花を見ているうちに、美砂は次第に杏子に嫉妬《しっと》を覚えた。

「やっぱり心当りがないの？」

「残念ながら……」

「女性だなんて、怪しいわ」

「おいおい、変なことというのは止《よ》せよ」

紙谷は慌てて、食べかけた葡萄を皿に戻す。

「だって、おかしいじゃない」

「本当に知らないんだよ」

「ねえ、あの人じゃない？」

「なに？」

「あの……」

仁科杏子の名が喉元《のどもと》まで出かかって、美砂は辛うじて言葉を呑《の》んだ。名前をいって紙谷の反応を見てみたい気もするが、逆に怖いような気もする。

過去はともかくいまは杏子のことは忘れているらしい。そこへいまさら波立たせることもない。

「食べないか、これはマスカットとかっていうんだろう」

紙谷が葡萄を盛った皿を、おし出す。美砂はその大きなグリーンの粒を一つだけ口に運んだ。

「美味しいだろう」

「ええ……」

甘味をたしかめながら、美砂は改めて杏子の本心を考える。

たとえ名前をかくしたところで、美砂にはすぐわかる。贈った杏子にしたところで、美砂に知れることは充分想像できたろうに。それを敢《あえ》て贈ってきたのは何故《なぜ》か。もしかして、これはあの人の、わたしへの挑戦ではないか。

わたしはまだ紙谷さんを忘れていない、白とピンクと赤の花は、そんなことを訴えかけているようにも見える。

「どうした、なにを考えてる？」

葡萄を一粒食べただけで黙り込んだ美砂を、紙谷は怪訝そうにのぞきこんだ。

「ねえ、退院しても、あまり街のほうをうろうろしないほうがいいわ」

「なんだい？　急に」

「だって、あなたは誘われたら、すぐついていくんだから」

「ちょっと飲みに行くぐらい、いいだろう」

「でも……」

街に出て、もし杏子にでも逢《あ》ったら困る。傷が治るのを待ちながら、美砂にまた新しい心配がおきてくる。

二

十月のはじめ、紙谷は予定どおり退院した。そのまま北大前の「あらき荘」というアパートの一室へ落ち着いた。

美砂の生活はますます忙しくなった。いやそれは忙しいというより、充実しているといったほうがいいのかもしれない。

新しいアパートに移った紙谷の部屋にはなにもない。見るからにがらんとして、あるのは家主から借りた小さな机だけで、あとは美砂が持ってきたコーヒーカップと小皿が二、三枚、流しに置いてあるだけである。押入れにはこれも借りた布団が一組あるだけで、下着類はまるめて紙袋に入れてある。

美砂が箒《ほうき》、バケツと買い揃《そろ》えると、紙谷はかえって面倒がる。

「一カ月ぐらいだから、いらないよ」

「あら、じゃあ一カ月のあいだ、お掃除もしないつもり？」

「一人だから、そう汚れやしないさ」

「汚れなくたって、埃《ほこり》はたまるものよ」

病院で一カ月近くも看病を受けたせいか、紙谷は文句をいいながらも美砂のいうとおりに従う。これでは知らない人が、美砂を妻だと勘違いするのも無理はない。

ともかく、おかげで紙谷の部屋は寝泊りだけはできるようになった。もちろん食事は外でしなければならない。

紙谷の日課は、朝十時から小一時間、病院でマッサージや、運動訓練を受けるだけである。それが終ってしまえばとくにやることもない。

手術のあとの休養とはいっても、痛いところのない体は退屈をもてあますらしく、病院の帰り、紙谷はきまって研究所を訪れる。

「だいぶ涼しくなったなあ」

そんなことをいいながら、美砂一人の図書室にのそっと入ってくる。

「今日は遅かったわね」

「混んでいて待たされたから。もうお昼だろう、ご飯を食べに行こうか」

美砂はやりかけの仕事を中止して、一緒に大学の職員食堂へ行く。

「大分涼しくなったから、アパートで浜鍋《はまなべ》をつくろうかと思うんだけど、食べにこない？」

パンのあと、ミルクを飲みながら美砂がいう。

「君が、うまくつくれるかな」

「じゃあ、手伝いに来てくださる？」

「行こうか」

どうせ紙谷は外食だから、夜もどこかで食事をとらなければならない。大抵はアパートの近くの食堂で食べているらしいが、それだけでは栄養が片寄ってしまう。

「長い間ギプスを巻いていたので骨が萎《や》せているから、なるたけ栄養のあるものを食べなさいって、お医者さんがいってたでしょう」

退院するときにきいた医者の言葉を思い出して、美砂はこれまでも何度か、夕食に誘ったが、紙谷は、「今夜は藤野達と焼鳥を食べに行く」とか、「下宿のおやじと一杯飲むから」などといって断わることが多かった。

美砂は、紙谷が自分を避けているのかと、哀《かな》しくなったが、それは少し違うようである。その証拠に、紙谷はお昼には必ず研究所に顔を出して、美砂と一緒に食事をする。たまには紙谷のほうから、「街に食べに行こう」と夕食を誘ってくることもある。二人だけになると、よく気をつかってくれる。

退院して初めての給料日にも、「休んでいるのでお金を使うことがない」といって、美砂にハンドバッグと靴を買ってきてくれた。それもなに気なく、美砂の好みをきいたうえで、黙って買ってくる。

紙谷は決して美砂を避けているわけではない。ただアパートに来るのをためらっているらしい。

紙谷が、美砂のアパートに来たのは、退院した三日あとである。

退院祝いだといって、美砂はお刺身と水炊きをつくってみた。

紙谷は「久しぶりに家庭料理らしい料理にありついた」といって喜んだが、食事のあと、なんとなく落ち着かぬふうだった。

あと片付けを終り、二人で暮れていく窓際に坐《すわ》っているうちに、どちらからともなく抱き合った。

そのときから半月の間に、美砂は三度ほど紙谷に抱かれている。そしてそのどれも、紙谷が食事に来たあとである。

初めは戸惑いがちであったのが、愛しあったあとも、いまはごく自然に振る舞うことができる。紙谷が横にいると気になって眠られなかったのも、いまは平気で、むしろ彼の大きな胸に頭を寄せていたほうが安心して眠られる。

いま、美砂はつくづく自分の変貌《へんぼう》に驚かされる。

紙谷を知るまで、男など乱暴で、勝手気儘《かってきまま》なものだと一人合点していたのが、いまはまるで違う。男ほど優しく、懐かしいものはいないと思う。

セックスは不潔でいやらしいものと、単純に思いこんでいたものが、いまは不潔どころか、もっと豊かで、優しいものに思われる。

正直にいって、美砂はこのごろ、性の悦《よろこ》びが、なんとなくわかるような気がする。まだ茫漠《ぼうばく》と、とらえどころはないが、体の奥のほうで、かすかに響くものがある。

ゆっくりと、しかし確実に、美砂の体は紙谷によって、呼びさまされているようである。

美砂が紙谷を夕食に誘うことに少し戸惑うのは、誘うことが、すぐ紙谷に抱かれることを、せがんでいるように思われることである。

初めはそんなつもりでなく、なに気なく誘ったのが、くり返すうちに、慣習のようになってしまう。美砂の部屋にくると夕食をして、愛し合い、泊っていくのが当り前のことのようになってきている。

これは美砂の考えすぎかもしれないが、紙谷にはそのことを避けようとしているような素振りがある。夕食に誘うと、二度に一度は理由をつけて断わるのは、その例である。

もちろん、このことは、美砂が紙谷にきいたわけでも、紙谷が直接いったわけでもない。ただ美砂が漠然と思っているだけのことだが、なんとなく気にかかる。

もしかして、紙谷はこれ以上、深入りするのを怖《おそ》れているのではないか……。

だが日中の紙谷には、そんな翳《かげ》りは少しもない。相変らず暢《の》んびりして、陽気である。

単なる思いすごしなのだろうか。

昼間、二人で食事をしたり、図書室で相変らず、氷の本ばかり読んでいる紙谷の姿を見ていると、そんなことは取りこし苦労のような気がしてくる。断わられたからといって、そんなふうに考える必要はない。

しかし夜一人で紙谷のことを思うと、無性に淋《さび》しくなる。

美砂はいつでも逢いたいのだが、紙谷のほうから電話をかけてくることは滅多にない。この暗い夜に、紙谷はなにをしているのか。

二人で一緒にいるときは、紙谷をしっかりととらえたつもりなのに、一人になると、たちまち自信がなくなってくる。とらえたのは、紙谷の外見だけで、実体は少しもとらえていないような気がしてくる。

考えれば考えるほど紙谷がわからなくなってくる。いつか、二人の間に別れがきそうな不安がかすめる。

いま紙谷を夕食に誘いながら、美砂はその不安にかられている。

「じゃあ六時ごろ、来てくださる？」

不安を振り払うように美砂が念をおす。

「わかったよ、行きがけになにか買っていこうか」

「買物はわたしがするからいいわ」

「いま、丁度とりたての鮭《さけ》が入っているだろう」

「まかしておいて、きっとおいしいのをつくるわ」

紙谷が来てくれると知っただけで、美砂の心はたちまち華やいでくる。

二人の秘密は、美砂の両親はもちろん、明峯教授も、研究所の仲間も誰も知らない。誰にも知られぬまま、秘密だけがゆっくりと、しかも着実に大きくなっていく。


美砂が明峯教授の家に招《よ》ばれたのは、この十月の半ばすぎである。教授にいわれたのでなく、昼ごろ夫人から直接、美砂に電話があった。

「どうしているの？　このごろさっぱり見えないじゃない。今晩、ちょっと夕食でも一緒にしない？」

夫人の声は明るく屈託がなかった。

美砂が明峯家に最後に行ったのは九月の半ばだから、それから約一カ月経《た》っていることになる。

札幌へ来た当初は毎日のように明峯家を訪れ、慣れてくると行かないというのでは、虫がよすぎる。

正直いって、この一カ月、美砂は紙谷のことで頭がいっぱいで、明峯家へはすっかり御無沙汰《ごぶさた》していた。

「たまに、顔を見せてちょうだい」

そういわれては、さすがに断わりにくい。美砂はすぐ「行きます」と答えた。

この呼出しは、明峯教授に関係なく、夫人が勝手に電話をかけてよこしたようである。実際はともかく、外見はそうみえた。

美砂は午後五時に大学からまっすぐ、明峯家に向った。教授は午後から道庁で会議があり、そのあと会食があって遅くなるとのことだった。

美砂が明峯家に着くと、六時少し前だったが、あたりはすでに夜になっていた。夫人は喜んで迎えてくれると、すぐ夕食を揃えてくれた。今日は明人も友達のところにいっているとかで、夫人と二人だけである。

向いあって夫人のお得意の水炊きをつつきながら夕食をとる。

「女だけだから、ゆっくりビールでも飲みましょうか」

夫人は冷蔵庫からビールを持ってきて栓を抜く。このごろは夫人達の仲間でもアルコールを飲む人は結構多いらしい。

小一時間ほど雑談を交しているうちに、夫人の頬《ほお》が、うっすらと朱味《あかみ》を帯びてきた。

「強くなったのよ」といっても、やはり女である。美砂も体がなにか浮いているような感じである。

「ところで、ちょっとおききするけど、あなたいま、誰か好きな人はいないの？」

夫人は探るように美砂を見た。

「わたし?」

美砂は小さくつぶやいてから、「いいえ」と首を振った。

夫人はそこで、一口ビールを飲んでから、

「これ間違ったら、ご免なさい」

「なんでしょう?」

「紙谷さんのことだけど、あなたはどう思っているの?」

「わたしはただ、流氷を見にいってお世話になって、とってもいい方だと思ったけど
……」

「それだけ?」

美砂はうなずきかけたが、不安になって、

「誰か、なにかいったのでしょうか」

「ううん、別に。ただあなたの本当の気持をきいてみたいと思っただけなの」

夫人はそこで、しばらくグラスをもてあそんでいたが、

「本当に、あなたは紙谷さんを愛していないの?」

「………」

「人を好きになるということは大切なことだし、他人がそれにとやかくいえることでは

ないけど……」

返事をしないことで、夫人は、美砂が紙谷を愛していると受け取ったようである。

「わたしは別に、あなた達のことにお節介するつもりはないのよ、紙谷さんもあなたも、もう立派な大人なのだから」

控え目だが、夫人のいい方にはすでに、二人のことは承知しているといった自信がみえる。

誰が告げたのか、あるいはそんなことは、自然と伝わっていくことなのか。美砂は黙ってテーブルの一点を見ていた。

「これはわたしの勝手な考えだから、気にしないで、きき流して欲しいのだけど、できたら、紙谷さんとだけは、そういうことにはならないほうがいいような気がして」

「どうしてでしょう?」

そっと顔をあげたつもりだが、その表情にはいままでおさえていた気持が表れていたようである。

「あなたの仰言るとおり、あの人はとてもいい方だけど、やはりいろいろと……」

「いろいろって、仁科さんのことでしょうか……」

夫人はゆっくりとうなずいて、

「もう過ぎたことだけど、やっぱり心には残っているでしょう」

「おばさまは、紙谷さんがまだ仁科さんを愛していると仰言るのですか」

「それは、紙谷さんに直接きいたわけじゃないから、はっきりはわからないけど、過去の人を忘れるために、あなたが犠牲になったりすると辛《つら》いと思って」

「犠牲って……」

「もしあのお二人、まだ愛し合っているとしたら……」

「まさか……」

「とにかく、わたしはあなたが幸せになってくれればいいと思っているだけよ」

夫人はそういうと、手を組み、少し痛ましげな眼差《まなざ》しで美砂を見た。

はたして夫人のいうとおり、紙谷と杏子はいまでも愛し合っているのだろうか。

紙谷が入院したことをきいて、すぐ花束や果物を届けてきたところをみると、杏子はまだ紙谷を愛しているのかもしれない。美砂が紙谷の話をするとき、無関心を装いながら、きき耳をたてるのも普通ではない。

だが紙谷のほうはどうだろうか。たしかに紋別の部屋には、杏子と一緒の写真が置いてあったが、それだけでいまも愛しているとはいいきれない。たぶん、あれは過去の思い出として残しているだけで、それ以上のものではないのではないか。

いま美砂がなによりも信じているのは、初めての夜、紙谷の胸のなかできいた、「愛している」という言葉である。それは間違いなく、美砂が自分の耳できき、たしかめた言葉である。

「おばさま、それはどういう根拠で仰言るのですか」

美砂は少し鼻白《はなじろ》んでたずねた。

「根拠なんて、そんな大袈裟《おおげさ》なものはないの、ただなんとなく気になったから」

「でも、杏子さんは、もうお嫁にいった方じゃありませんか」

「もちろん仁科さんは陽気で、悪い人じゃないけど、少しお坊ちゃんで、我儘《わがまま》なところがあるから。今度のアイススタジアムのことも、どうもあまりうまくいってないらしいわ」

「でも、やると仰言ってましたけど」

「杏子さんは初めから反対だったらしいけど、やっぱり資金的にいろいろ無理がでて、今度のシーズンまでにはとても無理らしいわ」

そういえば、このところ仁科恭平はさっぱり大学に現れない。六月ころは、いますぐにでも出来るような鼻息だったが、その後スタジアムの話はまったくきいていない。

「杏子さんは、表面は大人しい方だけど、芯《しん》は意外に強い方だから」

「あのお二人、うまくいっていないのですか」

「そんなことはないでしょうけど、性格がかなり違うから」

「じゃあ、おばさまはわたしに、紙谷さんのことはあきらめろ、と仰言るのですか」

「別にわたしは邪魔をしよう、などということじゃないのよ。ただ恋は女にとって命がけのことだから、慎重にして欲しいと思うだけなの」

美砂はうなずいたが、心の底まで夫人のいうことに納得したわけではない。実際いまさら止《や》めろといわれても、止らないところまで二人の間はすすんでいる。

「あら、すっかり話しこんで。新しいビールをもってくるわね」

「いえ、もう飲めません」

「じゃコーヒーでも淹《い》れましょうか」

夫人は立ち上り、キッチンに行く。美砂はその後ろ姿を見ながら、夫人になんといわれようと、いまはすすむだけだ、と自分にいいきかせる。

北国の秋は短い。

つい少し前夏が終ったと思っているうちに、朝夕の吐く息が白くなる。十月に入ると、暖房がなくては過せない。

紙谷の脚の恢復《かいふく》は順調で、十月の半ばもすぎると歩き方は、ほとんど正常に近くなった。まだ急な坂や、遠道をすると、踵《かかと》とアキレス腱《けん》に鈍痛があるようだが、それは日を重ねて自然に治すより仕方がないらしい。

折れた個所には、骨を接《つ》ぐための金属片が入っているが、それはいま慌ててとることもないらしい。いずれ来春でも、また暇になったとき札幌にでてきて摘《と》り出してもらえば、心配はないという。

「十月の二十七日が日曜日だから、その日に発《た》とう」

と紙谷は言った。

「でも、まだ流氷は来ないでしょう」

マッサージに通うのは十月いっぱいだときいていながら、いざ帰るとなると一日でも長くいて欲しい。

「流氷は十二月からだけど、そのまえに休んだ間のデータや、器機の整備もしなければならないから」

紙谷の心はすでに、オホーツクの海へとんでいるようである。

男はどうして、こうさっぱりと恋人をおいて、仕事へ戻っていくことができるのか。自分ならこうあっさり紙谷を振り切って帰ることはできない。

紙谷より自分の愛のほうが強いのか、それともそれが男と女の違いなのか、美砂は自分の未練が哀れで、少し哀しくなる。

だが女は恋に命を燃やし、男は仕事に情熱を傾けることで、男女のあいだはバランスがとれているのかもしれない。男も女もともに恋に没頭しては、二人は破滅の道を進むことになる。美砂はそう自分にいいきかせて、紙谷を送り出すことにした。

二十六日、札幌での最後の夜、二人は一緒に街に出た。

日中、晴れているときはまだ背広だけで歩けたが、日が暮れると、さすがにコートなしでは肌寒い。プラタナスの歩道には、早くもところどころに枯葉が舞っている。

「紋別はきっと寒いわ」

「大丈夫だよ」

流氷を待っている紙谷には、近づく冬を怖れる様子はない。

「どこに行こう?」

「どこでもいいけど、人のあまりいないところがいいわ」

二人は木枯しのなかを並んで歩き、五丁目通りの南角の、古い煉瓦《れんが》づくりのレストランに入った。

店は中央の奥に赤い暖炉があり、机も椅子も木肌をいかした古風なつくりである。

「シャンペンを飲もうか」

「そうね」

二人はボーイからシャンペンを受けて、グラスを持ちあげた。

「乾盃《かんぱい》、まずは全快祝いだが……」

紙谷はそういってから、

「君の健康を祝して」

「わたしは大丈夫よ」

美砂が笑ったとき、グラスが小さく鳴った。甘酸っぱい液が、渇いた喉をうるおしていく。紙谷は一気に飲み干すと、思い出したように、ポケットから、包装紙につつまれた細長い小箱をとり出した。

「これ、プレゼント。いろいろお世話になって、本当にありがとう」

両手を膝にのせたまま、紙谷がペコリと頭を下げる。

「そんなのおかしいわ」

「いや、本当に感謝してるんだ」

美砂は机の上に出された紙包みを、そっと手にとってみた。

「気にいらないかもしれないが、これでもいろいろ考えたんだ」

「嬉《うれ》しいわ、あけてもいいかしら」

「気に入らなかったら、別のに替えてもらえばいい」

美砂はデパートのマークのある包装紙をゆっくりと解いた。

細長い桐《きり》の箱から出てきたのは、黒いビロードの地に置かれたパールのネックレスだった。白い鎖の先に、大きな真珠が三つ、花模様の台の上にのっている。

「うわあ、素敵、ありがとう」

「なにがいいのか、わからなくてね」

パールは六月生れの美砂の誕生石である。そ知らぬふりをして、紙谷はそういうことまで覚えていてくれたらしい。

「こんな高いの、本当にいただいていいの？」

「入院のおかげで、お金があまったからね」

美砂はネックレスを胸に当ててみた。胸開きの紺のワンピースに、パールの上品さがよく似合う。

「大切にするわ」

「さあ、もう一杯」

紙谷は照れたようにボトルを持つと、美砂のグラスにシャンペンを注いだ。

そのあと二人は薄野を飲み歩き、最後に紙谷は当然のように、美砂の部屋に泊った。

心地よい酔いのなかで、美砂は確実に紙谷の愛を全身で受けとめた。

翌日は見事な快晴であった。空は高く、澄んでいるが、その蒼《あお》さには、海の底をのぞきこむような冷たさがあった。

この週末と、次の文化の日の休みを最後に、北国の秋は終り、長い冬に移っていく。耳を澄ますと、蒼い空の彼方《かなた》から、すでに冬の足音がする。

美砂はその晴れているが冷えた日曜日の朝、紙谷と一緒に駅へ向った。列車は九時三十分発の網走行である。これで行くと遠軽《えんがる》で乗り換えず、一部はそのまま紋別へ直行する。向うへ到着するのは午後三時前である。

日曜日の朝の街はまだ覚めきっていない。ほとんどの家の戸は閉じられ、玄関のドアに新聞がさし込まれたままになっている。大学のまわりの歩道には、散歩がてらの老人や、犬を調教に連れ歩いている人くらいで、静まりかえっている。美砂と紙谷はその街を、バスに揺られて駅に着いた。

さすがに駅には、沢山の人が集まっている。残り少ない秋を楽しむのか、早くから家族連れで出かける人達がいる。

紙谷はバッグ一つの、身軽ないでたちである。初めから荷物はないうえに、小荷物を一個先に送ってある。

「帰ったら、すぐお掃除しなければ駄目よ」

「わかっている」

「きれいでも、埃はたまっているんだから、拭《ふ》き掃除もよ」

美砂は出来ることなら一緒にいって、部屋の掃除をしてやりたい。紙谷のことだから、また埃のなかで平気で寝るかもしれない。

「来週、週末にでも行きましょうか」

「遠いから、冬休みになってからでもいいよ」

紙谷とは、冬休みになったら、紋別で逢う約束をしていた。

「あまり深酒をしちゃ駄目よ。それから氷の上で、滑らないように。今度転ぶと大変よ」

一つ一つ母親のように注意するが、紙谷は簡単にうなずくだけである。

「日曜日だから、見送りに来ないようにいっといたけど、藤野達に会ったらよろしくいっといてくれ。それから教授にも」

「わかったわ」

紙谷が見送りに来なくてもいいといったせいもあるが、それ以上に、藤野達が駅に来なかったのは、紙谷と美砂と二人だけにしてやろうという心遣いに違いなかった。

「じゃあ、乗るぞ」

発車時間が近づいて、紙谷はいったんなかに入り、荷物だけ置いてくると、またホームへ降りてきて、美砂の手を握った。

「元気で」

「ええ、あなたも」

ごく自然に、美砂の口から「あなた」という言葉が出た。

ベルがなり、列車がゆっくりと動き出す。紙谷の大きな手が振られ、やがてホームの端の朝の光のなかに遠ざかっていく。

「さようなら」

美砂が叫んだが、それはもう紙谷には届かない。

そのまま列車の後部が丸い一点となり、右へ曲って消え去ったとき、美砂は急になにか、大きな落し物をしたような淋しさにとらわれた。

氷湖《ひょうこ》

一

札幌の十一月は、秋から冬への橋渡しの季節である。

北国の街は三日の文化の日を過ぎると、樹々《きぎ》はほとんど落葉し、蒼《あお》かった空は、冷え冷えとした鉛色に変る。

その重く沈んだ空の果てから、時おり霙《みぞれ》が訪れ、時に弱い陽射しが洩《も》れてくる。晴れ間のとき、雲間から射す光に、かすかな安らぎを与えたのも束の間、また午後から夜通し冷雨の一日が続く。雨にうたれ続けた落葉は、舗道の端にひとかたまりになって朽ち、ふと見上げると、樹々は鋭い梢《こずえ》だけを晩秋の空に残している。

空は晴れても一カ月前のような清澄感はすでになく、陽が傾くとともに白く小さな雪《ゆき》虫《むし》が舞い、あたり一帯から、つつみこむように夜が訪れる。冷雨と鈍い晴れ間と、両者は交替し、拮抗《きっこう》しながら、徐々に、しかし着実に冬への足どりを早めてくる。

十一月の末、美砂は研究所から、雨にうたれる大学のキャンパスを眺めていた。かつて緑が萌《も》え、ライラックが咲き、ポプラが屹立《きつりつ》していたキャンパスも、いまはすべてが茶褐色に変り、そのうえを冷雨が降り続ける。樹も庭も、家も道路も、すべてが息をひそめ、内にこもりながら、ただ冬の訪れを待っている。

雨のキャンパスを見下ろしながら、美砂は紙谷のことを考え続ける。冷えた朝、紙谷を駅に送ってから、すでに一カ月が経《た》っている。

バスで一緒に駅に向ったときも、ホームでの別れ間際にも、美砂は、「手紙をください」と頼んだ。それはおしつけがましくなく、他の話のあとでそっと添えるようにいった。

紙谷は、とくに返事はしなかったが、黙ってうなずいた。

だがこの一カ月、紙谷から来た手紙といえば、紋別へ着いた一週間後に、脚の痛みはほとんどなく、元気にやっている、という内容のハガキが一枚だけだった。

その間、美砂は五通の手紙を書き、二度の電話をしている。

電話をかけると、紙谷は「やあ」といい、例の少し暢《の》んびりした口調で、仕事のことを話してくれる。

今年は例年より流氷が早く来そうなこと、レーダー流氷域の確認のため、ヘリコプターで飛ぶ予定でいることも、美砂はその電話で知った。

そんな話のあと、紙谷は思い出したように美砂の使っているガスストーブは、消し忘れたりすると危険だから注意しろ、などといったりする。

電話で話しているかぎりでは、紙谷の優しさは変らない。

だがそれにしても、手紙の数が五通と一通では、あまりに違いすぎる。いつも終りに「お返事をください」と書くのだが、紙谷は一向に寄こさない。

別に悪気はなく、性来の筆不精のためらしいが、それにしても暢気《のんき》すぎる。

「週に一通ぐらい書いてください」

電話をする度に、美砂はつい恨みごとをいってしまう。紙谷はいったんはうなずくが、すぐ億劫《おっくう》そうに、「別に書くことはないんだ」という。

「食事をしたことでも、本を読んだことでも、なんでもいいでしょう」

「それが、このごろはあまり本も読まないんでね」

よほど大きな事件でもないかぎり、手紙は書くものではないと思い込んでいるらしい。

「朝、何時に起きて、夜、何時に寝たか、それだけでもいいわ」

「当直日誌みたいだね」

紙谷は笑いだす。

「書く気になったら、いくらでもあるはずよ」

事実、美砂は書き出したら、便箋《びんせん》に三枚や四枚は書く。大学のこと、藤野達のこと、冬仕度のことなど、書くことは結構ある。

「要するに気持の問題だわ、あなたはわたしのことなど、ちっとも考えていないんだから」

「そんなことはないよ、ただちょっと忙しかったから……」

「そんなのいいわけよ」

「でも元気なのだから、いいじゃないか」

小さないさかいのあと、美砂は軽い自己嫌悪におちいる。

どうして、あんなことにまで、いちいち文句をいったのか。たしかに紙谷のいうとおり元気ならいいわけである。毎日のように手紙を書くというのは、女の気持で、男はもっとずぼらで暢気なものかもしれない。便りをよこさないからといって、すぐ冷たいというのは早計すぎる。

少し落ち着いて考えるとわかるが、その時は、かっとなる。どうしてもう少し冷静になれないのか、あんなおしつけがましいことをいっては、紙谷の気持を追いやるばかりだと、反省する。

だが次に、電話で紙谷の声をきくと、また同じ愚痴をくり返す。

以前はこんなではなかった、もっと冷静で、落ち着いていられた。紙谷から手紙がこなくても、くるまで、じっと待っていることができた。それがいまは一週間と待つことが出来ない。

いま美砂の頭は、紙谷のことでいっぱいである。朝起きたときから、大学への行き帰り、そして仕事の最中まで、常に紙谷のことが頭の片隅に残っている。紙谷というお荷物を背負って毎日をくり返しているような気さえする。

いつからこんなふうになってしまったのか。美砂はつくづく自分に呆《あき》れてしまう。親友の康子が、一時、口さえ開けば許婚者《いいなずけ》のことばかりいっていたが、これでは康子など笑えたものではない。

女が恋に狂うと、なにもわからなくなるときいてはいたが、これほどまでとは思わなかった。恋狂いした女など、見知らぬ他人のことだと思っていたが、自分のいまの状態がそうかと思うと、どきりとする。他人の恋をみて、偉そうに意見をするのはやめるべきだと、改めて思う。


仁科恭平が三カ月ぶりに大学に現れたのは、それから数日あとの霙の午後だった。

初夏のころは、仁科はよく明峯教授のところに現れたが、夏ごろから足が遠のき、秋に入ると、ほとんど来なくなった。

久しぶりに見た仁科は、いくらか痩《や》せて、いくぶん老けてみえた。相変らずツイードの縞《しま》のスーツにグレーのネクタイと、隙《すき》のないお洒落《しやれ》をしているが、表情はいつになく精彩がなかった。

「教授、いらっしゃいますか」

その日、仁科恭平は突然、電話もなしに現れた。

「いまちょっと、教授会にいっておりますけど、三十分くらいで戻ると思います」

仁科は少し考えるように時計を見たが、すぐ「待たせてもらっていいですか」といって、テーブルの前の椅子《いす》に坐《すわ》った。

車から降りるとき、雨に濡《ぬ》れたのか、額の上が濡れている。

「お拭《ふ》きになりますか」

美砂がタオルを差し出すと、仁科はそれを受けて頭を拭いた。美砂は紅茶を淹《い》れたが、その間、仁科はぼんやり、窓の外を見ている。

「ずいぶんお見えになりませんでしたね、お変りありませんか」

美砂は一カ月半前、明峯夫人からきいた、アイススタジアム建設計画がうまくいっていないという話を思い出した。

いまのやつれは、そのせいなのか。初めの印象が陽気であっただけに、口数の少ない仁科が別人のように見える。

「来ようと思っていたのですが、つい仕事に追われて」

「今夜あたり、雪になるかもしれませんね」

「まったく、いやな天気です」

仁科は紅茶を啜《すす》ると、また降りしきる外を見た。

「十一月の札幌は、いつもこうなのですか」

「そうなんです、大体、僕はこの秋ともいえない、冬ともいえない、どっちつかずの季節が大嫌いなのです。晴れるなら晴れればいいし、降るなら思いきり降ればいい、こんな中途半端で冬に向うんじゃやりきれませんよ」

仁科の声は低かったが、そのなかには苛立《いらだ》ちがあった。

「全部が雪になるのは、いつごろでしょう」

「十二月二十日を過ぎれば、大体、根雪になります。そうなれば、もう三月までは雪はとけない。そうなったらなったで、かえって覚悟がつきます」

「覚悟？」

「いや……」

仁科は雨の音をきくようにまた窓を見ながら、

「そんな大袈裟《おおげさ》なものじゃありませんが、冬になったら、なったで落ち着きますから」

美砂は仁科の、少し苦しげな横顔を見ながら、いまいおうとしたことはなんだろうと考えた。

仁科のいう、どっちつかずの、じめじめした季節とは、どういうことなのか。たしかにいま、秋から冬へ、北国は陰鬱《いんうつ》な季節に向っている。このあと、長い冬がくることは既定の事実で、この地に住む以上、それから逃れることはできない。

しかし仁科がいま、いおうとしたのは、季節だけのことではなさそうだ。はっきりはわからぬが、沈みきった表情と、明峯夫人からきいたことを併せて考えると、仁科はいま仕事の面でも、秋から冬へのような暗く憂鬱《ゆううつ》な状態にいるのではないか。

いっそのこと、冬になれば覚悟がつく、というのは、仕事が失敗し、無になることをいっているのではないか。考えるうちに、美砂は眼《め》の前にいる男の、心の内側まで覗《のぞ》きこみたい衝動にかられた。

「アイススタジアムのほう、いつごろできるのですか」

少し残酷な質問かと思いながら、美砂はなにも知らぬ顔をした。

「初夏にはあんなことをいいましたが、今年の冬どころか、来年の春になっても出来ないかもしれません」

「どうしてですか」

「世間を知ったつもりでしたが、まだまだ駄目でした」

「…………」

「まあ、僕が甘い、お坊ちゃんだったということです」

仁科はそこで、かすかに笑った。

やはり明峯夫人のいったとおり、スタジアムの建設はうまくいっていないらしい。金策のことでか、そのほかの理由でか、美砂には想像のしようもないが、ある苦境が仁科を襲っていることはたしからしかった。

「でも、せっかく立派なスタジアムをお造りになる計画でしたのに」

「僕はまだこの計画をあきらめたわけではありません、絶対に造ることは造ります。ただいますぐには出来ませんけど……」

またひとしきり雨が強くなったらしく、雨滴がガラス戸を滝のように流れていく。午後三時だというのに、部屋のなかは夕暮のようである。美砂は立ち上って、ドアの横の明かりのスイッチを押した。

「お紅茶、お替りしましょうか」

「いや、結構です」

仁科はそういってから、また思い出したように、美砂を見ると、

「紙谷誠吾さんって、ご存じですか」

「ええ、知っておりますけど」

一瞬、美砂はどきりとして、仁科を見た。

「どういう方でしょうか」

「どういう方って……」

「いや、僕も一度、お会いしたことはあるんですが、簡単な挨拶《あいさつ》をしただけなので」

「紙谷さんが、どうかしましたか」

「あの人は、いまもまだ独身なのですか」

「ええ……」

「普段は紋別にいる人なのですね」

「そうですが、アラスカのほうに行って怪我《けが》をなさって、ついひと月まえまで札幌におりました」

「やっぱり」

「なんでしょう？」

「いや、お話しするほどのことではありません」

仁科はそういうと、冷えた残りの紅茶を啜った。

紙谷について、なにが気になっているのか、それが仁科にどのような関係があるのか、美砂がもう一度、仁科の横顔を盗み見たとき、ドアが開き、明峯教授が現れた。

瞬間、仁科は一人の思いから眼覚めたように立ち上り、一礼すると、「ちょっとお時間をくださいますか」と、早い口調で訴えた。

二

仁科恭平が大学に現れた数日後、美砂は藤野と一緒に食事をした。

初めて紋別へ行ったとき、網走まで車で送ってもらって以来、藤野は最も話しやすい相手である。食事にも何度か誘われて、一緒に行っている。大抵は、大学の近くの小さなレストランか、寿司屋《すしや》だが、その日は街の中心部の〝あいかわ〟という、一流のレストランに誘ってくれた。

「こんな立派なところ大丈夫？」

独身の藤野は、給料日が近くなるといつもぴぃぴぃしている。先月も給料日の三日前に、美砂から三万円借りて、なんとか凌《しの》いだらしい。とくに派手に使うわけではないが、毎日、外食で、お酒もきらいなほうではないので、月末はいつも苦しいらしい。

「平気だよ、今日はまだ十日目だから」

十二月の初めで、給料が出てから十日しか経っていない。まだ無くなるときではないだろうが、しかしこのレストランはかなり高そうである。

「割り勘にしてちょうだい」

誘われたとしても、男性に一方的におごられるのは気が重い。紙谷とのように、体まで許し合った相手ならともかく、ただの友達の藤野におごられるのは筋がとおらない。

実際、いままでも、美砂は他の男性と一緒に食事をしたときも、みな割り勘にしてもらっている。

「きみの気持は、わかるけど、今日はいいんだ」

「駄目よ、そうでないと落ち着かないわ」

「頑固だな」

藤野はメニューを見ながら苦笑する。

結論は曖昧《あいまい》なまま二人とも、久しぶりにヒレステーキを注文し、ワインを頼んだ。

「たまに、こんなところにくるのも、いいものだな」

藤野はあたりを見廻《みまわ》し、満足そうだ。たしかに、床には絨毯《じゅうたん》が敷かれ、テーブルと椅子は木の目の肌をいかしたどっしりしたつくりで、中央にロウソクをかたどったオレンジ色の明かりがおかれている。店全体に音楽が流れていて、落ちついた雰囲気である。

「ここへ、ときどきいらっしゃるんですか」

「いや、前に一度、叔父に連れられて来ただけです」

藤野の叔父は、札幌にある銀行の重役である。お金がないときは、そちらに行ったほうがよさそうだが、親戚《しんせき》でかえっていいにくいらしい。

「どうして、突然、こんなところへくる気になったの？」

メニューを見ると、ステーキは一人前で六千円もする。これではワインやなにかを含めると二人で三万円近い金額になりそうだ。

「いつも、大学前の安レストランじゃ、能がないと思ってね」

能があるかないか、とにかくこういう高級レストランは、美砂達には身分不相応である。

もっとも、実家が小樽の古い海産物問屋で、ぼんぼん育ちの藤野は、お金に少し無頓《むとん》着《ちゃく》なところがある。毎日、くたびれた同じ背広を着ているのに、タイピンだけオパールの、とてつもなくいいものをつけていたりする。おしゃれなようで、暢んびりしている、そのちぐはぐなところが藤野のいいところでもある。

やがてボーイがワインを注いでくれて、二人の前にステーキが置かれる。まだ焼きたてで、皿の上で、じゅうじゅうと音をたてている。

「じゃあ」

藤野がワイングラスを持って、美砂のそれに軽く当てた。

「乾盃《かんぱい》」

なんのための乾盃か、とにかく二人は見詰めあって軽く笑う。

このところビーフの上等なのは食べたことがなかったので、その柔らかさに感動する。

「とっても美味《おい》しいわ」

「今度から、時々食べにこようか」

「月末に、また借りなければ、ならなくなるわよ」

お腹《なか》が空《す》いていたせいか、グラスに一杯飲んだだけで、軽い酔いを覚えた。藤野はもくもくと肉を食べ、ワインを飲む。それから美砂の顔を見て、照れたように笑う。藤野の顔はもともと童顔である。二十五歳だというのに、笑うと赤ん坊のようにあどけない顔になる。

美砂は初め見たときから、この人はいい人だとすぐ思った。育ちのよさが顔にまで表れている。

実際、美砂が知ってからの藤野は、いつも親切で、優しかった。初め、網走まで車で送ってくれたときもそうだったが、札幌の大学に戻ってきても、美砂になにかと気をつかってくれた。美砂が紙谷の付添で朝、遅れたときも、電話当番をして、来ているように誤魔化してくれたのも藤野である。

研究所の男性達は、みないい人ばかりだが、なかでも藤野が一番親しみやすい。藤野にならら、なにを話してもいいような気がする。

「今度の冬は紋別のほうには、いかないんですか」

毎年、流氷の季節になると、教室のスタッフのほぼ半分が紋別の研究所に行くことになる。去年は藤野以下五人が行って、紙谷の下で仕事をしていた。

「まだはっきりしていないんだけど、今年は止《や》めようかと思って」

「どうして?」

「別に理由はないんだけど」

「でも、いままで毎年、いらしていたのでしょう」

藤野はワインで少し赤くなった顔を窓のほうに向けた。

今日の藤野はなにか元気がない。調子がよかったのは初めだけで、途中からはやや口数が少なく、いま一つ、気がのらないらしい。なにか考えごとでもあるのか、ワインを一口飲んでは、軽く溜息《ためいき》をつく。

「どうしたの? 溜息なんか、ついたりして。せっかく豪華なところに来たんですから、元気を出して」

「元気だよ」

藤野は怒ったようにいうと、一つ咳払《せきばら》いをしてから、改めて美砂を見た。

「冬休みに、あなたは紋別に行くんですか」

「行きたいと思っていますけど」

「紙谷さんが、待っているんですね」

「どういうこと?」

「紙谷さんに、逢《あ》いに行くんでしょう」

そんなにストレートにきかれては答えようがない。美砂は答えず眼をそらした。

「冬休み中、ずっと行っているんですか」

「東京の家にも、帰らなければなりませんから」

「じゃあ先に紋別に行くんですか」

いま改めて、なぜそんなことをきくのか、美砂が紙谷に好意を抱いていることは、教室の人達ならみな知っているはずである。

「僕はずっと札幌にいます」

「それはわかりましたけど……」

「あなたも札幌にいませんか。二人だけでどこか、山スキーにでも行きませんか」

「でも……」

今日の藤野はどこかおかしい。ものいい方も、眼差《まなざ》しも、いつもと違う。なにか心にわだかまりがあるのかもしれない。

「どうしたの？　藤野さん、酔ったんじゃないの？」

「いや、僕は真剣ですよ」

藤野はそういうと、またワインを飲み込んだ。

レストランを出たのは、それから十分してからだった。

なんとなく話が嚙《か》み合わぬまま二人は外に出た。一瞬、冷たい風が頰《ほお》をうつ。美砂はコートのポケットに両手をつっこんだまま、藤野と並んで歩いた。

雪でも来そうな寒さである。藤野は黙ったまま、コートの襟を立て、やや早目に歩く。こんな無口な藤野も珍しい。

「ねえ、どこへ行くの？」

「少し歩きましょう」

「でも……」

歩くのはいいが、こんな寒い日に、当てもなく歩くのは辛《つら》い。

「ご馳走《ちそう》になったから、今度はわたしにおごらせてください」

美砂が割り勘にしようというのに、藤野は強引に自分で払うといって、金を受けとらなかった。

「久しぶりに、〝キャンティ〟に行ってみましょうか」

〝キャンティ〟は教室員達のたまり場になっているスタンドバーである。そこに、美砂は紙谷や藤野達に連れられて何度か行っている。マスターや女性達にも、美砂は馴染《なじ》みがある。

「ねえ、戻りましょう」

「いや」

藤野が強く首を左右に振った。

「もう少し歩いてください」

行手に明るい光のかたまりが見える。その先が洞《ほら》のように暗く見える。明るいところはGホテルの入口で、その先の暗い部分は、道庁の木立ちらしい。藤野はその暗がりに向って歩いていく。

あたりは官庁街で、人通りはほとんどなく、雪を呼びそうな木枯しだけが、通り抜けていく。

「ねえ、寒いわ」

信号が赤から青になり、渡りきると、右手に道庁の暗い木立ちがあった。夏の間は緑におおわれていた庭も、いまは冬囲いをして、夜の空に、葉を落したポプラだけがつき出ている。

「どこまで行くの？」

美砂がもう一度いったとき、藤野が立ち止った。

「美砂さん」

街灯の光のかげで、藤野の眼が、まっすぐ美砂を見詰めている。

「これから僕のいうこと、きいてくれますか」

風のなかで、藤野の声が少し震えている。美砂はコートの襟元を合せてうなずいた。

「たぶん、あなたにはわからないと思うけど……」

そこで、藤野は心を落ちつけるように道庁の暗い庭を見てから、

「僕は、あなたが好きです」

「…………」

「本当なんです」

美砂はただ黙って、下を向いていた。そういわれたからといって、いますぐなんと答えたらいいのか。

立ち止ったままの二人の影が、枯葉が吹かれている歩道に映っている。

「わかってくれますか」

「ありがとう」と答えればいいのか、「それは困る」といえばいいのか。だが、いまなにをいってもこの純粋な青年を傷つけることになるし、声に出せば、そのどれも嘘《うそ》になりそうな気がする。

「美砂さん」

藤野の黒いコートが、さらに美砂の顔に迫ってきた。

「いえ……」

美砂は慌てて退《さが》り、藤野を見据えた。

「わたし帰ります」

「待ってください」

「でも……」

「僕が悪かった、だからもう少し、いてください」

藤野がいうのにかまわず、美砂は明るい光の方へ歩きはじめた。

突然、藤野はどうしてあんなことをいい出したのか、藤野と別れてから、美砂はそのことを考え続けた。

いままでは、ただ気持のいい親しい友達だと思っていた藤野が、急に異性として、美砂の前に立ちはだかっていた。

もちろん、これまでも美砂は藤野を異性だと思っていなかったわけではない。初めはこれといって親しい人のいない札幌で、最も、頼り甲斐《がい》のある男性だと思っていた。だが、ああはっきりと、愛の告白をされては戸惑ってしまう。いままでの単に話しやすい、親しい男性というだけでは済まされない、気持の重さが美砂にのしかかってくる。

正直いって、美砂はいまも藤野に好意を抱いている。優しいし、親身だし、とてもいい人だと思っている。だが、好意を抱いているということと、愛しているということとは違う。藤野に対しては、あくまでも一時的な意味での好意にすぎないが、紙谷への思いは、かけがえのない愛である。二つは同じように見えても、その深みにおいてまるで違う。

あのようにいわれたことは嬉《うれ》しい。好きだといわれて、不快になるわけはない。

だが藤野がどういってくれたところで、いま美砂はそれを、受け入れるわけにはいかない。紙谷という存在がある以上、それを振り切って、藤野のところに走るわけにはいかない。

いまの時点では、せっかくの好意をはねかえすことになるが、他に方法はない。あのときは、あのようにして帰ってくるより仕方がなかった。

そのまま二人は明るい街のほうに引き返し、駅前通りの大きなビルのネオンの下で別れた。別れるときには、「さよなら」といい交した。

表面はなにごともなかったように別れることができた。

だが、夜の静寂《しじま》のなかで、藤野が「好きです」といったことは間違いない事実だし、藤野自身もそのことを忘れるわけはない。

美砂がいま最も怖《おそ》れているのは、こんなことで、藤野との友情が失われることである。いままでせっかく仲良くやってこられたのが、あんなことで気づまりになるのは残念である。なんとか、いままでどおり、陽気で楽しくやっていきたい。

翌日、美砂はおそるおそる大学へ出た。藤野がどんな態度をとるのか、そのときに自分はどんなふうに振る舞えばいいのか、そのことばかりが気にかかる。だが昼休みに会った藤野は、昨夜のことは忘れたように屈託がなかった。

「どうも」と、少し照れたようにいったが、あとはいつもと同じように陽気で快活だった。午後には文献の一部を、コピーする仕事を頼みにも来た。

表向きはなんの変りもない、少なくともまわりの者が気付くほどの変化はなかった。だがそんな明るさの裏に、あるぎこちなさがあることも否めない。

美砂が明峯夫人の電話を受けたのは、そんなことがあってから一週間経った夕方だった。

夫人は初め、「主人います？」といって、教授としばらく話してから、美砂のほうに電話を切り替えて話しだした。

「もう五時でしょう、よかったらこれから一緒に食事でもしない？」

夫人は街の公衆電話からかけてきているらしい。

「でも、おじさまは」

「今日は、昔のお友達と食事をしてくるらしいわ。家は明人も出かけていないし、一人なの」

美砂は一時間後に、街の喫茶店で会う約束をして電話を切った。

夫人とは、二カ月まえ伏見の自宅で会った時、紙谷との件を忠告された。もっとも夫人のいい方は遠廻しで、「出来たら逢わないようにしたら」という程度だったが、美砂はただ黙ってきいていた。結局、きき捨てた形になっているので、美砂は少し気が重い。

約束の六時に喫茶店に行くと、夫人はすでに来て、コーヒーを飲んでいた。

「お食事、なにがいい？」

「わたしはなんでも」

「ご馳走してあげるんだから、なんでも仰言《おつしや》い」

「じゃあお寿司をいただきます」

「お寿司なら、いいところを知ってるわ」

夫人が案内してくれたところは、薄野に近い〝ふく寿司〟という店だった。丁度、夕食どきで、かなり混んでいる。二人はカウンターの見える小上りに、向いあって坐った。

「ここ小さいけど、美味しいのよ。ビールを飲むでしょう」

夫人はそういって、グラスを二つ頼んだ。

「このごろ、すっかりお酒が好きになっちゃって、おかげで肥《ふと》ってきて困ったわ」

ビールを飲み干しながら、夫人は洋装のウエストのあたりを気にする。たしかに今年の春ごろからみると、少し肥ったようだが、もともと華奢《きやしや》なたちなので、あまり目立たない。

「冬休みはどうするの？」

「家に帰ろうかと思うのですけど……」

「お母さん、待ってるでしょう」

さすがに紋別に行くとはいいかねる。

「どう、ここのお寿司いけるでしょう」

「とっても美味しいわ」

お昼にコーヒーを飲んだだけなので食欲がある。美砂が一人前の半ばほど食べ終えたとき、夫人がふと顔をあげた。

「ところで最近、仁科さんに会わなかった？」

「仁科さんって」

「もちろん、杏子さんよ」

仁科杏子とは大分前、地下鉄の入口で会ったきりである。それ以来、向うからなにもいってこないし、美砂も会っていない。

本当は関心があったのだが、紙谷の入院中、花束を贈ったらしいと知ってから、会う気が失《う》せた。

「ご主人なら、この前見えましたけど、杏子さん、なにかあったのですか」

夫人は残った寿司を桶《おけ》の片側に除《よ》けながら、

「杏子さん、いなくなったのよ」

「いなくなったって？」

「今日、午後に仁科さんが見えて、昨日から家を出たまま帰らないんですって……」

「そんな……」

　美砂は驚いて夫人を見た。

「昨日から、いろいろ親戚や、行きそうな友達のところへ電話をいれているらしいけど、いないんですって」

「でも、どうして？」

「それがわからないんだけど、仁科さんの話では、出かけたのは、昨日のお昼から夕方までの間ではないか、っていうんだけど」

「お荷物は？」

「ハンドバッグと、簡単なスーツケースを持っているだけらしいわ」

「じゃあ初めから出かけるつもりで……」

「そうかとも思うんだけど、仁科さんの話では、別に変ったところはなかったっていうんだけど」

「まさか、事故に遭ったんじゃないでしょうね」

「そのことも調べてみたんだけど、いまのところは、まだそれらしい情報もないようだわ」

「じゃあ、どこへ……」

「それがわからないから、仁科さんも、昨夜一晩考えた末、相談に来たんだと思うわ」

一体、杏子はどこへ行ったのか、それ以上に、人妻が夫に無断で、二日も家をあけるとは、普通のこととは思えない。

「なにか、原因は？」

「仁科さんは、あまりはっきりしたことはいわないけど、やっぱり、ちょっといさかいがあったらしいわ」

「その日にですか」

「あの二人、前から、あまりうまくいっていなかったらしいけど、前の晩にも仕事のことやなにかで小さな喧嘩《けんか》があったようなの」

「アイススタジアムのことですか」

「あの計画は、銀行の引き締めの影響もあって、失敗したらしいけど、でもそれだけじゃないでしょう」

「じゃあ、なんでしょう？」

夫人はそこで、軽く息をついてから、

「仁科さん、紋別に行ったんではないかというのよ」

「もんべつ？」

一瞬、美砂は声をあげ、それから慌てて首を左右に振った。

「わたしもそんなことはないと思うんだけど、一応、たしかめて欲しいというので、さっき主人に相談してみたんだけど」

「おじさま、なんと仰言ったのですか」

「慌てないで、もう少し様子を見なさいって」

美砂は夫人から、ゆっくりとカウンターに眼を移した。

まさか、仁科杏子がいまさら紋別まで行くだろうか。それより、彼女が何故《なぜ》、紋別に行かねばならないのか。恵まれた結婚をして、妻という座にいる人が、どうして家と夫を捨てて、そんな北の果てまで行かなければならないのか。

考えるうちに、美砂の眼に、自然に涙が湧《わ》いてくる。

「ひどいわ」

「ううん、これはまだ決ったことじゃないのよ、仁科さんが、ただそういっただけで」

「でも……」

仁科恭平がそう疑ったということは、二人の間で、すでに紙谷の存在が問題になっていたということではないか。いなくなる前夜の争いというのは、紙谷をめぐってのことであったのか。

「おばさま」

美砂は改めて坐り直し、唇を堅く嚙みしめた。

「紙谷さんと杏子さんの間になにかあったのですか。あの二人は、以前、お互いに好意を持っていただけじゃなかったのですか」

「……………」

「あの二人のことは、もうずっと昔に、終ったことじゃなかったのですか。教えて下さい」

美砂は深々と頭を下げた。夫人は考えこむように、首を傾けていたが、やがて少し億劫そうにいった。

「終ったことは終ったと思うけど、人の気持はそうさっぱりと割り切れるものではないでしょう」

「じゃあ、そのあとも二人は愛し合っていたというのですか」

「紙谷さんの気持はよくはわかりません、でも杏子さんはやはり」

「だって、あの方は結婚なさって」

「でも、あんなに深くなったら、女はなかなか……」

「深く？」

夫人がゆっくりとうなずく。美砂は倒れそうになる気持を鞭打《むちう》ってきく。

「でも、そんなに愛し合っていたのならなぜ一緒に……」

美砂はそれが口惜《くや》しい。二人が一緒になっていたら、いま自分はこんなに苦しむことはなかった。

「そりゃもちろん、一緒になりたかったのでしょうけど、織部さんというお友達がいらしたから」

「だって、その方は亡くなったのでしょう、すでにいない人でしょう」

「でも……」

「はっきりいって下さい。全部教えて下さい」

夫人はうなずくと、いたわるように美砂を見てから、

「杏子さんは、あの人に奪われていたから」

「奪われた……」

「こんないい方はいやだけど、力ずくでね」

美砂は眼を閉じた。仁科杏子は紙谷と深い関係にありながら、その親友の織部に犯されたというのか。

「杏子さん、わたしにだけは正直にいってくれたわ。抵抗したけど駄目だったって、だから死にたいって」

「で、紙谷さんは、そのことを」

「はっきりは知らないと思うけど、たぶん織部さんはそれが原因で」

「原因って？」

「織部さんの死は、わたしも杏子さんも、自殺だと思っているわ」

「流氷の実験中に誤って落ちたんじゃないんですか」

「織部さん、あんなことをしてしまって、結局自分を追いつめたんだと思うわ」

六年前の冬、暗いオホーツクの海で起きたという事件は、美砂の知らないもう一つの影を背負っているようである。

三

かつて紙谷と杏子と、死んだ織部との間に、どんなことがあったとしても、それはいまの美砂には関係はない。美砂がいま知りたいのは、紙谷がなお杏子を愛しているのかということだけである。

杏子が結婚したあとも、二人の間は続いていて、杏子は紋別に行ったのであろうか。もしそうなら、もはや美砂など、出る幕はない。

過去になにがあったにせよ、いまの時点で、美砂は紙谷に愛されていると信じていた。それを信じられたから、紙谷の過去のどんな噂《うわさ》にも耐えてくることができた。だがそれが崩れたのでは、美砂の立場はない。

とにかく、このままうやむやにしておくのは、いやだ。

「おばさま、いま紋別に電話をかけて、きいてください」

美砂ははっきりと夫人の顔を見ていった。

「杏子さんが、紙谷さんのところへ行っているかどうか、たしかめて欲しいのです」

「でも……」

「お願いです。紙谷さんのお部屋か、研究所にきくと、わかるでしょう」

教授に、しばらく騒がず様子を見ろ、といわれているだけに、夫人は迷っているらしい。

「わたし、はっきりとしたいのです」

「あなたの気持はわかるわ」

夫人はそっと顔に手を当てた。

「わたし、杏子さんが紋別に行っているなら、それはそれでいいんです」

「待って、もう一度、仁科さんのお宅に電話をしてみましょう。もしかしたら、杏子さん、帰ってきたかもしれないし、こういうことって、意外にあっ気なく終ることがあるものよ」

夫人は入口の横にある赤電話の前にいった。

美砂は、寿司を半ばほど残したまま、テーブルを見ていた。たとえ、どんな理由があるにせよ、人妻の身で家をとび出し、他の男性を追っていくなど身勝手すぎる。それではあまりに無責任ではないか。

仁科杏子は、そこのところをどう考えているのだろうか。

顔をあげると、夫人はまだ受話器を耳に当てている。なにか話が長引いているらしい。

もしかして、杏子は帰ってきたのか、夫人のいうとおり、ただの夫婦喧嘩だったのか。

「お茶をおかわりしましょうか」

板前がカウンターから声をかけてくれる。

「お願いします」

美砂は少し残ったままの茶碗《ちゃわん》をさし出した。いつのまにか、カウンターの客は半分に減っている。ほどなく、女の子が、熱いお茶を持ってくる。

「ありがとう」

美砂がうなずいたとき、夫人が受話器をおいて戻ってきた。少し浮かぬ、怪訝《けげん》そうな表情である。

「どうでした？」

夫人はゆっくりと、木の背の椅子に坐ってからいった。

「驚いたわ、やっぱり、紋別に行っていたんですって」

一瞬、美砂はぽかんと夫人の顔を見あげた。

「信じられないわ」

夫人もさすがに驚いたらしい。細面《ほそおもて》の顔が蒼ざめている。

「まさかと思ったけど……」

「向うに行ってること、どうしてわかったのですか」

美砂はできるだけ、気持を落ち着けてきいた。

「あのあと、仁科さんが紋別の旅館に片っ端から電話をかけてみたんですって。そうしたら、小山旅館というところに」

「ああ……」

「ご存じ？　昨夜はそこに泊ったらしいわ」

「で、いまは？」

「わからないけど……。仁科さんにとっては、杏子さんが紋別に行ったことを知っただけで、いいのでしょう」

「いいって？」

「それで覚悟ができたのかもしれません」

こちらの騒ぎをよそに、杏子と紙谷はいまなにをしているのか。もしかして、二人はいま、一緒にオホーツクの海でも見ているのだろうか。

そこまで考えて苦しくなり、美砂は両掌《りょうてのひら》で顔をおおった。

いまはもうなにも考えたくはない。ひたすら一人になりたい。

「一生のうちには、いろいろなことがあるものよ……」

夫人がぽつりとつぶやく。美砂を慰めようとしながら、夫人自身も、いまの事態にどう対処していいか、迷っているらしい。

「杏子さん、ただなに気なく、ふらっと行っただけだと思うわ」

「おばさま、悪いけど帰ります」

「そう、そうね」

夫人はうなずくと、自分から先に立ち上った。


店を出てから、美砂はどこをどう歩いてきたのかわからない。ひたすら初冬の夜道を一人、コートのポケットに手をいれたまま歩き続けた。

このままどうなってもいい、車に轢《ひ》かれるならそれでもいい。誰《だれ》かに襲われても、少しも怖くはない。いっそのこと、なにか事件でも起きたほうがいい。

とりとめもなく思いながら、次の瞬間、紙谷と杏子とが一緒にいる姿が浮ぶ。

いま杏子は紙谷のアパートで、額を寄せあって話しているのではないか。いやもしかして、杏子はいま紙谷に抱かれているかもしれない。もしそんなことをしていたら、紙谷を許せない。そんな不潔な人はもういやだ。

瞬間、美砂の頭に一度に血がのぼる。頭全体がシンバルを打鳴らしたように響き、なにがなんだかわからなくなる。

あんな優しい言葉を吐いて、裏では杏子を思い続けていたのか。そんな男には、もう用はない。そんな男が欲しければ、勝手に奪っていくといい。心のなかで叫び、罵《ののし》りながら、美砂の眼から涙が溢《あふ》れてくる。いまは口惜しさも、哀《かな》しさもとおりこして、ただ無性に涙だけが出る。

アパートに着いたとき、時刻は八時を過ぎていた。

ガスストーブに火をつけなければならないと思いながら、美砂はコートにくるまったまま、部屋の隅に足を投げ出した。

もうなにもする気がない。

ベッドも、枕《まくら》カバーも、机も、その一つ一つが、美砂を哀しませる。紙谷との記憶が残るすべてが、腹立たしく口惜しい。どうしたらいいのか、荒れくるう自分の気持を自分でおさえきれない。

立ち上り、部屋を二、三度行き来したあと、美砂は廊下に出て、階段を降りた。

階下の入口の横に電話がある。美砂は持っていた十円玉を全部いれて、ダイヤルを廻す。

○一五八二……。

紋別の紙谷の電話番号は手帳を見なくても憶《おぼ》えている。

とにかく、声をきいて、なにかをいいたい。思いきり恨みごとか、罵りか、拒絶か、なにをいい出すかわからないが、いわないことには気持がおさまらない。

ダイヤルを廻し終り、受話器を耳に当てる。かちかちと、つながる音がしてから、呼出音が鳴る。

低く笛の鳴るような音が何度もくり返される。五回、六回、十回以上続いても応《こた》えがない。

どこへ行ったのか、やはり仁科杏子と出かけたのか、美砂の想像はさらに拡《ひろ》がる。

もういい、あんな人はどうなってもいい……。

美砂はもう一度、電話をかけ直し、出ないのをたしかめてから、投げつけるように受話器をおいた。

このまま、一人の部屋に戻る気はしない。いま一人でいては頭がおかしくなって、なにをしでかすかわからない。

美砂は苛立ち、あたりを見廻してから、藤野のことを思い出した。

藤野とはこの前、道庁の近くで別れたまま二人だけで会ったことはない。大学での藤野の態度は以前と変りないが、あの一夜であきらめたのか、それ以上は誘ってこない。

そんな彼に、こちらから電話をしては驚くかもしれない。だがいま一人になるのは嫌だ。藤野には悪いが、誰か側《そば》にいて欲しい。

美砂は急いで部屋に戻り、バッグから手帳をとり出して、また公衆電話のダイヤルを廻す。

網走で会ったときから、藤野は札幌の下宿の電話番号を教えてくれている。市内のせいか、今度はすぐつながる。三度ほど呼出音があって、藤野の声が出る。

「もしもし、竹内ですが」

「えっ？」

「竹内美砂ですが」

「なんだ、君か」

思いがけなかったらしく、藤野は途中から笑い出す。

「どうしたの？　いまごろ」

「いまお暇？」

「近くの食堂で飯を食べて帰ってきたところだけど、別に用事はないよ」

「じゃあ、会ってくださる？」

「もちろんいいけど、いまどこ？」

「アパートです」

「じゃあ大通りの、〝サイロ〟という喫茶店で。三十分ぐらいかかるかな」

「はい、待っています」

どういう気持の移り変りか、いまのいままで紙谷のことを思いつめていたのが、いまはもう別の男性と会おうとしている。いつもは二人だけになるのを敬遠していた男性に、自分のほうから電話をかけている。

美砂は自分で自分がわからない。だがいまはとにかく、この淋しさだけを癒したい。それを癒してくれるなら、藤野でなくても、他の男性でもかまわない。

美砂はいままで着ていたコートのまま、ハンドバッグを持って、また夜の街に出た。つい少し前、涙を流しながら来た道を、また一人で戻っていく。冷たく、雪でも来そうな寒さである。

紋別も雪だろうか。

一度忘れようとした紙谷のことがまた思い出される。

杏子さんと二人でいても、決してなにもありませんように……。

あれだけ憎んでいながら、まだ紙谷のことを捨てきれない。もう駄目だと思いながら、まだ一縷《いちる》の望みを抱いている。

だが次の瞬間、また二人が楽しく語り合っている姿が浮ぶ。

このまま、二人はオホーツクの果てで結ばれるのではないか。二人は初めから、そのつもりで、計画をすすめてきたのではないか、杏子が家出することは、すでに決っていたことではないか。

するとわたしはなんだったのか。ただ一時の慰みものだったのか。便利で都合がいい、ただそれだけの女だったのか。

突然、美砂は駆け出した。

歩いていると余計なことが頭のなかに湧いてきて、狂いそうになる。美砂はいま、発狂寸前なのかもしれない。

行手に明るい灯が見える。表通りの地下鉄の入口である。美砂はその光のなかに、逃げるようにとび込む。

九時に近く、都心部に向う地下鉄は空いている。窓の大きな車両には、少し疲れた中年の男と、若い二人連れが、向いに坐っている。

発車し、闇《やみ》のなかに入って、美砂はまた紙谷のことを思う。

もういい、もうあの人のことは済んだことにしよう。暗い窓に向って、美砂はつぶやく。

ごうっと、闇を通りすぎて、明るい駅に出る。それが三度くり返されて、大通りの駅に着く。美砂は脇目《わきめ》もふらず、まっすぐ階段を昇っていく。

早く藤野にあいたい。藤野にあいさえすれば、この気持もおさまるかもしれない。

地下鉄の駅を出ると、夜の街に、小雪がちらつきはじめていた。

冬　野《ふゆの》

一

〝サイロ〟に着くと、藤野もいま着いたところらしく、テーブルの上には、まだお冷が置かれただけだった。

「どうしたの？」

藤野は怪訝《いぶかし》そうに美砂を見る。

「ううん、なんでもないの」

美砂はウエイトレスにコーヒーを注文する。

日中は、昼休みや仕事の打合せのサラリーマンで混む喫茶店も、夜の九時を過ぎて、閑散としている。

「こんな夜に、君によばれるとは思ってもいなかったよ」

「ご免なさい」

「少し顔色が悪いぜ、どうかしたの?」

「ううん」

「なにか心配ごとでもあるんじゃないの?」

ウエイトレスがコーヒーを持ってくる。カップのなかの黒い渦を見ているうちに、美砂の頭にまた紙谷と杏子のことが浮んでくる。

「なんだか変だな」

呼び出しておいて、黙り込んでしまうなど悪いと思いながら、美砂は陽気に話す気になれない。

「ねえ、これからどこかへ連れていってくださらない」

「どこかって……」

「今夜は、うんと陽気に飲みたいの」

「へええ……」

藤野は半信半疑で美砂を見る。

たしかに藤野の立場になってみれば無理もない。いままで美砂は藤野達と街に出ても、九時を過ぎると帰ってきた。みなが、まだこれから遊びに行こうといっても、時間だから、といって別れる。

誰《だれ》に強制されているわけでもないが、美砂が遅くまでつき合ったのは、そのグループに紙谷がいたときだけだった。

「じゃあ〝キャンティ〟にでもいこうか」

「お金なら、わたし持ってるわ」

「いや、まだ大丈夫だよ」

藤野はコーヒーを一口飲んで立ち上る。外はやはり小雪がちらついている。

「やっぱり雪になったね」

「初雪というんでしょう」

「そう、今夜は少し積るかもしれないな」

藤野がコートの襟を立てる。美砂はその後ろ姿を追いながら、「十二月十二日、初雪の日、紙谷に裏切られた日……」と、つぶやく。

藤野はタクシーをつかまえて「すすきの」という。歩いても十分とかからないところだが、この冷えた夜に歩くのでは、二人の心は離れ離れになりそうである。

薄野の中心街は雪をえて、かえって活気をとり戻したようである。ネオンがよく雪に映え、人々は寒さから逃れるように威勢よく暖簾《のれん》をくぐっていく。

車を降りるとすぐ、藤野は向いのビルの地下に降りていった。

〝キャンティ〟は細長く、うなぎの寝床のような店で、スタンドだけが縦に長く並んでいる。ごくありきたりのスナックバーだが、そこのマスターが、今井助教授と懇意なところから、研究所の連中がよく行く。

「なにを飲む?」

「水割りをもらおうかしら」

「珍しいな」

「寒いから、飲んだほうがいいでしょう」

美砂はいままで、バーに来てもジュースか、せいぜい飲んでビールである。ウイスキーは紙谷にもすすめられて、二、三度飲んだことがあるが、辛いだけで、おいしいと思ったことがなかった。

「水割り二つ」

藤野はそういうと、ジュークボックスからの歌に合せて、ハミングした。

美砂の本心はともかく、飲もうと誘われたことが嬉《うれ》しいらしい。伴奏に指でテーブルを叩《たた》きながら、屈託がない。

わたしも陽気になろう、今夜はずっと、この人と一緒に飲み歩こう。美砂は心に決めて、水割りを飲みこむ。一瞬、灼《や》けるような熱さが喉《のど》に拡《ひろ》がるが、美砂はさらにもう一杯、追いかけるように飲みこむ。

辛くても、苦くても、とにかく早く酔いたい。酔ってすべてのことを忘れたい。

「すごいピッチだな」

藤野があきれた声を出す。

「そんなに飲んで大丈夫？」

「平気よ、わたし本当は強いんだもん」

答えながら、全身が熱く火照《ほて》ってきているのがわかる。酔いが廻《まわ》ってきていると知りながら、そこにのめり込む感じが心地よい。

「十時半だけど、もう一軒いこうか」

「いいわよ」

〝キャンティ〟を出たとき、美砂は階段の上り口でつまずいた。一時間で、水割りを三杯飲んだのだから、美砂にとっては大変な量である。

「この先のビルに、〝ホンコン〟ってとこがあるんだけど、いってみよう」

「〝ホンコン〟、変な名前ね」

美砂は笑いながら、舌の廻転《かいてん》がよくなってきているのを感じる。

「ねえ、これ預かっといて」

歩きながら、美砂はハンドバッグから財布をとり出す。

「今度のお店はこれで払ってちょうだい」

「いいから。つけがきくところだから安心してくれよ」

「駄目、とらないんなら捨てるわよ」

「おいおい、まてよ」

藤野はあきれながら、美砂の財布を受けとる。

「そんなに預かって欲しいんなら、預かるよ」

近く冬もののセーターと、ブーツでも買おうと思って、財布のなかには五万円近く入っている。美砂にとっては、かなりの大金だが、今日必要なら、全部使ってもらってもいい。それで紙谷を忘れられるなら、安いことだ。

〝ホンコン〟もスタンドバーだったが、端に小さなボックスが二つある。藤野は真《ま》っ直《す》ぐその奥のボックスにいって坐《すわ》った。

「おや、今日は女性とお二人で、珍しいわね」

「俺《おれ》だって、たまにはもてるんだよ」

藤野はそういうと、ママに美砂を紹介する。

「お話どおりのきれいな方ね。藤野さんには勿体《もったい》ないわ」

「おいおい、変なことというなよ」

藤野はたちまち赤くなる。どうやら、藤野はここのママに、美砂のことを話していたらしい。

好きだとでもいったのか、あるいはこの前、拒否されたことまでいったのか。

いずれにせよ、この人は紙谷のように、いい加減な人ではない。一途《いちず》にわたし一人を思いつめていてくれる。

いままで紙谷だけに心を奪われて、藤野のいいところを見逃していたのかもしれない。

「今日はすごく楽しい」

「わたしもよ」

二人はそっとグラスを合せる。藤野の眼《め》が淡い光の下で燃えている。

「帰りは送っていきますから、安心して飲んでください」

「わかったわ」

美砂はまたグラスを傾ける。酔って酔いつぶれて、紙谷のことを忘れたい。杏子のことも、紋別のことも、すべて自分とは無縁のものにしてしまいたい。

それにはいま、ひたすら飲んで酔うだけである。それからあとのことは、いま考える必要はない。いまを乗り切らなくて、明日などありえないのだ。

「おかわり」

藤野がカウンターのほうに叫ぶ。美砂につられ、藤野もかなりハイピッチである。

二人で歌を唱《うた》い、飲んでいるうちに、またたちまち一時間がすぎる。

「十一時半だけど、どうする?」

ふと改まった調子で藤野がきく。

「もう帰らなくちゃ……」

一瞬、美砂の脳裏に、暗く冷たいアパートの一室が浮び上る。

このまま帰って、すぐ眠れるだろうか。眠れるような気もするが、ますます眼が冴《さ》えるような気もする。

でもこの酔いのまま眠られず、紙谷のことを思い出すのでは辛《つら》い。

「とにかく出ようか」

藤野が立ち上る。

外に出ると、新雪が道路をうずめている。二人で飲んでいる間も、雪は降り続けていたらしい。

「寒いわ」

美砂が肩をすくめたとき、藤野がそっと肩に手をかけた。

「じゃあ送っていこうか」

美砂は自分の肩に藤野の両手がかかっているのを知っていた。

こんなことは紙谷以外にさせたことはない。させてはいけないと思いながら、酔った体は、気怠《けだる》くて動かない。

「ちょっと、部屋に寄っていかない？」

「部屋って……」

「僕のさ。汚いけど、暖房が入っていて暖かいんだ」

「でも……」

「少し体を温めて、それから帰ったらいい」

藤野はタクシーの運転手に、自分のアパートの住所をいったらしい。車は白くなった道を、ワイパーを廻転させながらすすんでいく。

美砂はふとこのまま眠りたい誘惑にかられた。もう、どうなってもいい。

なにかいままで思いつめていたものが、すべて抜け、体のなかが空になったような虚《むな》しさがある。

温かく、心地よいところへ行けさえすればそれでいい。

そのまま、美砂は藤野の肩口に首を寄せ、眼を閉じる。

「着いたよ」

耳元の声で眼をあけると、眼の前に四階建ての鉄筋アパートがある。

藤野は年中、お金がなくてぴいぴいいっているのに、家が裕福なせいか、独身にしては、かなりいいところに入っている。

「階段なんだけど、我慢してくれよ」

藤野は美砂の手を引くようにして階段を昇って行く。

帰らなくては……。

再び美砂の頭が正気に戻りかける。だが次の瞬間、酔いとともに、いまさらという投げやりな気持が生れてくる。

藤野の部屋は三階の端らしい。廊下の先で、藤野が手を放し、ポケットから鍵《かぎ》を出してドアをあける。

「さあ……」

藤野が、なかから声をかける。美砂は戸惑う心をおし払うように、なかに入っていく。すぐ後ろで、重いドアの閉まる音がする。

「暖かいだろう」

「………」

「ここがいいよ」

誘われるままに、美砂は入ってすぐの、ダイニングルームのソファに坐った。

部屋は十畳ほどのワンルームらしく、一方にソファやサイドボードがあり、一方に机とベッドが置かれている。男の部屋らしく、殺風景だが、紙谷の部屋ほど散らかってない。

「なにがいい、ウイスキーなら、まだあるけど」

「ううん、もういいわ」

「じゃあ、コーヒーでも淹《い》れようか」

「お冷をください」

ゆっくりと、美砂のなかで酔いが醒《さ》めていく。部屋の明るさのせいか、藤野と二人だけでいる緊張感のせいか。美砂の正気が舞い戻ってくる。

「冷たいぜ」

藤野がグラスに水をいれて持ってくる。

「ありがとう」

一気に飲みほすと、頭は急に冷めてくる。

「落ち着いた？」

「もう大丈夫よ、わたし帰るわ」

美砂が立ち上ろうとする。

「どうして？」

「だって……」

「美砂さん」

いきなり、藤野が前に立ちはだかる。

相対しながら、美砂はじっと眼を閉じていた。

「美砂さん……」

藤野の少し嗄《しわが》れた声が、きこえたと思った途端、美砂は強く抱きしめられた。藤野の腕にとらえられながら、美砂は意外に落ち着いていた。

正直いって、一週間前、夜の道庁前で好きだと言われたときと、いまの気持はずいぶん違っていた。あのときは、ただ必死に逃げることばかり考えていたが、いまはそれほどさし迫った気持はない。あのとき、美砂の心の支えになっていた、紙谷の存在は薄らいでいる。

どうせあの人は、自分勝手なことをしているのだ、わたしがなにをしようとかまわない。美砂は自分にいいきかす。

「好きだよ」

藤野のつぶやきとともに、耳元に熱い息が触れ、すぐ藤野の唇が迫ってくる。

美砂は小さく、首を振りながら、いま自分が、深い底に堕《お》ちていくような錯覚にとらわれていた。

それは世間的には堕落であり、裏切りであるのかもしれない。一人の男を愛しているなら許すべきでない、悪いことかもしれない。

だが、美砂はその堕ちていく感覚のなかに、むしろある種の心地よさも覚えていた。いっそのこと、どこまでも堕ちたらいい、堕ちきれば、むしろ心はさばさばする。酔いのせいか、紙谷への見せしめのせいか、美砂はいつもより大胆に投げやりになっていた。

小さなあらがいのあと、藤野は探し当てたように、美砂の唇をとらえた。その瞬間も、逆らえばなお逃げられたかもしれないが、美砂はすでに抵抗する気力を失っていた。堕ちていく……。

いま美砂はその感覚のなかに、むしろ自分からのめり込んでいく。しっかりと唇と唇を重ね合う。その行為のなかで、美砂は自分の唇を奪い、抱きしめているのは、紙谷であるような錯覚にとらわれていた。

だがそれは短く、十秒にも満たない時間であったかもしれない。

「美砂さん」

もう一度、藤野がつぶやき、奥のベッドに運びこもうとしたとき、美砂は「いや」と叫んだ。

それはまさに、突発的としか、いいようがない。いままで眠っていたものが、一気に眼覚めたように、美砂は首を振り、手足をばたつかせる。

「離して、離してください」

美砂は狂ったように叫び、藤野を突き放す。

つい少し前、素直に唇を許したのと、それとはあまりに違いすぎる。まるで人が変ったような暴れようである。

正直いって、美砂自身も、いま何故《なぜ》こうまで激しく抵抗するのか、自分で自分がわからなかった。これではあまりに身勝手だと思いながら、逃げだしたいという気持だけが先走る。

それは美砂の心が、というより、体そのものが訴える本能的な反応かもしれない。燃えきっていた藤野も、この抵抗には驚いたらしい。それまで従順であっただけに、呆気《あっけ》にとられている。

「どうしたの……」

仕方なく藤野は腕を解き、少し興醒めした顔で、美砂を見詰めている。

「わたし帰ります」

「そんな急に……」

美砂はかまわず、床に落ちていたハンドバッグを拾うと、そのまま出口へ向う。よろめきながら靴をはき、ドアを押す。

「君っ……」

呼びとめる藤野の声をあとに、美砂は階段を駆け降りた。暗い通りをどちらへ走ったのか、少し広い通りに出たところで、美砂は車を拾った。

「北二十条」

アパートの住所をいい、車が動き出したところで、美砂はうしろを振り返った。

リア・ウィンドーに映る夜の街は白一色で、街灯だけが一列に雪のなかに並んでいる。

車のなかはヒーターが入っていて暖まっている。

美砂はハンドバッグからコンパクトをとり出し、乱れた髪を直し、唇をハンカチで拭《ふ》いた。それから窓を見て、シートに背を凭《もた》せた。

どうしてあんなに抵抗したのか……。

藤野に抱かれ、唇を求められたときまでは、たしかに許してもいいような気持になっていた。いや、その前の、藤野を誘い出した時から、どうなってもいいと思っていた。事実そうだからこそ、藤野が唇を求めてきたとき、美砂は素直に許したともいえる。だが、そのあとの暴れようは、美砂にもよくわからない。

あきらかに、初めの接吻《せっぷん》を受けたときと、二度目のときとでは、美砂の心は変っていた。

一度目は自分から、むしろすすんで許そうとし、二度目は断固として許すまいとした。その大きなへだたりの間に、なにがあったというのか。

美砂はフロント・グラスに降りしきる雪を見ていた。ワイパーが落ちてくる雪を左右にかきわけ、その部分だけが扇形に開かれる。同じ反復運動のなかで、雪の夜がのぞいている。その白い空間を見ながら、美砂はもう一度、あのときのことを考えた。

ベッドに誘われそうになった瞬間に、「いけない」と思い「逃げろ」と命じたのは誰であったのか。

そこには藤野以外は、美砂しかいなかった。どう考えても、あれは本能的なものである。

そこにはなんの理屈もない、ただ逃げなければいけないという気持だけが働いていた。その気持を、いま改めて説明などはできない。

ああしなければならなかったのだ……。

心のなかでつぶやくと、美砂はゆっくりと眼を閉じた。すると何故ともなく、涙が滲《にじ》んできた。おさえようとすればするほど、涙は溢《あふ》れてくる。

「逢《あ》いたい……」

闇《やみ》のなかに、ぼんやりと白い夜が浮いてくる。低い海鳴りのなかで、流氷が果てしなく続いている。夜のなかに、遠いオホーツクの地平が見える。

「どうしているの……」

美砂はもう一度、つぶやく。

二

初雪にしては珍しい大雪であった。

美砂が紋別に行くことを決めたのは、その雪の明方であった。

それまで美砂は床に入ったまま、一睡もしなかった。一度、紙谷のことを思い出すと、もはやそれは降りしきる雪のようにふくらんでいく。

昨夜、紙谷などどうでもいいと思ったのは、どうやら嘘《うそ》のようである。忘れようとしたのは、無理に抑えつけようとしただけで、本心はそんなことで変りはしない。

紙谷がどんなことをしようと、自分が好きなことに変りはない。あの人が、いまも仁科杏子を愛していようと、自分とのことは、かりそめのことであったとしても、そんなことはどうでもいい。

それより、一人の人を真剣に愛してきたという、そのことだけを大切にしたい。

「あなたを愛していたのは嘘ではなかったのです。本当にあなたのためになら、死んでもいいと思っています」

美砂はいま、そのことだけを、紙谷に告げに行こうと思う。それだけわかってもらえばいい。

いまはもう、紙谷になにも求めるつもりはない。これだけ愛しているのだから、相手も愛してくれるべきだ、というのは、一方的な思いあがりかもしれない。それは愛のようで、見返りを要求している打算的な愛といわれても仕方がない。

自分が好きなら、相手がどうであろうと、そんなことはかまわないはずである。これだけ、自分の愛に熱中できた、そのことに、むしろ感謝すべきではないか。

酔ったり、口惜《くや》しさのあまり愛してもいない人に体を許そうと思ったのは、自分の弱さを誤魔化すための手段なのかもしれない。それはただ、当座しのぎの逃げにすぎない。

美砂はいま、唇だけにしても、藤野に許したことを悔いていた。たとえ体までは許さなかったとしても、許してもいいと思ったその記憶は消し難い。

いまごろになって、美砂は慌てて唇を拭き、口を嗽《すす》ぐ。そんなことで接吻をした事実は消えはしないと思いながら、そうでもしなければ落ちつかない。

陽《ひ》があがるとともに、美砂は旅行の準備をはじめた。紙谷と杏子のことを夜どおし考え続けてほとんど眠っていなかったが、それでも頭は意外にすっきりしていた。

美砂はスーツケースに、着替えの下着と厚い毛糸のセーターをいれた。札幌でも雪がくる季節だから、オホーツクはもっと寒いに違いない。

列車は何時にしようか、これからでは、どうせ紋別に着くのは夕方である。この前、紙谷が帰っていった特急もあるが、いまからでは間に合いそうもない。

大学を休むことは、明峯教授の家に電話をすれば済むことだが、それでは、夫人達に止められるのは、眼に見えている。

自分で決めた以上、誰にも惑わされず、やってみたい。世間の常識も、しきたりも忘れて、いま一度自分の判断で行動したい。

考えた末、美砂は十時十分の急行に乗ることにした。それなら夕方の四時少し前に紋別に着く。

準備が終ったところで、美砂は部屋を片付けた。

サイドボードの上の時計が八時半を示している。

外は昨夜の雪が嘘のように快晴で、十センチは積った新雪のうえを、サラリーマンが一列に並んで出勤していく。

美砂は部屋を出て、アパートの入口にある受話器をとった。大学を呼び出し、研究所の守衛さんにつないでもらう。

「海洋学教室の秘書の竹内ですが、ちょっと急用ができて休みますので、教室の方が見えたら、そのようにお伝えください」

「伝えるだけで、いいんですね」

昨日から、とくにやり残してある仕事はない。もし長びくようなら、紋別から改めて連絡をすればいい。

美砂は小さく返事をして、受話器をおいた。

三

雪のなかを、午前十時に、美砂は札幌駅に着いた。

紋別行の列車は、十時十分だったが、全道的な寒波のせいか、その列車も含めて、みな、二、三十分ずつ遅れているようだった。

美砂は二十分ほど遅れるときいて、駅ホールの二階のレストランへ行き、コーヒーを飲んだ。

夜来の新雪は、十センチほど積っていたが、駅前の陽だまりのあたりは、すでに溶け、溶け水が路《みち》の端に集まっている。

研究所に行っていたら、いまごろ藤野達がきて、朝のコーヒーを飲んでいるころである。

あのあと、藤野はどうしたろうか。美砂は昨夜のことを思い返したが、すぐ振り払うように立ち上り、レストランを出た。

列車の到着が遅れてか、駅のホールは人があふれている。美砂はスーツケース一つだけを持って、改札の列に並んだ。そのままホームに出て、線路の先の雪を見ていると列車が到着した。

美砂は窓際の席に五十前後の夫婦連れと向い合って坐った。

数分の停車で、列車は動き出す。

これから五時間半、黙って坐っていれば紋別である。

列車が動きはじめて、美砂は改めて、自分が紋別まで行こうとしていることに気がついた。

なにもいまさら、惨めな思いをしに行くまでもない。仁科杏子が家を捨てて、紙谷のところへ走ったあとを追いかけてゆく必要はない。

「なぜ、ゆくのか……」

窓を見ながら、美砂はつぶやく。

雪の野面は、朝の陽を浴びて眩《まぶ》しい。これから北へ行くに従って、雪はさらに深くなる。

いまさら紋別へ行く理由を考えたところで意味がない。行くと決めて、列車に乗った以上、あとは行くだけである。

前の老夫婦がしきりに話している。網走にいる娘夫婦のところまで行くらしい。美砂はふと、両親を思い出す。一人の男を追って、仕事まで休んでいく娘のことを知ったら、父や母はなんというか。

美砂はまた窓の外の、陽に輝く野面の雪へ眼を向けた。しばらく窓を見て、また思い出したように駅で買った週刊誌へ眼を向ける。

だが頭はほとんど、雑誌も窓の景色も見ていなかった。活字や風景はいったん眼には入るが、それ以上意識として残らない。眼だけが勝手に、そちらを向いていて、心は別なところにある。

旭川を過ぎて、前の二人が売りにきた弁当を食べはじめた。おかずを分けあったりして、仲睦《なかむつま》じい。美砂は朝、駅のレストランでコーヒーを飲んだだけだが、空腹は感じない。

北へくるにつれて、空は次第に曇り、また雪でもきそうな空模様である。これでもう何度目のオホーツクか。

今年の一月と三月と、いま十二月と、これで三度目である。

その三度とも、目的は違う。一度目はただ流氷を見に行っただけであり、二度目は紙谷に逢うというはっきりした目的があった。そして三度目は別れを告げるためにオホーツクへ向っている。

わずか一年の間に、なんという激しい変化なことか。

だが、いま振りかえってみて、美砂には、なんの悔いもない。ともかく、自分は一人の男性を力のかぎり愛した。そのことだけははっきりいえる。結果はどうであれ、その事実だけは自信を持っていえる。

もし、生きるということが、その年月を明確に記憶に残すことだとするならば、この一年、まさしく美砂は生きてきたといえる。

恋し、苦しみ、別れる、それは死ぬほど辛いが、しかしこの一年の記憶は永遠に忘れない。

この一年からみたら、これまでの年月は生きてきた、などとはいえない。平凡な、同じ年月のくり返しにすぎなかった。

結果として報われなかったとしても、生きてきたという充実感を知っただけで満足である。それを教えてくれたという意味で、むしろ紙谷に感謝すべきなのかもしれない。これまでは、ただの平凡な娘であったのが、愛する喜びと苦しみを知っただけでも、大きな収穫であった。

冷え冷えとした窓の景色を見ながら、美砂は自分にいいきかす。

それは負け惜しみでなく、美砂の偽りない実感である。

実際、恋には加害者も被害者もない。あるのはただ、いかに自分が愛し、愛されたかという事実だけである。恋が成就しなかったからといって、自分が被害者になり、相手を非難するのは身勝手すぎる。

恋にはいつも、そうした不安と、失意がつきまとう。それが怖いなら、はじめから恋などしないほうがいい。

車窓は裸木と、雪だけの野が続き、その果てから、次第に夕暮が近づいてくる。間もなく遠軽《えんがる》である。

そこで列車は二つに分れ、一部は網走へ向い、一部は紋別へ行く。

美砂の客車はそのまま紋別行である。老夫婦は美砂に軽く挨拶《あいさつ》をして、他の客車へ移っていく。

ここからは紋別へ向う客だけで、列車はさらにすいてくる。美砂はシートに一人になって、また外を見た。

このあたりは、さほど雪は多くないが、ほとんど家もなく、野と平坦《へいたん》な山だけが続く。ときたま見える家は、わずかの裸木に守られ、夕暮のなかで侘《わび》しげに建っている。やがて山が開け、行手にオホーックが見えてくる。低い雲の下のオホーックは、浅く雪をかぶった海岸線ときわだって、いっそう鉛色を濃くしている。

「いよいよきた」

美砂は改めて体をのり出し、暮れていくオホーックを見た。

十二月の半ばだが、まだ流氷はきていない。だが、寄せてくる波の白さには、すでに冬の冷たさがあった。


列車が紋別の駅に着いたのは、四時をすぎていた。発車の遅れは少し取り戻したが、それでも十分ほど遅れていた。美砂はスーツケースを持って、一人でホームへ降りた。この前、来たときは藤野が迎えにきてくれたが、いまは誰もいない。

駅の外へ出ると、紋別の街はすでに暮れかかっていた。さすがに北の果てだけあって、頰《ほお》を打つ風は冷たい。

美砂は思わずコートの襟を立て、肩をすぼめた。

「寒いな。今夜はまた、雪かもしれないね」

同じ列車で降りた人達が話しながら、新雪で装いを新たにした街のなかに消えていく。

みな長靴かブーツで、厚いコートを着ている。

美砂は寒風のなかで立ち止り、駅の右手の公衆電話のボックスに向った。

札幌を出るとき、美砂は紙谷のいる研究所へも、旅館へも電話をしなかった。紋別へ行くと思いたったのは突然で、電話をする暇もなかった。それに予定など立てず成行きに任せたい気持もあった。

紋別へ着いて、もし紙谷がいなければ、そのまま一泊して、オホーツクだけ見て帰ればいい。そのとき、前に泊った小山旅館が満員なら、他のところでもいい。一日でも紋別に行き、海さえ見れば、それで納得できる。

もし紙谷がいたら、「さよなら」だけいって帰ってこよう。万一、杏子でもいたら、そのときは二人の姿だけ見て、すぐそのあとの列車で、近い街までで行けばいい。

どうせどこへ行くというあてのある旅でもない。

ボックスのなかで、小さく息を吐いてから美砂は研究所のダイヤルを廻した。まだ五時前だから、紙谷は研究所にいるかもしれない。

「もしもし」

一瞬、美砂は声を低める。

「そちらに、紙谷誠吾さん、いらっしゃいませんか」

「ちょっとお待ちください」

男の声は無愛想だが、冷たい感じでもない。やがて、隣の部屋からでも来たのか、床を踏む足音がして、受話器に声が流れてくる。

「もしもし」

間違いなく、紙谷の声である。美砂は一度唇を嚙《か》み、それから受話器を握り直す。

「あのう、美砂ですが」

「おっ、どうしたんだ？」

紙谷の声は例によって落ち着いていた。

「いま、紋別にきているんです」

「本当か……」

「はい」

美砂は低くつぶやいた。

「ちょっと、逢っていただけますか」

「もちろん、どこにいるんだ？」

「駅です」

「すぐ来なさい」

「でも、お邪魔でしょうから」

「なにをいう」

紙谷はそういってから、

「じゃあ、僕はこれから部屋へ戻る。アパートのほうへ真っ直ぐ来てくれ」

「本当にいいんですか」

「アパートはわかるか？」

「覚えています」

美砂は受話器をおくと、まっすぐタクシー乗り場のほうへ行った。

紙谷は一体どういうつもりなのか。昨夜、仁科杏子が来て逢ったはずなのに、今日はもう自分と逢おうとしている。

美砂は紙谷の気持がわからぬまま、タクシーに乗った。

「流氷研究所のある海鳴町《うみなりちょう》へ、やってください」

車はすぐ暮れかかった街を走り出した。紋別も昨夜から雪になったらしい。昼間、いったん溶けた雪がまた凍って、車はみなスパイクタイヤにかえている。

「お客さん、札幌からですか」

運転手が前を見たまま尋ねる。

「向うも、今日は寒かったのでしょう」

「ええ……」

美砂は暗い外を見ながら曖昧《あいまい》に答える。

やがて車は街の中心部を離れ、家がまばらになる。野の雪は、朝、降ったまま溶けず、夕闇のなかで静まりかえっていた。

「この分じゃ、今晩あたりくるかもしれませんね」

運転手が、左手の暗い海を見ながらいう。

「くるって、なんですか」

「流氷がね。滅法、冷えるからね」

美砂は夜目にも白々とした雪の先の海を見た。

「流氷は一晩のうちに来てしまうのですか」

「明日の朝、眼をさましてみたら、このあたりは、すっかり変っているかもしれないよ」

黙って見ていると、左手に雑貨屋があって、紙谷のアパートへ向う雪の小路が見えてきた。

新生《しんせい》

一

一度来ただけだが、美砂は紙谷のアパートを忘れない。あれは今年の三月の末で雪があったが、いまも新しい雪が降っている。昼と夜の違いはあっても、好きな人が住んでいる家のたたずまいだけは、しっかりと覚えている。

美砂は紙谷の部屋のドアの前まできて、息を呑《の》んだ。すでに暮れた夜のなかで、ドアの横の窓の明かりが点《つ》いている。その明かりのなかで紙谷は先に帰ってきて待っているはずである。

美砂は一つまた、大きく息を吸い、それから思い切って、ドアを叩《たた》いた。

こつこつという音が、雪明かりのなかに響く。すぐ横の窓で、人の動く気配がして、ドアが開けられた。

「おう……」

一瞬、紙谷は驚きとも、喜びともつかぬ声をあげた。

「入りなさい」

「よろしいんですか」

「いま帰ってきて、ストーブを点けたばかりで寒いけど……」

美砂は入口でコートを脱ぎ、手に持って、なかに入った。

部屋は前に来たときと、ほとんど変っていない。相変らずまとまりのない、ダイニングルームの中ほどに、テーブルとソファがあり、そのうしろに本棚と机が並んでいる。いま点けたばかりだというガスストーブが、中央で赤い焔《ほのお》を見せながら燃えている。

「いま、お茶を淹《い》れる、坐《すわ》りなさい」

紙谷は、あらかじめ沸かしておいたのか、ガス台の上のヤカンをとった。

「寒くないか」

「いいえ」

流しに立っている紙谷の後ろ姿は前と少しも変らない。相変らずがっしりとして、逞《たくま》しい。

「ちょっと濃いけどどうかな」

紙谷は両手で茶碗《ちゃわん》を持って、美砂と自分の前に置くと、向い合った椅子《いす》に坐った。

「久し振りだな、変りなかったか」

「はい……」

「どうした、元気がないな」

紋別まで来た理由をいまここでいえというのか、いわなくてもわかっているではないか、美砂のなかで、いままで耐えていたものが、一気に溢《あふ》れ出そうになる。

「冬休みに、くるんではなかったのか」

「いいえ、もう来ません」

「もう来ない？」

「ええ……」

「今日は、おかしいな、どうしたんだ？」

紙谷が上体をのり出す。その雪焼けした顔を見ながら、美砂ははっきりいった。

「杏子さんは、どうしたのですか」

「………」

「仁科さんです」

「そのことか……」

紙谷は、わかった、というようにうなずくと煙草《たばこ》に火をつけた。

「君は、そのことで来たのか」

「………」

「もう帰ったはずだよ」

「いつ？」

「多分、今朝……」

「じゃあ、やっぱりこちらに見えたのですね」

紙谷は煙草を見たまま、うなずいた。そのまま、沈黙が続く。やがて美砂は少し改まった口調でいった。

「それだけおききすればいいんです。わたし、帰ります」

「どうしたのだ？」

「さよなら」

美砂はコートとハンドバッグを持って、入口へ向った。

「おい、君」

紙谷が後ろから追ってくる。

「待ちなさい」

二人は入口のところで、互いにドアのほうを向いた形で止った。

「君はなにか、誤解をしているのではないか」

「誤解なんかしていません」

美砂は振り返って、紙谷を見上げた。

「わからん」

「わからないのは、あなたです。あなたは、まだあの人を愛していたのですね」

「おい違うよ」

「そうです。そうでなければ、こんなところまで杏子さんがくるわけがないでしょう。杏子さんがあなたを追って、ここまで来たことは、札幌の人はみな知っています。明峯先生の奥さまも、杏子さんのご主人も……」

「………」

「杏子さんはご主人のある人です。その人が、こんなところまでくるのは、普通ではないでしょう」

「たしかに普通ではない」

「普通ではないことをさせたのは、あなたでしょう。あなたがこいといったから、杏子さんはここまで追ってきたのです」

紙谷はなにもいわない。相変らず首を傾けたまま、ドアのほうを見ている。

その黙りこんでいる紙谷を見ているうちに、美砂のなかに新しい憎しみが湧《わ》いてきた。

「あなたは卑怯《ひきょう》よ、あなたは勝手な人よ、狡《ずる》くて、いい加減な人よ」

「待て……」

「あなたは、杏子さんを愛していたくせに、嘘《うそ》をついて」

「そんなこと、誰《だれ》がいったのだ?」

「明峯夫人も藤野さんもみんないっています。杏子さんと愛し合っていたけど、織部さんという方がいて、その方がオホーツクの海で亡くなったと」

「余計なことをいう……」

「余計なことじゃありません。わたしにとっては一番大事なことです。それをきいて、どんなに辛《つら》かったか……」

「しかし済んだことだ」

「いいえ、済んでなんかいません。現に続いていたからこそ、杏子さんは来たじゃありませんか」

「違う」

「なにが違うのです?」

「彼女が結婚してから、俺《おれ》は一度も会っていない」

「会わないで、どうして、あの方がこんなところまでくるのですか、家を捨てて、ご主人を捨てて……」

「ただの気紛《きまぐ》れだろう」

「気紛れ?」

美砂は冷ややかな眼《め》で紙谷を見返した。すぐ眼の前に、紙谷のうっすらと髯《ひげ》の生えた顔がある。

「あなたはそれでも男なのですか、女が家も夫もすべてを捨ててきたのに、そんなことをいうのですか」

「…………」

「卑怯です、卑怯で狡くて、勝手で、もう顔を見るのもいや……」

美砂はドアの把手《とって》に手をかけた。そのまま押して出ようとしたとき、紙谷が後ろから腕をとらえた。

「待て」

「いやです、放してください」

「待ちなさい」

紙谷がぐいと美砂の上体を引きつけた。

「こっちを向きなさい」

「どうするのですか」

「いいから」

美砂は仕方なく、そろそろと振り向いた。すぐ前の紙谷の顔は、少し蒼《あお》ざめている。

「俺を信じられないのか」

「…………」

「あの人とは、なにもない。こちらへ来たことは来たけど、黙って帰っただけだ」

美砂はその声を、遠い天からの声のようにきいていた。本当か嘘か、美砂にはその真偽をたしかめる手段はない。ただその声の響きだけを、ぼんやりと追っていた。

「たしかに、君がいうとおり、彼女が来たことは重大なことだ。彼女にとっては大変な決心だったかもしれない。だが、俺の心のなかでは、それはすでに済んだことだ」

「でも……」

美砂はそこで一つ息を呑んだ。冷静にならなければいけないと、自分にいいきかす。

「もし済んだことなら、どうして、本棚にあの人の写真があったのですか」

「………」

「この前、きたとき、わたしははっきりと見たのです」

紙谷は静かにうなずいた。

「たしかにあった。だが、いまはない」

「隠したのですね」

「普通のアルバムのなかに入れた」

「どうして？」

「君と、あんなことになったからだ」

「じゃあ、それまでは」

「正直にいって、あのときはまだ忘れてはいなかった」

「それじゃ、はっきり、ききます」

美砂は改めて、紙谷に向き直った。

「北極へ行く前、あなたは酔ってわたしの部屋へ突然、来ました。でもあの時、バーで杏子さんのご主人に会ったのですね」

「会った」

「そして、あなたは、杏子さんを忘れるために、わたしの部屋へきたのですね」

「………………」

「いいんです、正直にいってください」

「たしかに、そういう気持はあった」

「わかりました」

「なにが、わかったのだ？」

「あなたが、杏子さんを愛していたということが」

「間違っては困るが、それは過去のことだ、今は君を……」

「無理をしなくてもいいんです」

「無理をしているのではない。本当にそのとおりだ」

「杏子さんを忘れるために、わたしを抱いたのですね」

「たしかに、初めはそういう気持がなかったとはいいきれない。だが今は違う」

「要するに、わたしを慰みものにしたのね」

「信じられないのか」

「杏子さんは、ここにもきたのですか」

「二日いたが、ここには来ていない」

「でも、お逢《あ》いになったのでしょう」

「一度だけ、研究所で、それだけだ」

「嘘よ。ここまできて、そんなことはないわ。なにもなくて、どうして、二日も泊るのですか」

紙谷は一つ、大きく息をついた。

「いえないのですね」

「信じないのなら、仕方がない」

「わたしは信じないわ」

美砂は一気にドアを押した。瞬間、寒風が隙間《すきま》から寄せてきた。

美砂はその風に逆らうように外へ出た。足早に歩きながらコートをきて、階段を駆け下りる。下りきって、雪の道に出たところで、美砂はアパートを振り返った。

いま出てきた部屋のドアは閉じられたまま、紙谷の姿はもうない。

「馬鹿《ばか》、馬鹿、あんな人はもういい」

美砂は自分にいいきかせると、雪の道を駆け出した。

「もういや、もう二度と逢わなくていい」

そう叫びながら、ふと風の音に立ち止る。

もしかして、紙谷が追ってくるのではないか。振り返る美砂の眼に、雪のなかのアパートの光が小さく見える。

表通りに出たところで、美砂はようやく立ち止り、タクシーを待つ。

一時、降りかけた雪は止《や》み、寒風が美砂の頰《ほお》を横切る。夜のなかで、薄く積った雪が、山の近さを思わせる。

寒さに足踏みしながら、美砂は紙谷の姿を待っている。どうして駆けてこないのか。かつては杏子を愛していたけど、いまは違うといって、抱きしめてくれないのか。

意気地なしで、狡い男。一人よがりで、我儘《わがまま》な男。女の気持などなにもわからず、自分だけ偉いつもりでいる馬鹿な男。

呪文《じゅもん》のように美砂が唱えているところに、タクシーが近づいた。美砂は手を上げて、乗り込む。

「どこですか」

「駅前の小山旅館」

部屋があるか、ともかく行ってみよう。あったらそこで泊り、なかったら、最後の列車でどこかへ行こう。

どうせ、紙谷とは別れるつもりで来たのである。いまさら未練がましいことはよそう。あの人は、初めから杏子さんのものだった。それを横取りしようとしたのは、自分の過ちである。

誰が悪いのでもない。悪いのはむしろ自分のほうだ。美砂は暗い海の一点へ眼を据えながら自分にいいきかせる。

二

突然で部屋はないかと思ったが、小山旅館は空いていた。前に来て顔見知りの丸顔のお手伝いさんが、快く迎えてくれる。

「冬の間は、お仕事でこちらに見える人も少ないんですよ」

たしかに、この寒いときにオホーツクまでくる人は、よほどの人に違いない。

「また、流氷をご覧になりに来たのですか」

お手伝いさんは、前のことを覚えていてくれる。

「今夜あたり、冷えこんでいますから、氷がくるかもしれませんよ」

美砂はうなずきながら、窓際の椅子に坐って、暗い外を見た。

少し前、降りかけていた雪は止み、彼方《かなた》にかすかに星が見える。晴れてはいるが、冷えこみは厳しく、ガラスの縁に薄く氷が張っている。

「では、いますぐお食事を用意します」

お手伝いさんがお茶を淹れて去っていく。今夜は客も少ないのか、旅館全体が静まりかえっている。

一人になると、美砂は立ち上り、白いガラスの縁を丹念に指で拭《ふ》いた。拭くと、指先の温かみで、外側のガラスの氷がかすかにとけていく。

「ここに、あの人も来たのだろうか」

もし紙谷のいうことが正しければ、仁科杏子も、昨夜までここに泊っていたことになる。そしてここから紙谷のいる研究所まで行ったのか。

しばらくして、お手伝いさんが膳《ぜん》を持って来たとき、美砂は思いきって尋ねてみた。

「昨夜か、その前かと思いますが、札幌から女の方が、一人で見えませんでしたか」

「あ、見えました、たしか仁科さんと仰言《おつしや》る方でしたが、とてもきれいな方でした。お客さま、ご存じですか」

「ちょっと……」

美砂は坐りなおした。

「やはり、その方も、なにか流氷を見に来たとかって仰言ってましたけど、生憎《あいにく》、少し早くて、ご覧にならずに帰りました」

「本当に帰ったのですか」

「ええ、昨夜とその前の晩と二日ほど。初めの夜は遅くお見えになり、昨日一日いらして、今朝がた、早くお発《た》ちになりました」

「じゃあ、それまで、こちらにお一人で？」

「なにか研究所にお友達がいるとかで、お昼はお出かけになったようですが」

やはり紙谷のいうとおり、二人が逢ったのは、昼間だけだったのだろうか。

「それでは二日間、夜はずっとお一人で？」

「ええ……」

お手伝いさんはうなずいたが、すぐ思い出したように、

「あの方、なにか哀《かな》しいことでもあったのでしょうか」

「どうして？」

「お見えになったときは別に変りはなかったのですが、お帰りのときは、なにか淋《さび》しそうにして」

「それで、今日帰ったのですか」

「昨日、札幌のほうから電話があって、朝早くにお帰りになりました」

やはり、紙谷のいうことは信じても、いいのだろうか。美砂の心に再び、かすかな希

望がわいてくる。

「どうぞ、お済みになったら、また呼んでください」

美砂が考えているると、お手伝いさんはそういって去っていく。

一人になった美砂の前に夕食が並んでいる。生きのいい刺身と、大きな帆立の塩焼きは、オホーツクならではのご馳走《ちそう》である。

だが美砂はすぐに、箸《はし》をつける気にはなれない。

本当に、二人の間には、なにもなかったのだろうか。もう一度、あの人のところへ行ってたしかめてみよう。

そう思いながら、いまから、のこのこ行くのは羞《は》ずかしい気もする。

少し前は、紙谷を卑怯で、勝手で、狡い、と罵《ののし》ってきた。止める手を強引に振り切って、逃げてきた。

だがお手伝いさんから話をきいたいまは、強引に帰ってきたことに少し後悔している。

もう少し、落ち着いて話を聞くべきだったかもしれない。

紙谷のいうことは、やはり本当なのかもしれない。過去に杏子を愛していたことも、その思い出を振り切るために、美砂のところへとびこんできたことも、そして、いま美砂を愛しているということも……。

愛とは、もしかして、そういう屈折の果てに成り立つものなのかもしれない。

一つの愛から逃げたくて、別の愛に走り、それが結果として、本当の愛になることもあるかもしれない。そうだからといって、それを責める理由はない。きっかけはなんであれ、いま愛している、というたしかささえあれば、いいのではないか。

美砂は再び窓に立ち、氷の張りついたガラスに息を吹きかける。一瞬の温《ぬく》もりでとけてかすかに水滴になったところへ、「カミヤさん」と指で書いてみる。

字で透けた隙間から覗《のぞ》く空に、雪の屋根が映り、星が見える。

「行ってみようか」

美砂はもう一度、自分につぶやく。

あんなことをいって別れてきたが、自分の行くところは、やはりあの人のところしかないのかもしれない。

たとえ彼が卑怯で、勝手で、狡かったとしても、不誠実で、嘘つきで信じられないとしても、あの人を愛したという事実は捨てようがない。それはまぎれもなく、いまここまできての本心である。

まわりがなんといい、なんと非難しようとも、いまは、すすむしかない。

人間には、考えてから走る人も、走りながら考える人も、走ってから考える人もいる。

さまざまなタイプのなかで、これまでの美砂は、どちらかといえば、考えながら走ってきた。

一つ考えては立ち止り、立ち止ってはまた走り、そして考えた。一歩一歩といえば、きこえはいいが、考えるわりに飛躍はなかった。

だが、いまは、眼をつぶって走ってみようか。考えることはそのあとでいい。ここまできた以上、とにかく走ってみよう。「走れ」と美砂でない、もう一人の美砂が命令している。

「行こう」

美砂は夕食に手をつけずに、立ち上るとコートを着た。すぐお手伝いさんに頼んで車を呼んでもらう。

「じき帰ってきますが、遅くなるようなら下げておいてください」

突然の外出にお手伝いさんはあきれている。

だが行くと決めた以上、躊躇《ちゅうちょ》はできない。迷ったときは、信じているほうへすすむべきである。

美砂は階段を下り、玄関で待っていたタクシーにとび乗った。

夜が更けて、外はさらに冷え込みを増したようである。道の雪はまだ浅いが、寒気に堅くひきしまっている。

「早く……」

美砂は自分にいいきかす。いまは、なにがなんでも、紙谷の胸にとびこもうとしている。この気持を大切にしたい。少し時間が経《た》ち、また気でも変ると困る。弱気で常識的な自分が顔を出すのが怖い。

車は夜の国道に一瞬の光を投げながら走っていく。もう遅くなって、行き交う車もほとんどない。まわりの家は、雪のなかで、小さな明かりだけ残して静まりかえっている。ついい少し前来た道を、また戻っている。ただのくり返しとはいえ、前と今度とは、ずいぶん違う。

少し前は、疑い、悩み、憎みながら行ったのが、今は信じ、納得しようとしている。

やがて左手に、小さな雑貨店が見える。もう客もないのか、男の人が一人出て表を閉めかけている。その角を左に曲ると、紙谷のアパートである。

「待っていて、くれますように」

美砂は神に念じて、前を見る。二階の右端の窓に灯がついている。

タクシーを降りると、美砂は大急ぎで、階段をかけ上る。

もう迷うことはない。入口の前に立つと、美砂は一気にドアを叩いた。

「紙谷さん」

「どうした?」

ドアが開き、眼の前に紙谷が立っている。どういうわけかコートを着て、靴をはきかけている。

「いま、君のところへ行こうと思った」

「わたしのところへ？」

「いろいろ探したら、小山旅館にいることがわかったが、君が出かけたといったので」

コートの襟を立てた紙谷の眼が、まっすぐ美砂を見つめている。その眼をみるうちに、美砂の心にあった疑問と不信が、朝の氷のようにとけていく。

「ご免なさい」

美砂は小さくつぶやくと、いきなり紙谷の胸にとびこんだ。

優しく、大きな手が、ゆっくりと美砂の肩を撫《な》でてくれる。その手は、なによりもたしかで揺るぎない。

「疑ったりして、ご免なさい」

「馬鹿なやつだ」

懐かしい、紙谷の頬鬚《ほおひげ》のざらついた感触が、美砂の肌に甦《よみがえ》る。

「もう、どこへも行きません」

美砂は、そこがアパートの入口であることを忘れて、しっかりと紙谷にしがみついた。

それからどれくらい経ったのか、美砂が眼をあけると、眼の前に紙谷の顔があった。興奮でか、少し赤らんで、眼が潤んでいる。

「さあ、入りなさい」

いまはいわれたとおり、美砂は素直に入る。

「今日は、ここに泊っていきなさい」

「でも、旅館が」

「連絡すれば、大丈夫だ」

「じゃあ、泊ります」

美砂はこっくりと、うなずく。

「食事は？」

「まだなんです」

「一緒に食べに出ようか」

「でも、ここで」

美砂は、いまはこのまま離れず紙谷の横にいたい。

「わたし、なにかつくってあげます、お米やお味噌《みそ》はあるんですか」

「インスタントラーメンしかない」

「それでも、いいでしょう」

美砂は流しに立ち、湯を沸かす。紙谷は、コートを脱いでマフラーをとる。

「ねえ、簡単にお掃除をするわ」

美砂はこの前きて知っている押入れから、掃除機をとり出して、スイッチをいれた。

「寒いけど、窓を少しあけますよ」

そのまま茶の間だけ掃除を終えて、インスタントラーメンをつくる。

「なにもありませんけど」

「いや、大変なご馳走だ」

二人はテーブルに向い合って笑う。

勤めを終えて帰ってきた紙谷のために、掃除をし、食事をつくる。それは、いままで紙谷を追いつづけてきた、美砂の夢だった。それがいま、現実に果されている。

「お茶を淹れます」

茶碗を片づける仕草も、新しくお茶を淹れる態度にも、以前のような迷いはない。

いまはとにかく、この人についていく。そのこと以外は考えない。

二人が食事を終え、一休みして床についたのは、十一時を少しすぎていた。一組しかない紙谷の、綿の片寄った布団に、二人はしっかりと抱き合って休んだ。

「これからずっと、従《つ》いてきてくれるか」

「ええ……」

美砂は、紙谷の広い胸を見ながら、うなずいた。

「どんなところへも一緒に行きます」

「札幌へ帰ろう」

「本当ですか」

「もう織部のやつも、許してくれるだろう」

「やっぱり、織部さんのために、いままでいらしたのですか」

「それもあるが、それだけでもない」

紙谷はそういうと、宣言するようにいった。

「もう、昔のことは、忘れよう」

「はい」

美砂は胸一杯に息を吸って答える。

そのまま沈黙が続く。無気味なほど冬の夜は静まりかえっている。

「波の音がない」

ふと思い出したように、紙谷がいう。

「どうして……」

「流氷の帯が、波をさえぎっているのかもしれない」

美砂は夜の闇《やみ》のなかで、オホーツクの果てをうずめるという白い氷の帯を思った。

「今夜、流氷がくるのですか」

「そうかもしれない」

たしかに、いつもはかすかにきこえていた潮騒《しおさい》の音が、夜の静寂《しじま》のなかで見事に跡絶《とだ》えていた。

「寒いか」

「いいえ」

否定しながら、美砂はいま一度紙谷の温かさをたしかめるように、広い胸のなかに顔をうずめた。

翌朝、オホーツクに面した一帯は、白い氷におおわれ、その日から、北国の長く静かな冬が始まった。

解説

小池真理子

一人の作家が、生涯を通して書き続けようとするテーマは、常に一つしかない。読者にとっては、テーマなど、二つも三つも、場合によっては無数にあるように感じられるのかもしれないが、もし本当にそんな作家がいるのだとしたら、まがいものと見なしていいと思う。

書きたいもの、表現したいものが身体《からだ》の中にふくれあがり、マグマのようになってわき上がる。何がふくれ上がってきたのか、初めのうち、作家本人にも、はっきりとはわからない。わからないにもかかわらず、そこにはあふれ返るもの、迸《ほとばし》り出るものだけがあって、作家を書くことに向かって駆り立てていく。

その核にあるものが何なのか、具体的に知ろうとして、作家は自分自身に問いかける。だが、答えなど、永遠に見つからない。束の間《つかのま》、見つかったと思っても、またするりと指の間から逃げていく。

答えが出ないから、また書く。書くたびに、さらにわからなくなる。だから、書き続ける。その、容赦なく繰り返される連鎖が、作家を作家たらしめていくし、作家の唯一絶対のテーマというものは、その中にしか生まれないと私は思っている。

渡辺淳一さんも例外ではない。例外ではないどころか、渡辺さんほど潔く、ただ一つのテーマに照準を絞って書き続けている作家はいない。

渡辺さんがこれまで、一貫して書き続けてきたのは、男女であり、恋愛であり、エロスであり、そこにまつわる人間の不可思議な心情である。読者は、渡辺さんの作品を通して、渡辺淳一という作家が生涯をかけて、いったい何を書こうとしているのか、書きたいと願い続けているのか、常に鮮明に感じ取ることができる。

しかも、渡辺さんは、ご自身が描こうとする世界について、むやみと計算したりはしない。わざと小出しにしてみせたり、世間を気にしてごまかしたり、気取って飾りたてようとしたりする傾向もまったくない。

徹底してブレがないのだ。テーマに向かって常にまっしぐらに、迷うことなくストレートに挑みかかる。その姿勢はいかにも渡辺さんらしくて、何と小気味がいいことだろう。

渡辺さんが作家として、かくも長く、かくも瑞々《みずみず》しく、変わらぬ熟れ具合をみせる果実のごとき作品を書き続けてこられたのも、その、「確たるテーマ」に向かう、揺るぎのない姿勢があったからこそと言える。

とはいえ、いくら渡辺さんといえど、初めから現在のような、はっきりとしたテーマを据えておられたわけではないだろう。作家が自分にとっての「ただ一つのテーマ」を見極め、周囲の雑音に耳を貸さずに書き続けていけるようになるまでには、長い時間を要するものだと思う。

『渡辺淳一の世界Ⅱ』（集英社刊）の中に、渡辺さんご自身による語りおろしが再録されている。中の一部を引用する。

「四十代半ばに、私は得意にしていた医学ものと歴史ものからいったん離れようと決意しました。それらより、自分の想像力で書く現代ものに引かれたのです。（中略）私は歴史小説だけを書いている人を実はあまり評価していないのです。主人公はやっぱり自分で作らなくちゃと。作家はやはり虚構が書けないと駄目だ。（中略）川端さんや谷崎さんは絶対に虚構しか書きませんでした。川端さんは戦争中でも男女ものしか書かなかった。私はその強固な精神に共感し、高く評価しているのです」

渡辺さんが医学もの、歴史ものから離れ、男女のテーマに行き着くまでには、やはり、いくらかの逡巡《しゅんじゅん》や葛藤《かっとう》があったように読みとれる。それはきわめて自然なことだったろう。

だが、渡辺さんはその後、敢然とテーマを一つに絞った。いや、絞った、のではなく、自分が真に書きたいのは、これなのだ、これ以外ないのだ、と確信した。

以後、渡辺さんは、ご自分の選んだ道を迷わず歩み続けておられる。それは多分、作家・渡辺淳一が「書いても書いても、まだ書き足りない世界」なのだろうと思う。

だからこそ読者は渡辺さんと一緒になって、男と女の、愛と死の、悲劇と不条理の、えもいわれぬ香り豊かな桃源郷をさまよい、自身の体験や記憶と照らし合わせながら、汲《く》めども尽きぬ思いを馳《は》せることになる。


本作『流氷への旅』は、一九八〇年に単行本として刊行された。

渡辺さんが『光と影』で直木賞を受賞されたのが、一九七〇年。勤務医の仕事を辞め、筆一本の生活に突入したのも同年であることから考えると、作家として脂《あぶら》が乗り始めた頃《ころ》に書かれた作品であると言ってもいいのかもしれないが、実際は少し違うような気がする。渡辺さんを文壇における不動の位置に導くことになった『ひとひらの雪』や『化身』『うたかた』などは、まだこの時点では書かれていない。

となれば本作はあえて、「脂が乗り始める直前の渡辺淳一を象徴する作品」と規定するほうがいいのかもしれず、それは本作品が女性の視点で書かれていることからも容易に窺《うかが》い知ることができる。

私が、これまで渡辺さんと交わした会話の中で印象的だった話の一つに、「女性視点での小説は、もう書かないつもりでいる」というものがある。男性作家にはどうひっくりかえっても書けないものを女性作家はもっているのだ、と渡辺さんはおっしゃった。女の作家が表現する豊かな生理感覚を、「女」であることができない男の作家が、いくら巧妙にまねても、勝てるはずがない、というわけである。それは、想像力の善し悪《あ》しの問題ではなく、決して男が太刀打《たちう》ちできない、女の生理そのものの問題であり、そこに切り込んでいこうとして無駄な努力をするよりも、男である自分は、あくまでも男の視点で男女のことを書き続けていったほうがいい、と渡辺さんは考えておられていたようで、それを聞いた時、なるほど、と私は思ったものだった。

本作『流氷への旅』が刊行される前の年、渡辺さんは京都が舞台になった『化粧』の連載を開始しているが、これも女性視点によるものであった。ちょうどこの時期、つまり、渡辺さんが四十代半ばになるころまで、女性主人公を女性の視点で綴《つづ》った作品が多く書かれていたことになる。

現在の渡辺さんの世界が力強く形作られる直前の、いわば、渡辺文学黎明期《れいめいき》に書かれた作品として読むと、この『流氷への旅』はいっそう興味深い。

私はこの作品に登場する「紙谷《かみや》」という男に惹《ひ》かれる。主人公の美砂《みさご》が、いくら近づこうとしても、近づいた分だけ遠ざかってしまうような、陰影のある謎《なぞ》めいた男として描かれている。

美砂の目を通してのみ、描写される彼は、「過去を背負った、よくわからない男」でしかないのだが、その「わからなさ加減」というのが、わからない分だけいっそうリアルで、凄味《すごみ》を感じさせる。

美砂という、確かな女性の肉体を介して描かれているために、かえって、紙谷が神秘のヴェールをまとって見えてくるわけだが、なかなか美砂に近づこうとしない彼と、それでも否応《いやおう》なしに彼に溺《おぼ》れていく美砂の描写には、読者の誰《だれ》もが、我と我が身の恋愛体験を思い出して、思わず身を乗り出すのではないだろうか。

こんなことを書くと、渡辺さんには怒られるかもしれないが、私はこういう渡辺作品に接するにつけ、今一度、渡辺さんに女性視点のものを書いていただきたい、と思ってしまう。

女性読者というものは、小説の中に描かれる女性だけを見ているのではない。むしろ、女性主人公がかかわる、相手の男性を見ている。なかなか思い通りにはならない男を、女性主人公の目を通して読み解いていく楽しみは、また格別なのだ。

渡辺さんには是非、また、機会あらば「紙谷」のような男……まさに男性作家が女性の目線になり、性のパラドクスの中で描きあげる魅力的な男を書いていただきたい、とこの場を借りてお願いしておく。

私事になるが、私の作品『恋』が、直木賞に選ばれたのは、一九九六年一月のことだった。受賞の知らせを受けた私は、編集者に連れられて、銀座の『数寄屋橋《すきやばし》』という店に行った。直木賞選考委員の方々にご挨拶《あいさつ》するためである。それは、長きにわたって続けられてきた直木賞恒例行事の一つでもあった。

選考委員の一人として、店で寛《くつろ》いでおられた渡辺淳一さんとは、その折、初めてお目にかかった。

想像していたよりもずっと気さくで、気難しいところがひとつもない、愉《たの》しくて魅力的な方だ、と思ったのが第一印象だった。その印象は、現在に至るまで一つも変わっていない。

その後、渡辺さんとはご縁があったようで、何度か対談をご一緒させていただいたり、宴席で食事やお酒をご一緒したり、同じ文学賞の選考委員を務めさせていただくなどしてきた。お会いするたびに、オーラが明るい方だ、と思う。話しているだけで、一緒にいるだけで、こちらまで明るい気分になってくる。存在そのものが華なのだ。

いろごと、と言うと誤解を招くかもしれないが、私は渡辺さんを知ってから、いろごと——男女の間のセクシュアルな気分——の中にこそ、人が生きていくためのパワーが潜んでいる、ということを存分に思い知らされた。

渡辺さんは、徹底して色っぽい会話を好まれる。居合わせた女性を均等にほめ、時にその身体に自然体のまま触れ（！）、楽しい会話で座をもり立て、リラックスさせる。そして、この世には男と女しかいないのだ、という、神代の昔からのシンプルな真実を思い出させてくれるのである。

これまでいろいろなこと、様々な想いが渡辺さんの中を嵐《あらし》のように吹き抜けていったことだろうと思う。小説やエッセイに書かれてきたもの以外にも、渡辺さんの記憶の小箱の中に、永遠に色あせない宝の石がぎっしりと詰められているのは間違いがない。

それらを全部、小説の中に書き尽くしても、まだまだ書き足りないであろうことは、目に見えている。生きていれば、それだけで、さらなる記憶が日々刻々、増殖していく。書いても書いても、また次の何かが生まれてくる。年齢を重ねること自体が、次の新しい何かを渡辺さんに発見させるのである。

お会いするといつも渡辺さんは、「おう、きみか」と独特の北海道のアクセントをつけた言い方をして、にこやかに笑いかけてくださる。私に限らず、そういう時には必ず、相手の女性の背中やお尻やウェストのあたりに、あくまでもジェントルに触れてくるのがふつうである。そんな渡辺さんの、「女」という生きものに向かおうとする作家エネルギーは、おそらく渡辺さんがこの世にある限り、決して失われはしないはずだ。

ここまで一貫して姿勢を崩すことなく、自身が決めたテーマに沿って作品を自在に書き続け、且《か》つ、実人生を謳歌《おうか》し、生きた証《あかし》そのものを小説に織りまぜ、それでもなお、わからないままに残される「男女」の神秘に向けて、絶えず自問自答し続けることのできる、華のある作家が、果たして他にいるだろうか。

この作品は一九八三年一一月、集英社文庫で上下巻として刊行されました。新訂にあたり一冊にまとめました。
初出誌　「週刊女性」一九七三年一一月三日号〜七四年一一月二六日号
単行本　一九八〇年一一月集英社刊
日本音楽著作権協会（出）許諾第〇八一五五九〇―三〇二号

集英社文庫

流氷《りゅうひょう》への旅《たび》

2009年1月25日 第1刷
2014年2月11日 第9刷

定価はカバーに表示してあります。

著 者 渡辺淳一《わたなべじゅんいち》

発行者 加藤 潤

発行所 株式会社 集英社
東京都千代田区一ツ橋2-5-10 〒101-8050
電話 03-3230-6095（編集部）
03-3230-6393（販売部）
03-3230-6080（読者係）

印 刷 大日本印刷株式会社

製 本 大日本印刷株式会社

フォーマットデザイン アリヤマデザインストア　マークデザイン 居山浩二

ISBN978-4-08-746398-9 C0193